Bir Şifacının Mütevazi ve Sıradışı Hikayesi

Ertuğrul Odabaşı

BOŞLUK

2020 yılı dünyadaki herkes gibi benim için de büyük değişikliklerin yaşandığı bir yıl olarak tarihe geçti. İnsanın hayatında mutlaka değişikler olur, bunu yıllara göre ayarlamayız ama 2020 yılı gerçekten hayatımda köklü değişikliklerin olduğu bir yıl olarak geçmişteki yerini aldı. 2021 yılına büyük umutlarla giren Dünya, Nisan aynın ikisi olmasına rağmen kaos yaşamaya devam ediyor. Maskeli yaşamaya herkes alıştı ama işsizliğe, mesleksizliğe, parasızlığa alışamadı.

Herkesin hayrına dünyayı yöneten sistemi sıfırlamak gerekiyor. İnsanı insan yapan değerlerin yaşanacağı yeni bir çağa ihtiyacımız var. Yoksa insanlığın sonu gelecek. Ekonomik buhran, toplumsal patlamalara yol açıyor. İklim değişikliğinin yaşandığı bu yıllarda kıtlık krizi gittikçe kendini göstermeye başladı.

Kendi krizime gelecek olursam; yazacak yeni bir romanın arayışı içindeyim. Bunun içinde bıkmadan insanların tuhaf hikayelerini dinliyorum. Dinlediğim insanlar, duygularını dile getirmeye çalışıyor ama olmuyor. Anlatılanların çoğunun içi boş. Genelde, "Var ya! Benim hayatım roman olur!" diye söze başlıyorlar sonra çektiği aşk acısını, kaderinin kaybetmek olduğunu, aldatıldığını/aldattığını, yanlış anlaşıldığını/anladığını anlatıyorlar. Benim için sıkıcı, okuyucu için boş ama anlatan için dünyanın bilmesi gereken hikayeleri dinleyip duruyorum.

"Sıkıcı hayat hikayeleri," diye beynimde özel bir yer var. Gece uyumadan veya bazen duruma göre gündüz uyumadan önce beynimdeki o "özel" yerde anlatılmış hikayeleri harmanlayarak değerli bir hikâye yaratmaya çalışıyorum. Çabalarım bir türlü sonuç vermiyor. Aslında vermeyeceğini bilmeme rağmen devamlı bir zorlama içindeyim.

İnsanları gözlemlemeyi çok seviyorum. Vücut dillerinden nasıl bir karaktere sahip olduklarını çoğu zaman tahmin edebiliyorum. Tanınmış bir yazar olmadığım için rahatlıkla bir parka gider, ilham verecek bir nokta bulur, açık havanın verdiği enerjiyle sayfalarca yazarım. Eve gelip yazdıklarımı okuduğumda beğenmezsem -ki genelde beğenmem- kendime kızar ve acırım.

Belki ilham verecek bir şeyler duyarım diye gençlerin takıldığı kafelere giderim, genç insanlara kulak misafiri olurum. Duyduklarımdan yine kayda değecek bir kıvılcım bulamam. Kendi gençliğimle kıyaslarsam şimdiki gençlerin ruh inceliği yok. Ellerinde tuttukları teknoloji yüzünden duygusallıktan uzak bir şekilde büyüyorlar. Kaba davranmayı hayatın normal şartlarından biri olarak görüyorlar.

Gözlemlediğim insanların kimisi mutlu, çoğu mutsuz ve kaygılı- buna bende dahilim. Bunları insanların gözlerinden okuyabiliyorum. Her gün maskeli yüzleri değişse de gözlerindeki mutluluk aynı, mutsuzluk aynı, kaygı aynı bakıyor- buna bende dahilim. İşte bu yüzden Şişli'de yaşamayı seviyorum, kalabalık, zengin ve fakir.

Dünya gerçeklerine oldukları gibi değil olmasını istediğim gibi bakıyorum. Bu yüzden de beklentilerim genelde yüksek oluyor. Her defasında beklentilerim anlatacak güzel bir hikâye bulamayınca hayal kırıklığına uğruyor. Son zamanlarda içimden pek hareket isteği gelmiyor. İçimden gelmeyen başka şey de artık eski yaptıklarımdan zevk almıyor olmam. Konusunda uzman bir doktora gittiğimde bana, depresif bozukluk teşhisi koydu. Halk dilinde "depresif olma" durumuyla alakası olmayan bir hastalık durumu. Konusunda uzman doktor bana dünya çapında bu hastalığın yaygınlığından bahsetti, çeşitli oranlar ve yüzdeler söyledi, tüm söyleneni dikkatle dinledim. Bana ilaç tedavisi uyguladı, işe yaradığını söyleyebilirim, şu anda bulunduğum halimden çok daha kötü haldeydim. Kendimi tedirgin ve yapayalnız hissetme korkusundan kurtulmaya başladım.

İnsan depresif bozukluğu hastalığı olunca yazmak istediği sayfalar devleşiyor. Nereye ne yazacağına emin olamıyorsun. Hele yazmak için bilgisayarın başına geçtiğimde ve o boş dev sayfaları gördüğümde, depresif bozukluğu hastalığım kendisini gösteriyor.

Kendimi bir şekilde ifade etme gereği duyuyorum. Benim için yazmak, kendimi ifade etme biçimi. Ne istediğini bilmek kazanmanın yarısıdır derler ya. Yazarlık benim için öyle bir şey. Birçok insan tüm hayatını ne istediğini bilmeden yaşıyor. Ne aradığını biliyorsan bulması da kolay olur derler. Biliyorum yeni bir hikâye yazmak için kendimle savaşıyorum ama en azından istediğim şey için savaşıyorum.

Eleştirmenlerin eserimi tuhaf ve değişik bularak, okuyucuyu yönlendirmelerine çok kızmıştım. Ben zaten tuhaf ve değişik bir insanımdım ve hala öyleyim. Bulunduğum her ortamda değişik ve tuhaf bir insan olarak görülürken, eserimin tuhaf ve değişik olması doğal değil mi? Yazacağım yeni-eğer bulursam- eserimin tuhaf ve değişik olması normal olmayacak mı?

Hemen hemen herkes tuhaf ve değişik olmamı eleştiriyor. Okul zamanında da beni tuhaf bulurlardı. Dış görünüşüme bakarak ön yargıda bulunur, giyim tarzımı, saçlarımın şeklini, yürüyüşümü, oturmamı, kalkmamı, yemek yememi ve hatta sigara tüttürürken ki halimi eleştirirlerdi. Beni aynı şekilde bu yönde eleştirmeye hala devam ediyorlar.

Kendimi ifade etmek için aşırı yüklenmiş haldeydim. On Altı defa baskıya girmiş ilk romanım için yapılan eleştiriler saçma boyutlara ulaşmıştı. Beni insan olarak tanımayan eleştirmenler, kişiliğim hakkındaki önyargılı yazılarıyla saldırıyorlar. Oysa bir yazar olarak, düşüncelerimi değil duygularımı yazmıştım. Bir yazar olarak aklıma her türlü olasılık gelir. Sürekli olduğun gibi kalmakta zorlanıyorum. Bir yazar olarak insanlığı, insanları, daha çok da kendimi anlatmıştım; yazdıklarımın insanlığı temsil edip etmediğine okuyucular karar verir, verdi de.

Bunlara bir zamanlar çok kızıyordum, yine böyle kızgın olduğum günlerden birinde kendi kendime dedim ki; *Ahmet, olan her şeyi ve herkesi olduğu gibi kabul et.* Bu anlayışı önyargılı insanlardan bekleyemezsin. Kendi kendime söylediklerim için hak verdim ve o günden sonra asla önyargılı insanlara kızmadım.

Oturduğu evi görmeden bir insanı tanıyamazsın derler. Çalışma odam tam olarak beni yansıtıyor. Kendimle yüzleştiğim duvara dayalı büyük bir ayna, Fargo filminin ve The Wall filminin afişi, devamlı hatırlamak için Nietzsche'den "Kendinden hiç söz etmemek çok soylu bir ikiyüzlülüktür," Tagore'den, "Boş zaman yoktur, boşa geçen zaman vardır," Confucius'dan, "Kelimelerin gücünü anlamadan, insanların gücünü anlayamazsın," Goethe'den, "İnsan ancak anladığı şeyleri duyar," yazılı notlar, kütüphanemde adeta raflardan taşar vaziyette duran kitaplarımın arasına sıkışmış aldığım üç ödül, rahmetli anne ve babamın fotoğrafı, yüzlerce not, yüzlerce karalamanın bulunduğu sehpa ve son olarak tüm dünyamı taşıyan çalışma masam var.

Kendime, "Hiçbir zaman ne istediğini unutma," desem de aynada yüzümü her gördüğümde yazamadığım için kızgın oluyorum. Belki de yeterli cesaretim yoktur. Yazacak bir şeye başlamak cesaret ister. Sanırım benim temel sorunum yazamamak değil, kendimden kuşku duymak, yeterli cesarete sahip olamamak. Tamam oldu yazmaya başlayacağım diyorum, hemen depresif duygularım devreye giriyor, kendimden kuşku duymaya başlıyorum. Galiba şöyle söylemeliyim; gerçeklerim beni korkutuyor.

Nisan ayının ikinci günü, hava yüzünü bahara çevirmişti, gözlerim kapanmaya başladığında rahat koltuğuma gömülmüş televizyon kanallarını hızlıca seyredip geçtim. O kadar sıkıldım ki, değil ne yapmak istediğimi nereye bakacağımı bile bilmiyordum. Televizyon başımı ağrıtmış olacak ki gözlerim kapanmaya başlamadan evden apar topar çıktım.

Her zaman gittiğim bara gittim. Barda ben dahil üç kişiydik. Hepsini tanıyordum, inanın bana anlatmaya değmez. Birkaç içkiden sonra sıkıldım eve dönmeye kara verdim. Son içkimi yudumlarken bardan içeriye sanki adres sormak isteyen, yolunu kaybetmiş hiç de bara yakışmayacak güzellik ve elit havasıyla bir kadın girdi. Üzerinde son derece çılgınca dizayn edilmiş mavi bir elbise vardı. Saçları kısaydı ve jöleyle arkaya düzgünce taranmıştı. Küçük bir çene çukuru vardı ve bu yüzünü sempatik yapıyordu, yanakları küçük bir çocuğun yanakları gibi pembeydi. Gökyüzü rengindeki gözleri, aynı tona çalan göz farlarıyla uyum içindeydi. Gözlerine bakmaya zorlanıyordum. Oysa insanlarla konuşurken göz temasını ilk kuran ben olurdum, duruma göre göz teması sıkıcı olunca da ilk ben ayırırdım.

Bar küçük bir bardı, yıllardır hizmet veriyordu, virüs salgınından sonra ayakta kalan birkaç işletmeden bir tanesiydi, genelde aynı insanlar gelirdi bazen yoldan geçen birkaç yabancı uğrardı, bar sahibi belki de hayatında hiç gülmemişti onu gülerken en azından sırıtıyor olarak bile görmemiştim. Duvarda sigara tüttürmenin yasak olduğunu içeren bir levha duruyordu ama ben dahil herkes sigara tüttürüyorduk.

Gizemli Kadın, herkesin şaşkın bakışları altında kararlı bir şekilde yanıma gelip oturdu. Sigaramı şaşkın bakışlar arasında dudaklarımın arasından alıp söndürdü. Barmenin yıllar sonra açan bir çiçek gibi ilk defa yüzüne bir gülümseme oturdu. Bardakiler ve ben barmenin gülen gözlerini görünce çok şaşırdık. Bu bir mucize olmalıydı.

Öyle etkili bir kokusu vardı ki çocukluk hatıralarımı gün yüzüne çıkarttı. Beynimin kıvrımlarında özel yeri olan "gereksiz hikayeler" bölümünde çeşitli hikayeleri çöpe attı. Kendimi bu muhteşem kokudan ve aynadan seyrettiğim güzelliğinden ancak benimle konuşmaya başlayınca ayılabildim.

"Ahmet Kadir Aydınoğlu Bey!" Aynı tonda tekrar etti, "Ahmet Kadir Aydınoğlu Bey!" diye gülümseyerek bana baktı.

"Evet," dedim ama pek duyulacak gibi çıkmadı. Boğazımı temizleyen bir öksürükten sonra daha duyulan bir şekilde, "Evet benim," dedim. "Nasıl yardımcı olabilirim?" diye kibarca sordum.

"Sanırım benim size yardımım olacak."

"Nasılmış o?"

"Belki aradığınız hikâyeyi bulmuş olabilirsiniz! Ben aradığınız o hikâyenin habercisiyim,"

"Sakın bana hayatınızın roman olacağından bahsetmeyin... Ayrıca nasıl oluyor da..." Şaşkınlığımı kesen cevap tüm gizemiyle beni kendisine çekti.

"Hayır, benim hayatım değil, *Şifacının* hayatı," dedi.

"Şifacı mı dediniz?"

"Beni duydunuz..."

Uyuya kaldığım kanepede gözlerimi açtığımda rüya gördüğümü anladım, rüyaya devam edebilmek için tekrar gözlerimi kapattım ama uyuyamadım. Gördüğüm rüya o kadar gerçekçiydi ki kulağımda, *şifacı* diyen etkileyici kadının sesi duruyordu. Aslında rüya gördüğümü biliyordum, tuhaf ve içinde mesajlar olan bir rüya gördüğümü biliyordum. Çok uzun zamandan beri rüya görmemiştim, hele böyle gerçekmiş gibi olanını asla görmemiştim. Hani şu Lüsid Rüya denilen rüyadan, rüya gördüğünü biliyorsun bilinçli olarak gördüğün rüyayı gözlemliyorsun. Gördüğüm bu rüya büyük, yeni, bambaşka bir hikâye bağışlandığını hissettirdi bana.

Tuhaf bir şekilde birden karnımın acıktığını hissettim. Sanki tüm gün bir şey yememiş kadar açtım. Normalde yediğim abur cuburdan dolayı bu saatlerde acıkmazdım, evde abur cubur da kalmamıştı. Yumurta dahi kalmamıştı. 24 saat açık, uzun yol sürücülerinin gittiği, inanılmaz derecede lezzetli ev yemekleri yapan restorana gitmeye karar verdim.

Virüs salgınından önce burada yer bulmak hatta tek kişilik yer bulmak bile zordu. Şimdi herkes maskeyle giriyor, sosyal mesafeyle maskesiz yiyorlar. Sıraya girip yemek seçtim, seçtiğim yemeklerin parasını ödedim, tepsimi benim için rezerve edilmiş gibi duran masaya bıraktım, yemeği kaşıkladıkça zihnim açılmaya başladı, şimdi sıra her zaman yaptığım gibi etrafa kulak misafiri olmaya gelmişti.

Sağ tarafımda kalan masada tam bir sessizlik vardı. Sol tarafımda kalan masada aynı şekilde sessizdi, herkes yemeklerin tadını çıkartıyordu. Arkamdaki masada bir şoför fısıldayarak heyecanlı bir şekilde konuşuyordu, kulak kesildim, çok net duyamadım biraz daha yaklaştım.

"Bakın eğer yalan diyorsam Allah beni bir kilometre götürmesin. Kamyonumu ne kadar çok sevdiğimi bilirsiniz, onun üzerine yemin ederim..."

Bir şey daha söyledi ama o kadar sessiz söyledi ki hiçbir şey duymadım. Daha da dikkatle dinlemeye başladım. Hiçbir kelimeyi hatta harfi bile kaçırmamalıyım diye düşündüm. Adam söylediğine inanıyordu, vücut dili bunu söylüyordu.

"Boşuna yemin etme çarpılırsın!" dedi diğer şoför alaycı bir şekilde.

"Böyle bir şey için neden yalan söyleyeyim? Bundan ne çıkarım olabilir ki?"

"Ne biliyim? Vardır mutlaka bir şeylerin!" dedi diğer şoför alaycı tavrını sürdürerek.

"Adam Şifacı diyorum size, Şifacı, gözümle gördüm diyorum size ya! Çocuğu insanların gözü önünde iyileştirdi... Onu gören sadece ben değilim."

Şifacı kelimesini duyunca kalbimin atışı değişti. Söylediklerini kaçırmamak için nefesimi tuttum, pür dikkat kulak misafiri oldum.

"Böyle şeylerin mutlaka bir açıklaması vardır," dedi masadaki üçüncü şoför.

"Size ellerinden böyle ışık gibi bir şey çıktı diyorum! Anlamıyor musunuz?"

Olabilecek en tuhaf şey olmuştu, Şifacı diye birinin varlığı iki kere karşıma çıkmıştı. Rüyamda ve gerçek hayatta. Bu bir mesaj olabilirdi yoksa yine paranoya yapıyor, üzerime mi alınıyordum? Mutlaka bu kamyon şoförüyle konuşmalıyım diye düşündüm.

Onu kamyonuna binerken gördüm, hızlı bir şekilde yanına yaklaştım, değerli bir hayvanı ürkütmemeye çalışan avcı gibi hareket ediyordum.

"Affedersiniz!" dedim. "Az evvel istemeden konuştuklarınıza kulak misafiri oldum."

Söylediklerimden bir şey anlamamış gibi yüzüme baktı, "Buyur ne istemiştin?" dedi.

Aynı şeyleri tekrar söyledikten sonra ne demek istediğimi anladı, çevirmekte olduğu kontağı bıraktı, kamyondan aşağı indi, meraklı bir şekilde kim olabileceğimi düşünerek bana baktı.

"Ben bir yazarım ve sizin biraz önce anlattığınız olayı çok merak ettim. Bu konuda biraz konuşmak isterim," dedim.

Konuşmak isterimi duyunca yüzüne bir rahatlama oturdu kamyon şoförünün, sonunda birilerine yaşadıklarını anlatacaktı.

Anlattı da. Her şeyi öğrendim; karşı kaldırıma geçmeye çalışan bir çocuğa araba çarpmış, çocuk çok ağır yaralanmış, onu hastaneye götürmek istemişler ama kırılan küçük bedeni daha fazla acı çekmesin diye ambulansı beklemeye karar vermişler, çocuğun başına meraklılar toplanmış, kamyon şoförü de meraklılar arasındaymış, duran trafikte salatalık yüklü bir kamyonetten inen yaşlı birisi çocuğun durumuna çok üzülmüş, çocuğun yanına yaklaşmış herkesin gözü önünde çocuğun vücuduna dokunmuş, dokunduğu anda da ellerinden eflatun renginde ışık çıkmış, çocuğun tüm vücudunu kaplamış, çocuk kısa bir süre sonra gözlerini açmış, bu adam insanların şaşkın bakışları arasında kamyonetine binmiş, hızlı bir şekilde oradan uzaklaşmış, kimse ne olduğunu adlandıramadan kalakalmışlar.

Duyduklarım muhteşemdi, bulmuştum, istediğim hikâyeyi bulmuştum. Fantastik veya Bilim Kurgu romanı yazan bir yazar değildim. Ben daha çok sistemin parçaladığı hayatlar üzerine kafa yoran ve yol göstermeye çalışan bir yazardım. Aklıma ilk olarak bu şifacıyla tanışmam gerekiyor fikri çok net olarak doğdu. Eğer onu bulamazsam bile esinlendiğimi belirterek etkileyici bir drama yazabilirdim. Bu gereksiz düşünceleri bırakarak olayın geçtiği yeri öğrendim. Şoför oradaki esnafa ve insanlara yaşanılan olayı gönül rahatlığıyla sorabileceğimi söyledi. Vedalaşmadan önce romanımda ona da yer vermemi istedi, sıcak bir şekilde yaşadıklarını anlattığı için rahatlamış olarak kamyonunu çalıştırıp yola çıktı, bir de havalı kornasını çalarak sanki bana şans diler gibi yoluna devam etti.

Arkasından baka kaldığım kamyoncu çoktan gözden kaybolmuştu. Kendimi toparlayarak eve geldim. Eve döndüğümde içime sığmayan heyecanım yüreğimde yarattığı his tarif edilemezdi. Sanki piyangodan yüksek ikramiye kazanmışım da ilk olarak ne yapmam gerektiği konusunda kararsızdım. İnternetten Diyarbakır'a ilk uçuş olan 06:40 için biletimi aldım, zaten zaman gece yarısını geçmiş Nisan'ın üçü olmuştu. Yazmak için gerekli olan malzemeleri toparladım, giyecek temiz eşyalarımı sırt çantama tıkıştırdım, her şekilde hazırdım, korsan taksi ayarlayarak yeni havalimanına yola çıktım.

Diyarbakır'a olan uçuşumu beklemeye başladım. Aklımda, "Hiçbir şey imkânsız değildir sadece bazı şeylerin olma olasılığı daha düşüktür," düşüncesi vardı. Düşük bir ihtimal bile olsa Şifacıyı bulmayı denemekte yarar vardı.

Aklımda bir tek Şifacı vardı, kitabın adını Şifacı koymaya karar verdim ama sonra bunun erken olduğunu düşünerek, hikâyeyi bitirince romanımın adını koymaya karar verdim. Not defterimi açarak ilk notlarımı almaya başladım. Notlarıma uçuşta da devam ettim. Şehir merkezine giderken de not almaya devam ettim. Otele varıp bir banyo yaptıktan sonra da not almaya devam ettim.

Kiraladığım araçla olayın gerçekleştiği yere geldim. Durduğum noktada çocuğun yerde kalmış kan izlerine rastladım. Etrafa bakındım, meraklı birisi yanıma gelerek neye bakındığımı sordu. Durumu anlattım, anlatır anlatmaz nerden duydular bilmiyorum, olayı yaşamış herkes bir anda başıma üşüştü. Hepsi olayı anlatmaya başladı ama hiçbir şey anlamadım.

"Bakın!" dedim, kuru gürültüyü kesmek için sert bir şekilde. "Söylediklerinizden hiçbir şey anlamıyorum. Tek tek konuşalım. Ben buraya duyduğum bir hikâye üzerine geldim..." der demez yine aynı şekilde herkes konuşmaya başladı. Yine susturdum, içlerinden yaşlı bir kadın kendinden geçmiş bir şekilde Şifacının bir Melek olduğunu bu ovalarda dolaştığını söyledi. Genç bir kız gördüm ve ona sordum, "Sen anlat kızım! Tam olarak ne oldu burada?"

"Benim arkadaşıma okuldan dönerken bir araç çarpmış, tam ölmek üzereyken yoldan geçen yaşlı bir amca gelip ona dokunmuş, adamın ellerinden ışık çıkmış sonra da benim arkadaşım iyileşmiş..." dedi sanki duyduklarını ezberlemiş gibi.

"O bir Melek onu bize Allah gönderdi!" diye yüksek bir sesle sözünü kesti yaşlı kadın.

Evet bir Melek olabilirdi, ama bir Meleğin burada Diyarbakır yolunda ne işi vardı? Ayrıca olaydan sonra aracına binip gitmiş. Hangi Melek araç kullanır, "Aracını tarif edecek olan var mı?" diye sordum.

"Arabası bir kamyonetti," dedi gençten bir adam. "Hani Pazar yerleri için mal taşıyanlar var ya, onlardan. Beyazdı, arkasında da salatalık yüklüydü. Salatalık ama bayağı dolgun şimdi hatırladım. Evet salatalıklar çok gelişmişti."

"Emin misin?" diye sağlama yapmak için sordum.

Bana olayı ilk anlatan şoförün dediği gibi salatalık yüklüydü. Gözlerinden sanki kamyoneti gördüğü ana gittiğini anladım. "Evet, kesinlikle eminim!" dedi kesin bir şekilde. Bulmuştum, salatalık yetiştiren bir köylü olmalıydı, yine kızdım kendime, yine kesinmiş gibi düşünüyordum.

"Peki burada salatalık nerede yerleştiriliyor?"

"Her yerde bulabilirsin," dedi genç adam.

Son yıllarda domates ve salatalık üretimi artmıştı. Yine de bir şey olmalıydı. Ona ulaşacağım bir işaret veya bir kıvılcım olmalıydı. Olmadı, orda beklemenin bir yararını görmedim. Kamyonetin geldiği yönü öğrenirken tıpkı tarif ettikleri kamyonete benzeyen bir aracı ters yöne giderken gördüm. Belli ki kamyonet Hal'e gidiyordu, hem de üzerinde salatalık vardı. Hızlı bir şekilde insanlara teşekkür ederek, şansını denemek için arabama binip kamyoneti takip etmeye başladım.

Kendimi bir uzay aracında bilinmezliğe yolculuk yapan bir kaptan olarak gördüm. Bu yolculuk beni mutlaka bir yere çıkartacaktı.

Kamyonet, Diyarbakır Sebze ve Meyve Haline girdi, bende arkasından girerek müsait bir yere park ettim. Oldukça verimsiz görünen Halde kamyonet yanaşıp yükünü boşaltmaya başladığında, aradığım kişi olmadığını anladım. Tarif ettikleri gibi yaşlı birisi değildi. Umudumu koruyarak bir Halciye sordum, ona benzeyen onlarca insan olabileceğini söyledi. Umudumu tekrar koruyarak arabamda beklemeye başladım. Yine bir işaret gelecek ve bana yol gösterecekti, buna emindim.

Beklemeye devam ettim. Artık Hal kapanıyordu, oradan çıkmam gerekiyordu ama ben son saniyeye kadar beklemek istiyordum. Biraz önce konuştuğum Halci yanıma gelip bana neden böyle birisini aradığımı sordu. Gizli polis olabileceğimi düşünmüş olacak ki bir şeyler gizlemişti, gizli polis olmadığımı anlayınca ve üstüne yazar olduğumu duyunca bir köyden bahsetti. Gülpınar. Orada tarife uyan yaşlı bir adam olduğunu, ürünlerinin çok büyük ve organik olduğunu söyledi.

Mucizenin geleceği konusunda haklı çıkmıştım. Bir şeyi çok istersen, ihtiyacın olanlar bir anda karşına çıkabiliyor. Gülpınar. Aracın navigasyonunu ayarladım ve hiç zaman kaybetmeden yola koyuldum. Aklımdan, onu görünce nasıl konuşmaya başlamam gerektiği geçiyordu. Nasıl birisiydi acaba? Bana ters yapar mıydı? Acaba Halci beni yanlış yöne mi gönderiyordu? Diye düşünürken yine beklentiler yarattığımı fark ettim. Rahat olup yolun tadını çıkartmalıydım.

Gülpınar köyünün yoluna girdim. Köy yolunda ilk dikkat ettiğim şey yeşillikti. Her yer inanılmaz derecede yeşildi. Yeşilin her tonu köye masalımsı bir huzur veriyordu. Köyün meydanına geldim, arabayı müsait bir yere park ettim. Birkaç köylü merakla bana baktı. Bu sevimli insanların yüzünde endişeye yol açmıştım, kimse yanıma gelip bir şey sormuyordu, doğru yerde olabilirdim.

Caminin karşısındaki kahvehaneye girdim. İçeriye girdiğimde herkes dönüp bana baktı, kimsenin bilmemesi gereken bir şeyler soracağımı bildikleri için muhatap olmak istemediler, herkes önüne döndü sanki hiç var olmamışım gibi beni yok saydılar. Yüzümde sizi anladım gülümsemesiyle boş bir masaya oturdum, çaycının gelip bana ne istediğimi sormasını bekledim. Tahmin edeceğiniz gibi gelmedi.

Canım gerçekten güzel demlenmiş, harika kokan bergamotlu bir çay çekti. Çay ocağının yanına gittim, "Bir çay rica edeyim," dedim nazikçe. "Buralarda yaşayan birisine bakmıştım..." lafımı bitirmeden sertçe kesti.

"Bu köyde yaşayanlar hiç kimse hakkında hiçbir şey bilmez! Eğer belanın dışında bir şey arıyorsan onu bilmem," dedi Kahveci yüzüme bakmadan.

Mesajı almıştım, kesinlikle doğru yerdeydim. Hani çok değerli bir fotoğraf çekmek üzeresindir ve etrafındaki hayvanları ürkütmemek için yavaş hareket edersin ya, aynen bu tonda hareket ettim ve yerime çayımı yudumlayarak yavaşça oturup onları gözlemlemeye başladım.

Bana resmen gıcık olmuşlardı. Gençten bir delikanlı geldi, sanki dünyadaki tüm olumsuzlukların sorumlusu benmişim gibi kızgın bir şekilde bana bakmaya başladı. Korkmadım, kızgın olamayan ve bir şeyleri bildiğimi ima eden bakışlarla ona karşılık verdim.

"Neye bakmıştınız bey abi?" diye sordu kabaca.

"Ne olduğunu bilmiyorsun sanki!" diye karşılık verdim.

Ne diyeceğini bilemedi. Benden böyle bir karşılık beklemiyordu açıkçası, "Nerden bileyim? Müneccim miyim ben?" diye geveleyerek saçmaladı. Kahvede bulunan insanlar bu klişe espriye gülerek karşılık verdi. "Müneccim olsam bile sana bildiğimi söylemezdim," diye sürdürdü.

"Şifacının nerede olduğunu söyleyin, hemen buradan gideyim. Söylemezseniz gazetecileri, televizyoncuları tanıdığım tüm yazarları buraya çağırıp bu köyü dünyanın en meşhur köyü yaparım!" diye saçmalıklarını dinlemeyeceğimi belirtir bir şekilde tehdit ettim.

Herkes suspus oldu, "Sadece Şifacıyı arıyorum..." derken içeriye Şifacı girdi.

TANIŞMA

Tesadüf diye bir şey var mıdır? Kimisi hayatın bir tesadüf olduğunu söyler, kimileri tesadüfün hayatın kendisi olduğunu söyler. Kim ne söylerse söylesin hayat ve tesadüf her zaman beraber olmuştur. Yusuf Duman aradığım Şifacıydı, onu bulmuştum ya da o bulunmak istemişti. Ondan aldığım enerji bambaşkaydı, onun duruşundan, sakinliğinden, konuşurken ağzından çıkan her kelimenin yumuşak bir ses tonuyla söylenmesinden çok etkilendim.

Onun acıklı hikayesinin gerçekliği yüzüme, yüzümden kalbime, kalbimden beynime taşınacaktı. Benimle konuşmayı kabul etmesi, hikayesini anlatmak istemesi, Zeyno'sunu ne kadar çok sevdiğini dünyaya söyleme fırsatı sunuyordu. Benim onu bulmamı ve hayatını yazmak istememi bir tesadüf olarak görmüyordu, bunun bir anlam ifade ettiğini düşünüyordu. Gözlerindeki mutluluk ifadesi gördüğüm hiçbir mutluluk ifadesine benzemiyordu.

Zeyno'su için ifade etmeye çalıştığı her kelime pişmanlık çamuruyla kaplıydı. Sesindeki üzgünlük tonu yüreğimde bir hüzün yarattı. İnsanlık duygularını bırakıp yazarlık duygularımı kullanmalıydım.

Her şey çok hızlı gelişiyordu. Dün sabah uyandığımda bunalımdan buhar olup kaybolacağımı düşünüyordum. Oysa şimdi yeni romanımın kahramanıyla karşılıklı oturuyorum diye düşündüm. Ondaki enginliği gördüm. Heyecanımı şimdilik sessiz kalarak bastırdım.

Yusuf, "Başlamadan önce bilmenizi istediğim bir şey var Ahmet Bey," dedi. "Telepatik güce sahibim," bunu kulaklarımla değil zihnimle duymuştum. "Size telepatik telkinle istediğim şeyi yaptırabilirdim. Sizi, beni unutmanız konusunda telkinde bulunup zihninizden silebilirdim. Sizi köy kahvesinde telkinle yönlendirip geri gönderebilirdim. Bunları yapmak istemedim. Çünkü size hikayemi, inanılmaz hikayemi anlatmak istiyorum. Size herhangi bir şekilde telkinde bulunmayacağım. Zihninizi okuyarak en gizli düşüncelerine kadar görebilirim ama bunu yapmayacağım. Sizinle normal iki insan gibi konuşacağım."

Donmuştum, söyledikleri bir an nefes almamı durdurdu. Kendime yine onun sözleriyle geldim.

"Hikayemi dinledikçe ne demek istediğimi anlayacaksınız," dedi. Bundan sonra benimle asla telepatik iletişime geçmedi.

"Merak etmeyin sizi temin ederim asla isteminiz dışında zihninizi okumayacağım, size söz veriyorum. "Varlığımdan nasıl öğrendiniz?" diye konuyu değiştirmek için sordu.

"Şey," dedim kafam karışmış olarak ama şaşkınlığımı gizleyemedim, gözlerine bakınca ondaki güveni gördüm, onun istediği gibi konuşmaya gayret gösterdim. "İstanbul'da kamyoncuların gittiği bir lokantada, arka masamda oturan bir şoförün konuşmasını duyunca..."

"Kamyoncuların gittiği lokanta mı?" diye lafımı keserek sordu.

"Sormayın! Anlatması uzun sürer ama merakınızı aydınlatmak için; yazacak bir hikâye bulabilmek için böyle yerlere gider insanları dinlerim... Nasıl desem belki bir ilham bulurum diye," dedim anlayacağını umut ederek.

"İlginç ama akıllıca... Akıllıca olmasa burada benimle oturmuyor olurdunuz!" dedi hafif gülümseyerek, "Evet, nereden ve nasıl başlayalım?" diye nazik bir şekilde sordu.

"Her şeyin başladığı o günden, ne dersiniz?"

"Başlayalım ama başlamadan önce sana çiftliğimizi gezdirmek isterim."

"Memnuniyetle," dedim onu takip ederek.

Yaklaşık on iki dönümlük bir arazinin üzerine kurulmuş kendi kendine yeten bir çiftlikti burası. Arazinin üzerinde birisinde oğlu ve ailesinin, diğerinde kendinin yaşadığı iki tane ahşap ev vardı, bir tanede eski köy evlerini andıran bir ev vardı ama bu ev kimse tarafından kullanılmıyordu, ev inanılmaz güzellikte çiçeklerle masalımsı bir ev haline dönüştürülmüştü.

"Sana o gördüğün evin hikayesini anlatacağım. O ev hikayemin başladığı yer, orada anılardan başka kimse yaşamıyor... Diğer tarafta gördüğün gibi kendi kendimize yetiyoruz. Büyük bir aileye sahibim, bunu hikayemi dinledikten sonra göreceksiniz. Güzel bir akşam yemeğinde hepsiyle tanışacaksınız."

Etrafa bakındım bahsettiği kalabalık aile bireylerinden birilerini görürüm diye ama kimseler yoktu. Belki de bizi rahatsız etmek istemiyorlardı, "Burada yetişen ürünler tüm aileniz için mi? Kalabalık bir aile olmalısınız!" diye merakla sordum.

"Biraz kalabalığız yakında hepsiyle tanışırsın. Fazla ürünleri de Diyarbakır Halinde satıyoruz. Bu da bize ek gelir oluyor."

Arazide ürünleri saklandığı bir soğuk hava deposu, güneş panelleri ve rüzgâr gülünden oluşan bir santral, sulama sistemlerinin bulunduğu bir depo, mevsim meyvelerinin bulunduğu bahçe, sebze serası, baharat serası ve kendilerine yetecek kadar buğday tarlası bulunmaktaydı.

Sebze serasına girdik, "Harika bir şey bu. Elektriğiniz, suyunuz her şey doğadan, mükemmel bir yaşam bu. Şu salatalıklara bakın, çok büyükler," dedim ağzım açık kalarak.

"Kopar ye istersen."

Dediği gibi yaptım, yedikçe ağzımın içinde inanılmaz bir salatalık tadı ve kokusu yayıldı. Yediğim hiçbir salatalığa benzemiyordu.

"Bunları çok lezzetli, çocukken böyle organik yerdik. Çocukluk günlerim aklıma geldi. Bunu nasıl yetiştiriyorsunuz?"

"Piyasada bulamayacağınız doğal yollarla çeşitli gübre ve küfler üretiyoruz. Bu yüzden ekinlerimiz çok verimli ve gelişmiş oluyor. Gördüğünüz bu sebzelerin normalden daha farklı renge, şekle ve lezzete sahip olmasını bu gübrelerle sağlıyoruz. Sebzelerimiz daha sağlıklı ve daha kolay sindiriliyor. Hasta insanlara ilaç niyetine şifa bile oluyor."

Şifacının söylediklerini takip ederken aklımda sadece kurduğu bu sistemin mükemmelliği vardı. Büyük şehirlerden kaçıp kırsal bölgelere yerleşen herkesin yapması gereken bir sistem diye düşündüm. Bir kere harcama yapıyorsunuz ve bir daha asla elektriğe suya para vermiyorsunuz. Kurduğunuz sistem ihtiyacınız olan tüm enerjiyi karşılıyor.

Oğlu Mehmet'i seranın içinde salatalık ayıklarken gördük. Tabi ki dikkatimi çeken ilk şey oğlunun yaşıydı. Oğlu diye tanıştırdığı Mehmet 86 yaşındaydı. Evet 86 yaşında. Bu nasıl mümkün oluyordu? Mehmet 86 yaşında olmasına rağmen toprağa ve bitkilere bulaşmış elleri sayesinde hala dinçti. Yedikleri bu ürünler onların sağlıklı olmalarını sağlıyordu, bu kesindi.

"Burada kurduğunuz hayata hayran oldum," diye iltifatta bulundum Mehmet'e.

"Babam sayesinde bu tesisleri kurduk. O tüm Diyarbakır'a örnek oldu," dedi gurur dolu.

"İsterseniz bana geçelim, konuşmaya başlayalım," dedi Şifacı övülmekten sıkılmış bir şekilde.

"Çok memnun oldum Mehmet Bey."

"Bende Ahmet Bey," dedi tokalaşmak için topraklı elini uzatarak, "Yemekte görüşmek üzere," dedi samimi bir şekilde.

Şifacının evi gördüğüm en pratik evdi. Evde fazlalık olacak hiçbir eşya yoktu, bunu heyecandan ilk başta görmemiştim. Eve dönünce ilk yapacağım şeyin fazla eşyalardan kurtulmak olduğunu net bir şekilde görebiliyordum. Veranda da oturup bitkisel çay içmeye başladık. Güneş batmaya çalışıyordu. Bu ortamda konuşma gereği duymadım. Anın tadını çıkarttım.

Sahip olduğu özellikler ve sempatisi onu tanıdıkça daha çok sevilen bir isim yapıyordu. Son olarak bu huzuru hissetmemi sağlayan Şifacının yaydığı enerjiden bahsetmek isterim. Kendinizi hayalini kurduğunuz, yapmaktan en çok zevk alacağınız şeyi yaparken düşünün. Yaptığınız şeyi yapmak zorunda değilsiniz, yapmaktan zevk aldığınız şeyi yapıyorsunuz. İşte bu kadar huzur veren bir ortamdan bahsediyorum.

Bir sigara yaktım, yaktığıma pişman oldum, "Sigara ve alkol kullanma ömrün azalıyor," dedi.

"Ne kadar zamanım kaldığını biliyor musunuz yoksa?"

"Yok bilmiyorum. Sadece istatiksel olarak söyledim... Bu zehirleri kullanınca sadece bedeninize değil, aklınıza ve ruhunuza da zarar veriyorsunuz."

Bunu öyle bir tonla söyledi ki, bir daha kullanmayacağım diye yemin ettim. Cebimden içinde birkaç dal kalmış sigara paketini ve çakmağı çıkartıp çöp kutusuna attım.

"Çakmak lazım olabilir," dedi gülümsemeyle.

Haklıydı, "Haklısınız," diyerek çakmağı geri aldım. Bu tip kötü alışkanlıklardan kurtulmak için ya doktordan ya da böyle kutsal bir adamdan gerçekleri duymak gerekliymiş diye düşündüm.

"Dünya Dışı varlıklara inanır mısınız Ahmet Bey?" diye sordu.

"İnanmıyorum!" dedim nazikçe. Birden çark etti, "Yoksa başka gezegenden mi geldiniz?" diye sordum merakla.

"Hayır başka gezegenden gelmiyorum ama başka gezegenden gelen dünya dışı varlıklar tarafından 1935 yılında alıkonuldum."

"Uzaylılar mı demek istiyorsunuz? Yanlış anlamadım değil mi!" diye kendimden emin olduğumu ona göstermek için sordum.

Duyduklarımdan emin olmak istedim. İşin içine Dünya Dışı Varlıklar girince hikâyenin beklentilerim doğrultusunda çıkmayacağından endişe duymaya başladım.

"Evet Uzaylılar daha doğrusu Dünya Dışı Varlıklar. Hikayemi anlatmadan önce sizinle zaman hakkında biraz konuşmak isterim. Böylece hikayemi daha net anlamış olursunuz, ne dersiniz?"

"Siz nasıl uygun görürseniz Yusuf Bey. Uzaylılar, pardon Dünya Dışı Varlıklar işin içine girince biraz..."

"Farkındayım ama gerek yok... Peki, zaman hakkında siz ne düşünüyorsunuz?" diye sordu.

"Siz anlatmak istediklerinizi anlatın Yusuf Bey," diyerek topu ona attım.

O da bu söylediğimden hoşlandı, bunu güven veren bakışlarından anladım ama içime bir şüphe düşmüştü. Söyleyeceklerini dinlemeye başladım. En fazla umduğum gibi çıkmadı diyerek Şifacının hikayesini de beynimdeki, "Sıkıcı Hayat Hikayeleri" bölümüne atabilirdim.

"Hayatımızın her evresinde bulunan, hiçbir zaman yetmeyen ve nasıl geçtiğini anlamadığımız *zaman* nedir? Peki zaman herkese göre farklı mı işlemektedir? Ya da evrensel boyutta zaman algısı, bizim anlayabileceğimizden çok daha üstünde bir durum mudur?"

Basit görünüşlü bir adamdan, sanki zaman hakkında, evren hakkında kitap yazmış bir bilim adamı konuşmasını duymak pek şaşırtıcıydı. Bu şaşkınlık, anlattıklarına odaklanmamı engelledi. Şaşkınlığımı anladı, duraksayarak kendime gelmemi sağladı. Kendime geldiğimi görünce konuşmaya devam etti. Anlattıklarını dikkatle dinledim.

"Zaman, insan için ne yavaşlar ne hızlanır ne de durur. Sabittir ve herkes için ilerlemeye devam eder. Senin içinde benim içinde zaman aynı akar ama, mekân ve duruma göre değişiklik gösterir. Bu değişiklik zamanın hızla akıp gitmesi değildir. Kişinin hissetmesiyle alakalı bir durumdur," dedi ve yine yüzümde anlamama ifadesini görünce nazikçe sürdürdü, "Mesela size anlatacağım hayatımın hikayesi benim için bir ömür ama sizin için saatler ifade edecek. Kısacası söylemek istediğim şey, zaman aynı hızda akar ama hissetme olayı kişilere göre değişiklik gösterir. Bunu hikayemi dinledikçe daha net anlayacaksınız. Sizi yabancı olduğunuz konularda sıkmak istemiyorum. Sadece zaman hakkında farklı düşündüğümü belirtmek istedim," dedi.

"İlk söyledikleriniz anlamadım, duydum ama anlamadım. Kusura bakmayınız aklım hala Dünya Dışı Varlıklarda kaldı... Duyduğum kadar haklısınız, zaman herkes için farklı geçer," dedim.

"Şimdi gelelim benim hikayeme, size 1935 yılında alıkonduğumu ve 1978 yılında tekrar geri geldiğimi, geri geldiğimde yine aynı yaşta olduğumu söyleyerek başlamak istiyorum."

ALIKONMA

"Dedem bana her zaman gökyüzünden bahsederdi. Gece yatmadan önce uçsuz bucaksız tarlaların üzerine çökmüş yıldızları seyrederdik," dedi hasretle gözleri geçmişe dalarak.

Yıl 1935, Gülpınar köyü -Köyün gerçek adını yazmamı istemedi- Güney Doğu Anadolu da bulunan yüzlerce yalnız kalmış köyden sadece bir tanesiydi. Köylerde Güneşin doğuşu ve batışı her gün diğerinden farklı değildi. Yazı zordu, kışı başka bir zordu, Güney Doğu Anadolu da hayat zordu, hep zor olmuştu, belki de hep zor olacaktı.

Gülpınar köyünde 13 hane vardı. Halk, birkaç akraba grubundan oluşmaktaydı. Köy hayatının rutini insanın canını sıkan bir yaşam tarzı vermesine rağmen köydeki herkes hayatını nasıl yaşaması gerektiğini biliyordu. Tek sorun yetersiz yağışlar nedeniyle tarlaların yarısının işlenmesi, diğer yarısını da nadasa bırakılmasıydı. Köyde mercimek ve tahıl yetiştirilirdi. Yetiştirilen mahsuller sadece iç pazara satılırdı. Köyde Türkçe konuşulmazdı. Genelde Diyarbakır da Türkçe konuşanların sayısı Kürtçe konuşanların sayısından daha azdı. Buna okullaşma seviyesi ve öğretmen atanmasının yetersizliği neden olmuştu.

Evlilikler akraba arasında oluyordu, sadece bir kez büyük şehirdeki ağalardan birisine kız istenmişti. Gülpınar köyü aylar boyunca bu düğünü beklemişti, sonunda beklendiği gibi dillere destan bir düğün olmuştu. Yıllarca anlatıldı. Kızını Ağaya veren aile hayatlarının sonuna kadar güzel hatıralarla övünerek yaşadılar.

Köyde yaşamak huzurlu bir adalet gerektirir, Gülpınar Köyüne bu huzurlu adaleti yaşlılar sağlıyordu. Genelde kararları Köyün yaşlıları alıp verirdi. Gülpınar Köyünde yaşayan herkes yaşlıların söylediklerine önem verirdi. Şimdiye kadar hiçbir adli olay yaşanmamıştı. Köyün yaşlıları tam bir uyum içinde, adil, anlayışlı ve affediciydiler.

Köyün İmamı Abdullah Hoca çok makul bir insandı. Ondan istenen hiçbir isteği geri çevirmezdi. Dinine sıkıca bağlıydı, tek oğlu Muhammed ve karısı Hayrunnisa ile Camiyle bitişik bir evde yaşıyordu. Tek sorunu Türkçe öğrenip okula gideceğini, doktor olmak isteğini söyleyen oğlu Muhammed'di. Karısı Hayrunnisa, çok sakin bir kadındı. Sesinin bir an bile olsa yükseldiğini duyan olmamıştı.

Bu sakin ve huzurlu köy de yaşayan aileler tüm gün ya tarlalarda ya meyve bahçelerinde ya da hayvanların peşinde çalışıp dururlardı. Yaylalardan esen rüzgâr bu köye yalnızlık bırakırdı. Bu yalnızlık yüzyıllardır devam eden kargaşanın ve kavganın acı bir türküsü gibiydi.

Yusuf- gerçek adı değil, kullanmamı istemedi- yağmur başlamadan önce mercimek yetiştireceği ve nadasa bırakacağı tarlasına gidecekti. Karısı Zeyno'yu uyandırmadan yataktan kalktı.

Yusuf, on dokuz yaşında, çok duyarlı genç bir adamdı, güçlüydü ve kendisini iyi ifade eden birisiydi. Lafı gevelemez söylemesi gerekeni açık dille söylerdi. İnsanlarla içten gelen bir empatiyle çok kolay iletişime geçebiliyordu, hiçbir işten kaçmazdı, hislerine çok güvenirdi, bir karar alacağı zaman sevdiklerini dinler ama son kararı kendisi verirdi.

Zeyno'suna yiyecek hazırladı, tekrar uyuyan güzeli Zeyno'sunun yanına geldi, usulca sokuldu, uyku dolu gözlerini öptü, "Zeynom sana yiyecek hazırladım, geç kalacağım, hadi uyan Zeynom," diyerek sıcaklıktan pembeleşmiş yanağına öpücükler kondurdu.

Zeyno, yavru bir kedinin masumluğu kadar sevimli bir şaşkınlıkla gözlerini açtı, uyku sersemliğiyle gerindi, ona sevgi dolu gözlerle bakan kocasına, "Beni uyandır dedim sana geceden, niye böyle yapıyorsun?"

"Senin yeterince işin oluyor..."

"Ne kadar çalışsam da senin hakkını ödeyemem..."

"Ne hakkından bahsediyorsun Zeynom? Sen şimdi iki canlısın, ben ikinize de bakarım. Güneş dünyaya hayat verir, can verir. Sende bana can veriyorsun."

Zeyno, kocasının tarlaya gidişini seyredip kapıyı kapattı. Karnında taşıdığı yedi aylık can ona başka bir güzellik vermişti. Çekik gözlü, zümrüte çalan gözleri güzelliğini daha değerli kılıyordu, hayattan tek beklentisi, yanında kendisini güvenli hissettiği büyük aşkı Yusuf ile bir aile kurmaktı. Hayallerinde, hiç bitmeyen bir masal yaşıyordu. Yusuf ile olan aşkını toprağın derinliklerine yayılmış bir ağacın köküne benzetiyordu, yıllar geçtikçe daha derinlere yayılacaktı, her yıl meyve veren bir ağaç olacaktı, Yusuf'tan birkaç çocuk yapmak istiyordu ve bunun için önlerinde çok uzun bir gelecek vardı. Bunu biliyor olmak Zeyno'ya huzur ve güven veriyordu.

***

Evlenmeleri çok zor ve olaylı olmuş. Diyarbakır'ın nüfuslu tüccarlarından Mahmut Ağa ve oğlu Halil yanlarında adamlarıyla Gülpınar köyüne gelmiş. Köyde toplamda 320 dönüm toprak varmış. Mahmut Ağa bu topraklara göz dikmiş. Şeytan istediğini alacakmış. Her zaman olduğu gibi Mahmut Ağanın amacı köyden satın alınacak verimli topraklarmış. Köydeki hiçbir aile toprağını satmak istemiyormuş, ama korkudan satmak zorunda kalacaklarmış. Mahmut Ağa, orta çağdan gelen feodal sistemin Anadolu versiyonuymuş.

Bir defasında, dede yadigarı toprağını vermek istemeyen bir köylüyü herkesin gözü önünde fena bir şekilde dövmüş, direnen bu garip köylüyü bir gece yatağından kaçırıp canlı bir şekilde toprağa gömmüş. Garip köylüyü günlerce aramışlar ama bulamamışlar. Bu olayın dedikodusu kısa sürede tüm Güney Doğu Anadolu'ya yayılmış, Mahmut Ağa korkulan kötü bir efsane olmuş. Şimdi yine aynı şeyler olmaktaymış. Köylüler sanki bir Firavunun karşısında çaresiz bir şekilde dizilmişler. Bu çaresiz köylülerden bir tanesi de Zeyno'nun babası İsmet Babaymış.

"Evet..." demiş gür bir sesle Mahmut Ağa karşısında duran çaresiz İsmet Babanın adını hatırlamaya çalışarak, "Adın neydi senin?"

"İsmet Garipoğlu!"

"Evet İsmet Garipoğlu! Sen ne dersin?"

"Neye ne derim Ağam?"

"Senin şu tarlayı..."

"Satamam Ağam, orası bana dedemden kaldı..."

"Sözümü kesme! Sözüm bitmeden kesilmesinden hoşlanmam."

"Kusura bakma Ağam ama toprağımı veremem!"

"Demek ki veremezsin! Sanırım benim adımın namını duymadın."

"Duydum Ağam belki de tüm Anadolu duydu."

"Maden duydun neden kabul etmezsin?"

"Edemem."

Kendisini o kadar çok beğenmiş bir seviyedeymiş ki, İsmet Baba gibi insanları değersiz karıncalar gibi görüyormuş. Mahmut Ağa çok öfkelenmiş ama bunu belli etmemiş. Atından inerek İsmet Babanın yanına gelmiş, karşısına dikilmiş. Olayı evin gerisinden samanların arkasından seyreden Zeyno'nun gözü önünde ona şiddetli bir Osmanlı tokadı yapıştırmış, dengesini kaybeden İsmet Baba acı içinde yere düşmüş. Dünyanın en kötü insanına bile böyle davranılmazmış.

"Benimle bu şekilde konuşursun ha!"

İsmet Baba, başına hiçbir zaman böyle bir şey geleceğini düşünmemiş. Zeyno, öfke içinde babasının yanına gelmiş. Bütün vücudu sarsılmaya başlamış, "Babam, iyi misin?" diye ağlayarak sormuş.

İsmet Baba, adeta donmuş, kızına bakmış söyleyecek bir şey bulamamış, "Tamam kızım," demiş dünyadaki en değerli varlığına bakarak, "İyiyim kızım iyiyim. Sen içeri gir," demiş.

Mahmut Ağanın oğlu Halil, Zeyno'yu görünce gözleri yerinden çıkacak kadar etkilenmiş, ilk görüşte âşık olmuş, adeta çarpılmış. Bu ne güzelliktir diye düşünmüş. Onu gördüğü ilk andan itibaren bu kız benim olacak diye düşünmüş. Zeyno, içeri girmeden önce Mahmut Ağanın karşısına dikilip ona nefret dolu bakışla bir şeyler söylemek istemiş ama babası buna engel olmuş.

"Sana içeri gir dedim Zeyno!" demiş İsmet Baba sert bir şekilde.

"Zeyno!" diye kendi kendine tekrar etmiş Halil adını öğrenmiş olmanın mutluluğuyla.

İsmet Baba ayağa kalkmış, "İstediğin kadar tokatla ama toprağımı sana vermem. Gerekirse Türkiye Cumhuriyeti'nin askerine giderim seni şikâyet ederim," demiş İsmet Baba tehdit eder bir tonla.

"Geri zekalı zaten Türkiye Cumhuriyet'i askeri bana çalışıyor... Demek öyle ha! Beni tehdit ediyorsun. Beni tehdit edenlerin başına gelenleri duymadın herhalde."

"En fazla canımı alırsın!"

"Demek canın bu kadar kıymetsiz!" demiş kurnazca Mahmut Ağa. "Madem senin canın bu kadar kıymetsiz, o zaman bende kıymetli olan kızının canını alırım."

Kızını duyan İsmet Baba hemen yumuşamış, "Tamam, tamam vereceğim. Sana dedemden kalan toprağımı vereceğim. Yeter ki kızıma bir şey yapma!" demiş çaresizce.

"Böyle akıllı ol. Kimse Mahmut Ağanın karşısında diklenemez, anladın mı?"

"Anladım Mahmut Ağa, anladım," demiş İsmet Baba çaresizce yüzünü yere eğerek.

Mahmut Ağa, atına binerken oğlu Halil de gözlerini onları evin kapısından kızgın gözlerle seyreden Zeyno'dan alamamış. Gördüğü kız şimdiye kadar gördükleri içinde en güzeliymiş. Zeyno'nun güzelliği dillere destan olmalıymış, güzelliğinden ve masumiyetinden etkilenmesi normalmiş.

İsmet Baba, gururunu ayaklar altına almış, karısını kaybettikten sonra kadar ilk defa bu kadar üzülmüş. Yanına Zeyno geldiğinde göz yaşıyla dolu gözlerini ondan saklamış.

"İyi misin baba?"

"İyiyim kızım merak etme."

"Toprağımızı aldı namussuz, şerefsiz!"

"Sen merak etme kızım, Allah onun cezasını verecektir. Allah kalleşleri, zorbaları asla affetmez," demiş teselli etmek için.

Atların çıkardığı toz bulutu gözden silinene kadar arkalarından bakmışlar, toz bulutu kaybolunca eve girmişler.

O günden sonra Halil'in gözüne uyku girmemiş, zaten huzursuz olan kişiliği uykusuzlukla beraber agresif bir hal almış. Bu durumu gören Mahmut Ağa kısa sürede biricik oğlunun derdini öğrenmiş.

"Onu istiyorum baba, o güzelliği istiyorum!"

"Kimi oğlum?"

"Şu İsmet Garipoğlu'nun kızı Zeyno'yu!"

"Yapma oğlum sana başka bir kız bulalım..."

"Olmaz baba, olmaz. Ben onu istiyorum," demiş ısrarla.

Biricik oğlunun ısrarlı isteğini geri çevirememiş, "Tamam oğlum istediğin olsun. İsmet Garipoğlu'nun Toprağını aldık şimdi kızını alacağız."

Mahmut Ağa oğlunun âşık olmasına pek sevinmiş. Giderek ona benzemeye başladığını görmüş. Mahmut Ağa'da tıpkı oğlu gibi bir zamanlar aynı duyguları yaşamış.

Halil, tıpkı babası gibi giyinirmiş, babası gibi konuşurmuş, babası gibi kendinden emin yürürmüş, babası gibi dik otururmuş, yanındaki elemanlara acımasızca hükmedermiş. Babası gibi zenginliği, gücü, hakimiyet ve otorite olarak algılarmış. Babası gibi hayatı ne kadar malım var diye ölçüyormuş, babası gibi tanınmak, itibar görmekten zevk alıyormuş, babası gibi parayla her şeyi satın alabileceğini düşünüyormuş. Erkekler istese de istemese de babasına benzermiş.

Halil ve Yusuf arasında Zeyno için rekabet çoktan başlamış. Bir tarafta Ağa oğlu, diğer tarafta Yusuf. Yusuf durumu tarladan döndükten sonra öğrenmiş, öğrenir öğrenmez de içine korku dolmuş. Yakında gelip Zeyno'sunu, aşkını güçlü ağanın oğluna isteyeceklermiş. Durum onun için imkânsız bir hale gelmiş. O kimdi ki koca Ağa oğluna rakip olacakmış. Bu görülmüş bir olay değilmiş. Çiftçilik ona sabırlı olmayı öğretmiş ama aşkın keskinliği Yusuf'un gözlerini kör etmiş, sabırlı olamayacakmış. Tek çaresi kızı kaçırmakmış, bundan başka elinden başka bir şey gelmezmiş. Durumu anlattığında Zeyno bu teklifi kabul etmemiş.

"Babamı yalnız bırakamam Yusuf'um! Mahmut Ağa onu öldürür, sonra bu vicdanla nasıl bir gelecek kurabiliriz? Nasıl çocuklarımızın yüzüne bakabiliriz?" demiş.

"Haklısın Zeynom, çok haklısın... Peki ne yapacağız? Seni kaybetmekten çok korkuyorum! Aşka anlam veren Zeynom. Tek arzum senle yaşayıp, senle yaşlanıp, senle göçmektir bu topraklardan. Zeyno'mun olmadığı bu topraklarda yaşamaya değmez!"

"Korkma Yusuf, ölürüm de ona varmam. Babam bizi çocukluğumuzdan beri biliyor. Evlenmemiz için daha fazla beklemeye gerek yok, hemen Abdullah Hoca'ya git, beni istemeye gelin. Hemen bugün. Ben babamla konuşurum, kabul edecektir. Seni çok seviyor bunu biliyorsun."

"Tamam o zaman, hemen hızla evlenelim... Doğru söylüyorsun, ben İmam Abdullah hocayı alıp size geleyim usulden bir isteme yapalım. Yarın da hemen evlenelim... Ama benim yuvam yaşamak için pek hazır değil!"

"Senin yanında bana her yer cennet Yusuf'um. Hem korkma Allah bize yardım edecektir. Sen sadece her zaman yaptığın gibi sakin ol!"

Zeyno söylendiği gibi yapmış, eve gelmiş İsmet Babaya durumu anlatmış. İsmet Baba duyduğu haber karşısında biraz afallasa da hemen kararını evet yönünde vermiş. Toprağını kaybetmişti kızını da bu şekilde kaybetmek istememiş, "Tamam İmam Abdullah Efendi usulden gelip seni istesin. Bunu ne zaman yapacaksınız?"

"Hemen bugün baba!" demiş Zeyno kararlı bir şekilde.

"Bugün mü? Çok erken değil mi?"

"Hayır baba. Bugün isterler, yarın da imam nikahını kılar Yusuf'un karısı olurum. Böylece bize bulaşamazlar!"

"Tamam kızım öyle olsun. Şu namussuz Ağaya bir ders verelim. Allah sonumuzu hayırlı etsin!"

Yusuf, baraka yuvasında bir ileri bir geri volta atarak, "Allah'ım ben şimdi ne yapacağım?" diye çaresiz bir şekilde kendine söylenmiş.

Zeyno, çaresizlik içinde onu bekleyen Yusuf'a, "Hadi git Abdullah Hoca'yla konuş, babam kabul etti," demiş sevinç içinde.

Yusuf'un, "Tamam..." dediği anda Kuzeni Hüseyin yanlarına gelmiş, "Hüseyin biz evleniyoruz," demiş mutlulukla müjde vererek.

Zeyno, "Ben gidip hazırlık yapmalıyım," diyerek Yusuf'un barakasından ayrılmış.

Hüseyin, durumu biraz acele bulmuş, "Söyle Yusuf ne oldu? Haline bakınca zor durumda olduğun belli oluyor. Seni bu duruma sokan sıkıntı nedir? Neden hemen evlenmeye karar verdiniz? Ne oldu da seni bu telaş sardı?" diye merakla sormuş.

Yusuf, "Mahmut Ağanın oğlu Halil Zeyno'ya göz dikmiş, Muhammed söyledi. Bilirsin Muhammed'i böyle bir şey için yalan söylemez."

"Muhammed nerden duymuş?"

"Para biriktirip buralardan gitmek istiyor biliyorsun. Ağanın yanında işe girmek için gitmiş orada duymuş. İnsanlar aralarında konuşuyormuş, bunun içindir telaşım Hüseyin. Eğer evliliğime dokunacak olursa onu öldüreceğim. Yapacağım şeyin yanlış olduğunu bilmeme rağmen yine de bunu yapacağım Hüseyin. Gözüm hiçbir şeyden korkmuyor!" demiş Yusuf kızgın bir şekilde.

"Gözün Zeyno'yu kaybetmekten de mi korkmuyor Yusuf?"

Yusuf, bir anda tokat yemiş gibi kendine gelmiş, sakinleşmiş.

"Anladım kardeşim Yusuf, seni çok iyi anladım... Yanında olduğumu asla unutma ne isteğin ne arzun varsa koşulsuz yerine getireceğimi biliyorsun. Ben seni kardeşten öte görüyorum."

Yusuf, sıkıntısını Hüseyin'e söylemiş, "Sıkıntım onunla bu şekilde evlendikten sonra sahip olduğum imkanların kısıtlı olması. Zeyno'yu yuvamda bakamam daha hazır değilim. Onun çocuklarımı bu yuvada dünyaya getirmesini istemiyorum... Ne yapacağımı bilmiyorum?" diye sıkıntılı bir şekilde içini dökmüş.

"Sen neler söylüyorsun Yusuf? Biz kardeşten de öteyiz."

"Cebimde metelik yok Hüseyin! Bu yuvadan ve Gündoğan'dan başka bir şeyim yok. Evlendikten sonra başkalarının tarlasında çalışmak zorundayım. Benim tarlam yetmez."

Yusuf ve Hüseyin, ailelerini sıtma salgınında kaybetmiş. Zeyno'nun amcası ve yengesi de hatta köydeki bazı çocuklar hastalıktan ölmüş.

Salgın sonrası çıkan kanuna göre köylerde Köy Sağlık Korucusu bulunacakmış, bulunacakmış ama daha önce Yusuf'un hikayesine başlarken söylediği gibi Güney Doğu Anadolu'da hayat zormuş. Köye değil Köy Sağlık Korucusu, Seyyar Tabip bile gelmemiş.

"Böyle söyleyerek kalbimi kırıyorsun Yusuf. Gel bu yuvanı senin sarayın haline getirelim. Sana bir tanede ahır yaparız. Nadasa bıraktığım tarlama dilediğini ek, tarlam senin olsun, benim tarlam bana yeter. Sana yardım ederim, bu ellerle toprağı tırmalar dereden sana su yolu açarım. Seninle ailemizi kaybettikten sonra yediğimiz içtiğimiz ayrı gitmedi. Şimdi neden beni kendinden ayırıyorsun? Benim senden, senin de benden başka dostun akraban yok! Biliyorum bu sana verdiklerimi bir gün bana geri ödeyeceksin. Bende yakında evlenirim belki, kim bilir? Karılarımız da bizim gibi kardeş olurlar... Biz kardeşten öteyiz Yusuf," demiş en içten duygularıyla.

Yusuf, çok duygulanmış, gözleri dolarak Hüseyin'e sarılmış, "Allah senden razı olsun altın kalpli Hüseyin," demiş, dışarıdan ezanın sesini duymuş. "Namazdan sonra Hocayla konuşacağım. Sende benimle gel."

İmam Abdullah, vicdanının sesini dinleyerek, "Allah sevenleri ayıranı hoş görmez. Müslüman kişinin kalbi her zaman sevgiyle dolu olmalıdır. Seven gençleri ayırmak asla doğru değildir. Allah'u Teala, *'Sevenleri birbirinden ayırmak en büyük günahtır,'* der," demiş.

Herhangi bir Ağaya isyan etmek imkansızmış, hele Mahmut Ağaya isyan etmek imkansızın imkansızıymış, böylelerine Azrail bile dokunamazmış, ama bir avuç köylü aşkın gücüne inanarak Mahmut Ağaya karşı çıkmışlar.

İmam Abdullah, Yusuf'un isteğini yerine getirmek için İsmet Babanın evine gelmiş.

"Halinizden belli ki kızımı usulden istemeye gelmişsiniz, hoş gelmişsiniz," demiş İsmet Baba sevecen bir şekilde.

Yusuf, bu sıcak karşılama sırasında Zeyno ile göz göze gelmiş. Zeyno'nun gözleri sevinçten gülücük yayıyormuş.

"Kızım bana annesinden emanet, şimdi benden sana emanet olacak. Kızıma iyi bakmanı istiyorum. Size bir tane inek vereceğim, sütüyle ihtiyaçlarınızı karşılarsınız. Başka bir şey veremem. Tarlamı size vermek isterdim ama..." demiş gerisini getirememiş, kelimeler boğazına takılmış.

İnsanlar yaşlıları tutucu, gençleri yenilikçi diye düşünür. Bu her zaman doğru bir şey değildir. İsmet Baba başına gelecekleri bilmesine rağmen kararını vermiş, "Senin kadar mert olamadım Yusuf! Sen sırf sevdiğini kaybetmemek için ona karşı geliyorsun, ölümü göze alarak sevdiğini kimseye vermiyorsun. Evet kızımı hiçbir başlık parası istemeden sana veriyorum benim aslan yürekli evladım."

"Topraklarımızı geri alacağız, görün bakın bir gün gelecek bu topraklar sahip olduğu kişiler tarafından geri alınacaktır... Hüseyin bize nadasa bıraktığı tarlasını verdi, seninle beraber belleriz İsmet Baba," demiş.

"Geri alacağız oğlum Yusuf. Bundan hiç şüphem yok, hele senin gibi böyle mert genç adamları gördükçe buna inancım daha da artıyor. Belki ben o günleri göremem ama sen ve senin çocukların veya torunların görecektir. Mahmut Ağa gibi zalimlerden topraklarımızı geri almak atalarımıza bir borç oldu. Kızımı sana, sevdiğine vermekte onlara bir ders olsun... Unutma oğlum, zalimlik öyle bir duygudur ki, insanın üzerinde önüne geçilmez istekler yaratır."

Tabii ki kısa sürede bu Halil'in kulağına gitmiş, haberi götüren İmam Abdullah'ın oğlu Muhammed'miş. Yalakalık yapmış, karşılığında onu bir işe sokacaklarını düşünmüş, onlara yaranıp köyden çıkmak için elinden geleni yapmış.

"Köylü birlik oldu Ağam, kızı sana vermeyeceklermiş!"

"Deyuslar, babam onları affetmez. Gör bakalım kızı verecekler mi? Vermeyecekler mi?"

"Benden duyduğunu söylemeyin Ağam, babam duyarsa iyi olmaz."

"Merak etme sen! Şimdi köyüne dön, bana olan biten her şeyi anlatırsın."

"Beni ne zaman işe alacaksınız Ağam?"

"Aldım ya zaten! Bana çalışıyorsun, şimdi git işini yap bana köyde olan biteni anlat."

"Anlatırım Ağam," demiş Muhammed işi kapmış olmanın heyecanıyla.

Halil duydukları karşısında çılgına dönmüş, nasıl olur da bir Ağanın oğluna böyle davranılırmış, onlar kim oluyormuş? Durumu babasına anlatmadan köye gitmeye karar vermiş. Akşamı bekleyecek ve o soysuza haddini bildirecekmiş.

Akşam olmuş ama akşam olana kadar zaman hiç akmamış. Sadece ona nasıl haddini bildireceğini düşünmüş. Adamlarını toplamış, atlarına binerek köye gitmişler. Yusuf, Hüseyin'in ona verdiği nadasa bırakılmış tarladan yorgun dönmüş, yatağına uzanmış, Zeyno ile geçireceği zamanı düşünmüş, birden kapı şiddetle kırılmış, içeriye Halil'in adamları girmiş, zorla Yusuf'u dışarı çıkarmışlar. Halil'in beklediği an sonunda gelmiş, atından inmiş, hızlı adımlarla Yusuf'un karşısına gelmiş, gözlerini kin dolu bakışlarla ona dikmiş.

"Sen kimsin ulan! Bana karşı ayaklanıyorsun!"

"Sevdiğimi sana vermem! Alamazsın onu."

"Bakalım senin dediğin gibi mi olacak?" demiş sağ yumruğunu sert bir şekilde Yusuf'un burnuna vurmuş.

Yusuf acı içinde dizlerinin üzerine düşmüş. Halil, yine aynı yumruğuyla bu seferde çenesine vurmuş. Yusuf, yere düşünce Halil'in adamları aralıksız tekmeler atmış. Yusuf'un gözleri tamamen kapanmış vücudunda artık acı hissetmiyormuş. Aklında sadece Zeyno'ya da bir şey yapacaklar korkusu varmış. Onu kaybedemezmiş, bir an önce ayağa kalkmalıymış. Halil, artık bir can belirtisi olmayan vücuda vurmayı bırakmış.

Halil pantolonunun belliğini gevşetmiş, "Gitmeden önce bir su dökeyim," demiş Yusuf'un üzerine işemiş.

Zeyno'nun içine kötü tuhaf bir his oturmuş. Aslında sevinçli olmalıymış ama olamıyormuş. Hep bir aksilik olacak sevdiği şeyi yaşayamayacakmış gibi kalbinde onu sıkıştıran bir taş varmış. Dışarıyı seyrederken aklına Mahmut Ağanın babasına yaptığı hakaret gelmiş. Allah bu tür insanları neden cezalandırmıyor diye aklından geçirmişken tepenin ilerisinde yarım ayın aydınlattığı yolda atlı siluetler görmüş. Atlar evlerine doğru gelmekteymiş. Hemen babasını uyandırmış.

"Baba uyan! Dışarda adamlar var!"

Zeyno'nun dediği gibi birileri geliyormuş. İsmet Baba gelenlerin kim olduğunu tahmin etmiş. Mahmut Ağa onları öldürmek için adamlarını göndermiş diye düşünmüş. Tüfeğini almış yaklaşmalarını beklemiş.

Halil ve adamları evin önüne gelmiş. Geldiklerinde çoban köpekleri havlamaya başlamış. Halil ve adamları biraz tırsmış ama eve doğru gitmeye devam etmişler. Tam evin önüne geldiklerinde durmuşlar. Onlara nişan alınmış tüfeğin farkında değillermiş.

"Zeyno! Çık dışarı! Buraya gel!" diye bağırmış Halil.

"Defol buradan!" diye karşılık vermiş İsmet Baba.

"Sen değil! Onu istiyorum! Hemen buraya gel!"

Çoban köpekleri giderek yaklaşmış. Köpekler yaklaştıkça Halil ve adamları biraz daha tırsmış.

"Zeyno! Çık dışarı orospu!"

"Gitmezseniz vuracağım sizi! Defolun buradan!" demiş İsmet Baba.

Çoban köpekleri rahatsızlık veren adamların yanına gelmiş. Huysuzlaşan atlarını kontrol etmekte zorlanan zorba adamlar oradan uzaklaşmak zorunda kalmış.

Halil tehdit etmiş, "Zeyno! Bu burada bitmedi! Daha bitmedi!" demiş. Çoban köpekleri de koşan atların peşinden kovalamaya devam etmiş, sahiplerini korumuş.

Yusuf gözünü açmış, acı içinde etrafına bakınmış, kimseler yokmuş. Aklına Zeyno'su gelmiş. Bir gayret kalkarak eve doğru yürümeye başlamış. Acı içindeymiş ama Zeyno'su canından daha önemliymiş.

Ona bir şey yaptıysa yaşatmayacakmış. Kendine söz verme niteliğinde yeminler etmiş. Sonunda Zeyno'sunun evine varmış. Eve girdiğinde bir şeyler olduğunu anlamış.

"Söyle Zeynom burada mıydı?"

Zeyno, "Gitti Yusuf," demiş ama Yusuf'u kan revan içinde görünce paniklemiş. "Yusuf'um ne yaptı sana böyle?"

"İyiyim Zeynom iyiyim... Senin için korktum!"

"Köpekler kovdu onları... Gel şöyle uzan yaralarını temizleyeyim."

İsmet Baba yanlarına gelmiş, "İyi olacaksın oğlum," demiş.

"Onun boğazını kesince iyi olacağım."

"Şimdi dinlen oğlum, Zeyno yaralarını temizlesin."

Yusuf bir şekilde acı çektiğini göstermemek için gayret içinde uyumuş. Uyurken aklında sadece alacağı intikam varmış ve bunu kimseye belli etmemiş. Öyle de yapmış gece vakti uyanmış. Kimseyi de uyandırmadan evden çıkmış.

Aynı sessizliği kuzeni Hüseyin'in atını eğerlerken de göstermiş. Atı ahırdan sessizce çıkarmış. Yola koyulmuş, bıçakla kalbini delik deşik etmek varmış aklında ama Hüseyin'in söyledikleri aklına gelmiş, bu düşündüğü şeyi yaparsa Zeyno'sundan ayrılacağını onu bir daha göremeyeceğini anlamış.

Ağaların evine ulaşmış, kızgınlığından yediği dayaktan kalan yaralarının acısını unutmuş, bir kedinin manevraları gibi kıvrak ve sessizce içeriye sinsice girmiş. Kavradığı bıçağını havaya kaldırmış, bir odaya girmiş, girdiği odada Mahmut Ağa ve karısı uyumaktaymış, kapıyı ses çıkarmadan kapatmış. Diğer odanın kapısını açmış evet oradaymış. Halil, küçük şımarık bir erkek çocuğu gibi kollarını bacaklarını tamamen açmış sanki burası ve bütün dünya benim der gibi uyuyormuş. Odaya girmiş, sessizce yanına yaklaşmış, bıçağı kaldırmış, tam kalbine doğru indirecekken birden Hüseyin'in söyledikleri tekrar aklına gelmiş ve durmuş ama bıçağı Halil'in boğazına dayamış.

"Uyan!" demiş kulağına yaklaşarak.

Halil, kötü bir kâbus görmüş gibi uyanmış, karşısında Yusuf'u görünce hele boğazına dayanmış bıçağın soğukluğunu hissedince ölümle yüzleştiğini anlamış.

"Şimdi Ağalığın nerde? Canını alıyım mı?"

"Alma, canımı alma..." demiş korkudan Halil.

"Bir daha seni Zeyno'nun yanında görmeyeceğim! Bizden uzak duracaksın! Anlaşıldı mı? Biz birbirimizi seviyoruz! Bizi ayırmaya kalkarsan ben olmasam bile elbet boğazını kesecek birisi arkamdan çıkacaktır... Anladın mı beni Halil Ağa?" demiş Yusuf tehditle.

"Tamam söz veriyorum, bir daha yanınıza yanaşmayacağım, öldürme beni!"

Yusuf, geldiği gibi bir kedinin kıvraklığıyla evden çıkmış. Sessizce zafer kazanmış bir savaşçı gibi gecenin karanlığına karışmış, atını sürerken arkasında bıraktığı toz bulutuna korkularını bırakmış.

Halil, korkusundan kuruyan damağını içtiği suyla ıslatmış. Ölüme hiç bu kadar yakın olmamış. Ölüm korkusu hep onlar vermiş ama şimdi ölüm korkusunu o yaşamış. Bunun altında kalamazmış, babasını uyandırıp durumu anlatmayı düşünmüş ama sonra vaz geçmiş. Ondan mutlaka intikamını alacakmış, bunun için doğru yeri ve zamanı bekleyecekmiş.

İmam Abdullah, İmam Nikahını kıydıktan sonra iki aşık beraber olmanın mutluluğuyla yaşamaya başlamışlar. İmkânsız gerçekleşmiş. Olmayacak şey olmuş. Ne bir Ağa ne bir Ağanın oğlu bu mutluluğu bozamamış. Artık sadece kendileri varmış, şimdi çalışma ve üretme zamanıymış. Birkaç gün evden çıkmamışlar. Aşklarının meyvesini yapmak için sevgi içinde beraber olmuşlar.

Zeyno, her gün daha güzelleşmiş, Yusuf'a olan sevgisi katlanarak artmış. İkisinin de kalbi birbirine ardına kadar açıkmış. Evliliklerinde aşkı ölçü alarak yaşayacaklarmış. Zeyno, Yusuf'u yanında yatmasına rağmen geceleri rüyalarında, gündüzleri baktığı her yerde görüyormuş. Zeyno'nun Yusuf ile olmaktan, onu sevmekten, ona çocuklar doğurmaktan ve Yusuf'un da onu sevmesinden başka bir isteği yokmuş.

Yusuf ile gurur duyuyormuş, ona ve yeni kurduğu aileye hizmet etmenin hayatının amacı olduğunu düşünüyormuş. Elinden geldiğince bunu yapmak zorundaymış. Sahip olduğu manevi gücünün hepsini sevdiği adama harcamak istiyormuş ama Yusuf değil ondan zor, herhangi bir istekte bile bulunmuyormuş.

***

Zeyno, kocasını o sabah gönderdikten sonra günlük işlerini yapmaya başladı. Değişmeyen günlük rutin işleri vardı. Doğacak bebekleri için tulum dikmeye devam etmek, tavukların yumurtalarını toplayıp tavukları yemlemek, bazlama pişirmek, akşama yemek yapmak, İsmet Babanın verdiği inekten süt sağmak, peynir yapmak, tereyağı yapmak, temizlik yapmak.

Bazlamaya baktı, bu günlük yeter diye düşündü çünkü tek pişirimlik un kalmıştı. Yusuf, bazlamayı onun kadar tüketmiyordu, bu zor günlerde o da yediklerine dikkat etmeliydi. Yusuf'un tulumlarını ve şalvarlarını yıkadı, sökük yerlerini yamadı.

Zeyno, yedi aylık olan hamileliği sırasında canlılığından ve neşesinden hiçbir şey kaybetmemişti. Yusuf gibi iyi niyetli ve çoğu zamanda saf bir adamın çocuğu olduğu için zor geçmiyor diye düşünüyordu. Doğurmaktan da korkmuyordu.

Mutluluğunu sadece sevgi dolu gülen zümrüt rengi gözlerinde görebilirdiniz. Zümrüt gözleri yumuşak bakardı, Yusuf'ta bu yumuşak bakan gözlerde kendini bulurdu. Yusuf, Zeyno'nun ruhunun yumuşaklığının kaynağı olarak bu gözleri görüyordu.

Yusuf, biricik Katırı Gündoğan ile patika yoldan nadasa bırakılmış tarlaya gitti. Yüzünü doğuya çevirdi, güneşin doğuşunu seyretti. Vadi güneşin ışınlarıyla yıkanıyordu. Kıbleden esen sıcak ve nemli rüzgârı yanında yürüdüğü meşe ağaçlarıyla beraber bedeninde hissetti, bu güzel esintiden derin bir nefes aldı. Rüzgâr yaz aylarının yaklaştığına dair küçük bir müjdeydi. Gündoğan'a doğacak çocuğunu ve onunla neler yapacağını hayaller kurarak anlattı. Hayallerine tarladan alacağı ürünün bire yüz vermesini de ekledi. Toprağı büyük uğraşlarla verimli hale getirmeye başlamıştı. Hüseyin ve bazı köylüler buna İmam Abdullah'ta dahil dereden bir yol açarak su sorununu gidermiş, değerli gübre ve verimi yüksek toprak getirip tarlaya yaymışlardı. Böylece nadasa bırakılmış tarlanın toprağı daha güçlü, kan eksen can verecek hale gelmişti.

Gündoğan, uyuşuk, keyifsiz duran, düş kırıklığına uğramış gibi görünen, hastalıklı ve çelimsiz bir hali varmış gibi duran, enerjisi tükenmiş on üç yaşında bir katırdı. Gündoğan'ın su, yiyecek ve sevgiden başka bir şeye ihtiyacı yoktu. Gündoğan, tarladan çıkan ve evin etrafında bulunan otları yediği sürece hep mutlu kalacaktı. Yusuf'ta onunla olan hayal dolu sohbetleri olduğu sürece mutlu kalacaktı.

Yusuf, hayal kurardı. Bu yaşta olan bütün gençlerin yaptığı gibi. Geçen sezona göre bu sezon yetiştirdiği mercimeğin daha verimli olmasının hayalini kuruyordu. Hayal kurmayı yapmak istediği şeyler olarak görüyordu. Diğer yandan Zeyno'sundan fazla talepte bulunmuyordu. Zaten evlendikten sonra hayat değişmiş daha hoş olmuştu, daha rahat olmuştu. Bunun evlenmelerinin zor olmasından kaynaklandığını biliyordu. Hayal kurmaktan vaz geçmeyecekti ama o da yaşlandıkça kurduğu hayalleri hayatın zorluğu yüzünden unutacaktı. Belki bir gün hepimizin yaptığı gibi hayallerinden vaz geçecekti.

Kızı büyüyüp evlenme yaşına geldiğinde Anadolu'nun genç kızları gibi istemediği birisiyle evlenmek zorunda kalmayacaktı. Gönlü kimi istiyorsa onunla evlenecekti. Ayrıca köyün en gurur duyulacak kızı olacaktı çünkü onu okutacaktı- ne pahasına olursa olsun yine okutacaktı- köyün tek ve ilk okuyan kızı o olacaktı, gerekirse onu İstanbul'a gönderecekti. Tabii ki bu düşünceler sadece hayalden öte bir şey değildi. Bebeğin cinsiyetini bilmiyorlardı ama o hep bir kız çocuğu babası olmak istiyordu. Kız çocuğunun değersiz olduğu bu dünyaya, tatlı bir kız çocuğu getirmeyi çok istiyordu, tüm bunları ve başka hayallerini Gündoğan'a anlatarak tarlaya vardı.

İlk bahar gelmişti, Nisan'ın üçü olmuştu. Daha çok çalışması gerektiğini düşünerek dün kaldığı yerden çalışmaya başladı. Bozkır otlarını ve ayrık otları tarladan ayıklıyordu. Gündoğan büyük bir keyifle bu ayrık otları yiyordu. Çok geçmeden ıslık sesine benzer bir ses duydu, etrafına bakındı acaba Halil ve adamları mı gelmişti? Kimseyi göremedi. Kuruntu yaptığı için kendisine kızdı. Tekrar çalışmaya başlamak için eğilirken ıslık sesini andıran tuhaf sesi bir kere daha duydu, bu seferki yüksek frekanstaydı. Gözlerini sesin geldiği yöne çevirince bir şey gördü. Ne kadar dikkatli baktıysa da gördüğünü bir şeye benzetemedi. Burada böyle bir şey yoktu diye düşündü. Acaba bu farkına varmadığı bir kaya mıydı? Kayaya da pek benzemiyordu. Şehre gittiğinde hayatında ilk defa Mervani Mescidi'nin önüne park etmiş bir otomobil görmüştü, o mu diye meraklandı ama o da değildi. Yusuf, tarif edemediği şeyi merakından dolayı daha yakından görmek istedi. Araca yaklaşınca daha önce görmediği iki tane yaratık gördü, gördüğü yaratıkları bildiği hiçbir hayvana benzetemedi. Gündoğan'da, huysuzlaşıp oradan korku içinde anırarak kaçtı. Yusuf'un içine tarif edilemez bir korku girdi. Yaratıkları kaçırmak için yerden taş alıp attı ama taş daha elinden çıkar çıkmaz yere düştü. Ne olduğunu anlamadan yaratıklar, onu adeta felç etti. Hareket etmek istese de kıpırdayamıyordu.

Halil, doğru zamanın geldiğini düşünerek adamlarıyla tarlaya gelip çalıların arasına pusuya yatmışlardı. Aradan yedi ay geçmesine rağmen nefreti dinmemişti, illaki intikamını alacaktı. Şaşkın ve korkuyla Yusuf'a olan biteni seyrettiler. Gördükleri aracın ne olduğuna, nereden geldiğine, o iki hayvansı yaratığın ne olduğuna anlam veremediler.

"Ağam bu nedir böyle?" diye sordu adamlardan biri.

"Ne bilem olum! Belki de İstanbul'dan gelen bir..." daha lafını bitiremeden Yusuf'u eflatun renginde bir ışık huzmesiyle aracın içine aldıklarını gördüler. Uzay aracı hızla gökyüzüne yükseldiğinde Gündoğan'ın, anırarak çıkardığı çığlıklar tarlaya yayıldı. Sanki sahibinin arkasından ağıt yakar gibi çıkardığı ses vadiye büyük bir dram bıraktı.

Halil ve yanındaki adamları korku ve şaşkınlık içinde birbirlerine baktılar.

"Bu neydi böyle?"

"Allah'ım neler oluyor?" diye korku içinde söylendi Halil.

"Ağam gidelim buradan, bu şeytanın işiydi. Bizi de almadan gidelim buradan..."

Atlarına atladılar, dörtnala oradan uzaklaştılar. Halil ve adamları atlarını sürerken gördükleri yaratıklar gözlerinin önünden gitmiyordu. Yusuf'u araca almalarını ve aracın gökyüzüne yükselişini dehşet içinde hatırlıyorlardı. Fakat, Halil büyük bir yanlış yapmıştı, korkusundan silahını orada unutmuştu ve bunun farkında değildi.

Gündoğan sahibinin bir daha gelmeyeceğini hissetti. Bu onu son görüşüydü, ağır adımlarla boynu yere eğik bir şekilde evin yolunu tuttu, son defa arkasına bakarak sahibinin alıkonulduğu yere baktı.

Zeyno, temizlik yaparken yolun başında Gündoğan'ı gördü. Yusuf'un neden bu kadar erken dönmüş olduğunu düşündü. Silkelediği kilimleri odaya serdi, dışarıya tekrar baktı Gündoğan evin önündeydi, dışarıya çıkıp bakındı, Yusuf yoktu. Gündoğan ona anlamlı korku dolu gözlere baktı, Zeyno bir şeylerin ters gittiğini hissetti, Yusuf Gündoğan'ı asla böyle bırakmazdı. Yan tarlaya geçti, orada da yoktu meraklanmaya başladı. Seslenmek istiyordu ama seslendiğinde cevap vermezse diye korkuyordu. Korkusu giderek artmaya başladı. Yolun başına geldiğinde yine yoktu, yine o tarif edilemez korku tüm benliğini sardı.

Tarlaya koştu, bir yandan karnındaki bebeği tutuyor bir yandan da ağlamamaya çalışıyordu. Tarlaya vardı Yusuf yoktu. İnsanı deli eden bir şekilde yoktu. Sanki yüreğine bıçak saplanmıştı. Aklına Halil'in ona bir şeyler yaptığı geldi, mutlaka o olmalıydı. Çıldıracak gibi hissetti ve daha fazla dayanamadı.

"Yusuf neredesin?" diye avazı çıktığı kadar bağırdı. Sadece sessizliği duydu, bir şey olduğu kesindi. Belki de yakında bir yerde yorgunluktan uyuya kalmıştır diye düşünerek otların çalıların arasına bakındı, çok geçmeden bir tüfek buldu. Korktuğu başına gelmişti Yusuf'unu öldürmüşlerdi. Tüfeği alarak eve doğru hızlı gözyaşları ve umutsuzluk içinde koşmaya başladı. Başkalarının başına geleceğini düşündüğü kötü olaylardan biri onun başına gelmişti.

Halil ve adamları eve vardılar. Atlarından indiklerinde akıllarında hala gökyüzüne havalanan o ışıklı cisim vardı.

Halil, "Kimseye bir şey söylemeyin! Anlaşıldı mı? Ben babama durumu anlatacağım. O ne yapılması gerektiğini bilir," diye tembih etti adamlarına. İki şaşkın ve korkmuş adamda cevap veremedi, zaten cevap belliydi.

Mahmut Ağa, tüm heybetiyle divanına uzanmış Nargilesini ve kahvesini içmekteydi. Yanında kahyası vardı ve her zaman yaptığı gibi hayatın keyfini çıkartıyordu. İçeriye Halil girdiğinde odanın tüm havası değişti. Oğlunun gergin yüzünden bir şeylerin ters gittiğini anladı.

"Ne oldu oğlum? Bir sorunun mu var?"

"Evet baba, kötü bir şey oldu... Aslında ben bir şey yapmadım, yapmak için gittim ama birden ortadan kayboldu... Onu aldılar götürdüler," diye geveleyerek söylemek istediklerini tam olarak söyleyemedi.

"Tamam oğlum sakin ol! Soluklan hele şöyle, gel yanıma otur bakayım."

Mahmut Ağa oğluna divanda yer açmak için kalçasını yana çekti, Halil babasının dibine oturdu.

"Şimdi anlat bakalım."

"Şu Anası belli Yusuf var ya?"

"Kim?"

"Hani beğendiğim kızla evlenen."

"Hatırladım, ne olmuş ona?"

"Bir gece yatağımın başına geldi yılan gibi, boğazıma bıçak dayadı. Ben de intikamımı almak için doğru zamanın gelmesini bekledim. O varmadan tarlasına gittik, ondan hesap soracaktım. Birden tuhaf daha önce görmediğim hayvan mı desem? Adam mı desem bilemedim? İki tane şey gördük, Yusuf korkusundan taş attı ama taş olduğu yere düştü... Görmeliydin baba daha önce böyle bir şey görmedim."

Mahmut Ağa, oğlunu yakından tanıyordu. Onun ne zaman yalan ne zaman doğruyu söylediğini biliyordu. Oğlunun sesinden ne kadar korkmuş olduğunu hissetti, "Neye benziyorlardı cin gibi bir şey mi?"

"Değil baba, değil. Bak anlatayım, Yusuf'u dondurdular sanki, kaçmak istedi yerinden kıpırdayamadı, sanki onu oraya çivilemişlerdi. Sonra, Yusuf'u bir şeyin içine koyup götürdüler..."

"Neyin? Tabutun mu?"

"Yok baba tabut değil. Çok parlak, insanın gözünü alan ışıkları vardı üzerinde, bizim bu ev kadar belki daha büyük sonra da hızla gökyüzüne gitti... Gözden bir anda kayboldu, hem de çok hızlı kayboldu... Şimşekten bile hızlıydı!" dedi o anı tekrar yaşarken.

Mahmut Ağa ve kahyası anlatılanlara bir anlam verilemedi ama oğlunun gerçekleri söylediğini biliyordu, "Kimse gördü mü sizi?"

"Hayır kimsecikler yoktu," dedikten sonra birden aklına geldi. "Tüfeğim! Tüfeğimi unuttum!"

Mahmut Ağa, "Kâhya ilgilen!" diye emir verdi.

Kâhya ilgilenmek için ayaklandı.

Mahmut Ağa, korku içindeki oğluna sarıldı, Halil'in cinayetten içeriye girmesi kabul edilir bir durum değildi. Varlık içinde büyümüş şımarık birisi için bu durum hiç kolay olmazdı, "Halledeceğiz oğlum merak etme," dedi güven veren tok bir sesle.

"Halledeceğini biliyorum baba ama o gördüklerimi nasıl halledeceğiz? Gözümün önünden gitmiyorlar."

"Buluruz bir çaresini merak etme. Git biraz uyu yorgunsun sen şimdi. Gerekirse en iyi hocaya okuturuz seni."

Halil, odasına giderken babası arkasından onu seyretti. Zaman ne çabuk geçiyordu, oğlunun doğumunu dün gibi hatırlıyordu şimdi karşısında kocaman adam vardı. Evet oğlu korkmuştu ve ona yardım etmeliydi. Bu tuhaf olayda oğlunun gerçeği söylediğini biliyordu, onları kimse görmemişti, bir tek tüfek sorundu, tüfeği de aldıklarında sorun kalmayacaktı.

Bu arada olay kısa sürede köyde duyuldu. Köy halkı Camii önünde toplandı. Herkes olayın ne olduğunu bilmeden, kayıp Yusuf hakkında ileri geri tahminlerde bulundu. Tahminlerin liste başını Halil ve adamlarının onu öldürmüş olduğu çekiyordu.

Hüseyin, babasının tüfeğiyle sinirli bir şekilde meydana geldi, "Daha ne bekliyorsunuz? Ben gidiyorum, onun canını almaya gidiyorum!" dedi hışımla.

"Yapma oğlum dur bir oğlu kaybettik başkasını da kaybetmeyelim," dedi İsmet Baba kolundan sıkıca kavrayarak bir delilik yapmasına engel oldu.

Burnundan soluyan Hüseyin çaresizce, "Peki şimdi ne yapacağız?" diye isyan etti.

İsmet Baba, "Umumi Müfettişten yardım istedim, bize yardım edecektir. Allah'ın adaletiyle beraber Yusuf'a ne olduğunu bulacağız... Allah'ın izniyle onu bulacağız!" dedi emin bir ses tonuyla Hüseyin'i sakinleştirmek için.

Yüzü bulutlanan ve bakışlarında ürkek bir soru beliren Zeyno, geri gelir ümidiyle kapının önüne oturup yolu gözledi. Bu zamandan sonra hayatının büyük kısmını burada geçirecek, Yusuf'un gelmesini ümit içinde bekleyecekti. Karnında taşıdığı bebeğine fısıldadı, "Gelecek bebeğim, gelecek..."

Bu fısıldamadan sonra bir daha kimseyle konuşmadı.

Tüfeği bulamadan geri gelen adam korku içinde, "Bulamadım Ağam, inan Ağam her yere baktım. Her yeri karış karış aradım. Yok, bulamadım, sonra köylüler gelmeye başladı bende onlara görünmeden geldim," dedi.

Halil'in başından aşağıya adeta kaynar sular döküldü. Adama getirdiği haber için tekme tokat girişti. Sinirini ancak babasının gür sesi durdurdu.

"Dur oğlum dur! Bunun yararı olmaz!"

"Neyin yararı olacak ki baba?"

"Akıllı olmalıyız. Böyle davranırsan olayı çözemezsin."

"Sakinleşmem gerekiyordu..." dedi adamı dövmeyi bırakıp.

"Hırsını aldın umarım!"

"Aldım baba iyi geldi... Şimdi ne yapıyoruz baba?"

"Tüfeği aldıysa karısı almıştır. Onu merak edip arkasından gitmiştir. Büyük bir olasılıkla tüfeği Umumi Müfettişliğe teslim etmişlerdir veya edeceklerdir."

"Nerden biliyorsun?"

"Boşuna Mahmut Ağa demezler bana, ileriyi gören birisiyim. O yüzden çorak toprakları bile alıyorum. İlerde torunlarına güzel günler yaşatman için yapıyorum bunları, soyumun devamı için... Şimdi sızlanmayı bırak."

"Anladım baba, haklısın. Bir an panik oldum ama sen durumu düzeltirsin, değil mi? Şimdi Umumi Müfettişliğe ne diyeceğiz?"

Mahmut Ağa kendinden emin bir şekilde sırıtarak, "Onu bana bırak," dedi.

Tam bu sırada Umumi Müfettişlikten askerler, köye vardı. Yüzbaşı Kenan Koçak, atından indi ve meydanda huzursuz bir şekilde bekleyen kalabalığın içine tüm sempatisiyle yanaştı. Yüzbaşı Kenan Koçak, kendinden emin tam bir görev insanıydı. Güçlünün değil haklının yanında dururdu. Bu da onu bazen istemediği durumlara sokardı ama, o tüm bu zorluklara çalışarak ve haklının yanında dik durarak engel olurdu. Burada da durum aynıydı. Ağalık tarafından ezilmiş, malları ellerinden alınmış bir avuç insan ümit dolu gözlerle ona baktı.

"Köyümüze hoş geldiniz," dedi İsmet Baba.

"Hoş bulduk, benim adım Kenan Koçak," dedi sıcak bir şekilde. "Olaya bakılırsa pek hoş bir durum değil!"

"Değil komutan, pek değil!"

"Şimdi şikâyet için Umumi Müfettişliğe gelen arkadaş bir şeyler söyledi ama pek korkmuşa benziyordu. Bana olayı kim düzgün bir şekilde anlatacak?"

"Kayıp Yusuf'un karısı Zeyno anlatabilirdi ama üzüntüden ağzını bıçak açmıyor. Ben onun babasıyım, adım İsmet Garipoğlu olayı bana anlattı. İsterseniz bende size anlatayım."

"Anlat İsmet Garipoğlu."

"Kızım korku içinde elinde bu tüfekle," diyerek tüfeği Yüzbaşı Kenan Koçak'a verdi. "Bu tüfek Mahmut Ağa adında bir Ağanın oğluna ait. Üzerinde adını görüyorsunuz! Kızım Yusuf gelmeyince tarlaya gitmiş ve bu tüfeği bulmuş."

"Anladım, peki kayıp şahısla ne husumetleri vardı?"

"Zeyno, kızım! Mahmut Ağa ve oğlu Halil adamlarıyla köyümüze geldiler. Ağanın oğlu kızımı gördü, beğendi almak istedi ama kızımın gönlü Yusuf'taydı. Yusuf ile Zeyno çocukluktan beri birbirlerini severler. Biz de Ağanın zulmünü göze alarak evliliklerine evet dedik. Budur Komutan, tüm söyleyeceğim bundan ibarettir."

"Anladım, söylediklerini çok iyi anladım," gözlerini Hüseyin'e dikti. "Peki sen gözleri intikam dolu bakan genç. Yusuf, yakının mıydı?"

"Kardeşimdi efendim. Yusuf tüm köylünün kardeşiydi."

"Anladım. Şimdi şu intikam bakışından vazgeç bakalım. Merak etmeyin ben Yusuf'a ne olduğunu bulacağım. Size bunun sözünü verebilirim... Mahmut Ağa dedin değil mi? Nerde bulurum şu ağayı?"

Yüzbaşı Kenan Koçak, Mahmut Ağanın evine önüne geldi. Mahmut Ağanın adamları askerlerin karşısına dikildi. Yüzbaşı Kenan Koçak, durumdan huzursuz oldu, elini beylik tabancasına götürdü tam çıkartmak üzereyken Mahmut Ağa, evin kapısına çıktı.

"Hoş geldiniz komutanım, hayırdır neden buralara kadar geldiniz. Buyurun misafirim olun içeriye geçelim."

"Oğlunu görmek istiyorum Mahmut Ağa, seni değil!"

"Halil mi? Hayırdır ne olmuş oğluma?"

"İkimizde ne olduğunu biliyoruz! Söyle oğluna mertçe çıksın ortaya yoksa zorla almak zorunda kalacağım!"

"Dur bakalım Komutan Bey! Öyle kolay değil oğlumu almak."

"Oğlunu ben almıyorum, devletin kanunları alıyor... Şimdi uzatmayalım! Eğer oğlun erkek adamsa benimle gelir, yoksa sen korkak bir evlat mı yetiştiriyorsun!"

Halil, saklandığı odasından konuşulanları duymuştu daha fazla dayanamadı babasının onu kurtaracağından emin olarak dışarı çıktı.

"Ne var? Ne istiyorsunuz? Ben bir şey yapmadım!"

"Bu tüfek sana aitmiş."

"Evet bana ait, ne var bunda?"

"Bunu Yusuf'un tarlasında bulmuşlar..."

"Tüfeğim kaybolmuştu, demek birisi çalmış..."

"Bırak palavrayı!" Askerlerine döndü, "Alın şunu!"

Mahmut Ağanın adamları tüfeklerini çıkardı, askerlerde tüfeklerini adamlara doğrulttu. Ortada gergin bir durum vardı. Her an her şey olabilirdi. Birisi yanlışlıkla tetiğe bassa orada bulunanların çoğu ölürdü.

"Öyle kolay kolay alamazsın evladımı, o bir şey yapmadı."

"Bakalım bunu anlayacağız!" dedi askerlerine işaret ederek. "Alın şunu, olay yerine gidiyoruz."

Yusuf'un tarlasında bekleyen köylüler sinir içinde Halil'e baktılar. Her birisinin söyleyeceği bir şey vardı ama Yüzbaşı Kenan Koçak onlara sakin olmalarını tembih etmişti. Köylüler ona güveniyordu. Halil, ondan istenen açıklamayı yapmamak için diretti, Yüzbaşı Kenan Koçak evin önünde yaptığı ve dışarıya çıkmasını sağladığı gibi onu sinir ediyor, sorularla asabını bozuyordu.

"Komutan ister inanın ister inanmayın ama ona bir şey yapmadım! Evet ona bir şeyler yapmak için buraya geldim ama inanın bana bir şey yapmadım!" dedi sinirli bir şekilde.

"Anladım ama ona bir şey olurken buradaydın değil mi?"

"Evet, buradaydık."

"Peki anlat bakalım tam olarak ne oldu?"

"Yüksek sesle çıkan bir ıslık sesi duyduk, sesin geldiği yere baktık yeşil, kırmızı renkli ışıklar çıkartan dev bir metal kuş gördük..."

"Dev bir metal kuş?"

"Evet doğru, doğruyu söylüyorum... Kuş gibiydi ama kanatları yoktu, her tarafından çok parlak ışık çıkıyordu. Islık sesine benzer bir ses çıkartıyordu."

Komutan Kenan Koçak, Dev kuş dediği bir uçak olabilir miydi? Buna imkân yoktu diye düşündü. Buraya iniş yapması mümkün değildi. Hele bir savaş uçağıysa buralarda ne işi vardı.

"Söylediklerin pek aklıma yatmadı. Dev bir kuş geldi ve onu aldı diyorsun. Peki bu kuşun içinde insan var mıydı?"

"Vardı, vardı ama pek insana benzemiyordu. Kısa boylu iki tane tarif edemeyeceğim kurşun renginde yaratık onu etkisiz hale getirdi, bir ışık süzmesinin içine alıp dev kuşun içine çektiler, sonra gökyüzüne yükselerek birden yok oldu, aha böyle!" diye eliyle tarif etti.

"Söylediklerini duyuyorsun umarım! Şimdi yalan söylemeyi bırak ve gerçekleri anlat!"

"Vallahi de Billahi de doğruyu söylüyorum. Tüm sevdiklerimin üzerine yemin ederim doğruyu söylüyorum."

Yüzbaşı Kenan Koçak tuhaf bir şekilde Halil'in doğruyu söylediğini hissetti. Sezgileri ne kadar da Halil'e inansa mantığı bunu almıyordu. İnsanlar yaptıkları kötü şeyler için yalanlar söylerler, sonra bu yalanlar daha fazla yalan doğurur ama bu adam yalan söylüyorsa neden bu şekilde yalan söylesin diye düşündü. "Bak Halil, Ağa oğlu olman fark etmez, gerçekleri söylemezsen seni içeri tıkarım ona göre."

"Vallahi de Billahi de doğruyu söylüyorum."

"Alın bunu Umumi Müfettişliğe götürün, orada gerçekleri konuşacaktır," dedi askerlere.

Bir asker onun koluna girerek atına bindirdi, Yüzbaşı Kenan Koçak kalabalığa dönerek, "Şimdi bu Ağa oğlunu götürüyorum. Cezası neyse çekecek. Kimse merak etmesin Yusuf'a ne olduğunu bulacağım," dedi güven veren bir sesle.

Ertesi günü duyuldu ki; Mahmut Ağa Ankara'daki tanıdığı bir politikacıya telgraf çekmiş ve ricada bulunmuş. Politikacı derhal menfaatleri doğrultusunda yardımcı olmuş ve oğlunun içerden çıkmasını sağlamış. Yüzbaşı Kenan Koçak'ı da sürgün etmişler.

Hüseyin'in üzüntüsü kızgınlığın son noktasına gelmişti. Günlerdir gözüne uyku girmiyordu, namussuzluk, adaletsizlik karşısında sessiz kalamayacaktı. Artık dayanamıyordu, rüyasında bile Halil'i öldürdüğünü peşinden de Mahmut Ağayı öldürdüğünü görüyordu. Aklına koydu bu işi yapacaktı. Devlet bir şey yapmamış, katilin yanında durmuştu. Komutanı bile, adalet için savaşan o adamı bile sürgün etmişlerdi. Bu böyle olmayacaktı gerekeni yapacaktı.

Babasının emanet tüfeğini aldı, mermilerini kontrol etti, kararlı bir şekilde ilk önce Zeyno'nun evine gitti. Zeyno'yu belki de son defa görüyordu, ona iyice baktı zavallı kadın acılar içindeydi. Acısı dışarıdan pek belli olmuyordu ama onu tanıyan herkes gözlerindeki acıyı ve yok oluşu rahatlıkla görebiliyordu. O zümrüt rengi gözler gözyaşı dökmekten yeşilliğini kaybetmişti. Yemek yemez olmuş, İsmet Baba onu küçükken beslediği gibi küçük lokmalarla karnını doyurur olmuştu.

Hüseyin, yanına yaklaştı onu ürkütmek istemedi, "Zeyno, merak etme Yusuf'un intikamını alacağım. O şerefsize gereken cezayı vereceğim. Gözün arkada kalmasın, kendine dikkat et," dedi veda eder gibi.

Zeyno, onu hiç duymamıştı boş gözlerle yola bakmaya devam etti. Hüseyin, son defa ona baktıktan sonra kararlı bir şekilde yola çıktı.

Ağanın evine vardığında akşam olmak üzereydi. Bir çalının arkasına gizlendi, mermi tüfeğin ağzındaydı sadece tetiğe dokunmak kalmıştı. Sabırla beklemeye başladı. Çok geçmeden Mahmut Ağa ve Halil evden dışarıya çıktılar. Halil sanki uzaklara gidiyor gibiydi.

"Adana'da kalmak sana yarayacaktır oğlum. Olaylar biraz durulsun tekrar geri gelirsin. Orada pamuk tarlalarımızla ilgilenirsin, hem kim bilir belki de aradığın kızı güzel Adana'da bulursun."

"Aman Baba bırak böyle konuşma..." demeye kalmadan çalının arkasından çıkan Hüseyin'i gördü. İlk önce tam olarak anlam veremedi ama tüfeğin kendisine doğru görünce anladı ama çok geçti.

Hüseyin tetiğe, "Şerefsiz katiller," diye bağırarak bastı.

Kurşun Halinin alnından girip kafasının arkasından çıktı. Mahmut Ağa ne olduğunu anlamadan biricik oğlunun beyin parçaları yüzüne yapıştı ve cansız bedeni kollarının arasından kayıp yere düştü. Hüseyin, tüfeği tam ona doğrulttuğunda Mahmut Ağa hızla davranarak tabancasını çıkardı ve Hüseyin'i kurşun yağmuruna tuttu. Hüseyin, yere yığıldı ama daha ölmemişti. Mahmut Ağa, oğlunun yanına oturdu ve ağıt yakmaya başladı. Ağlayarak biricik oğlunun cansız bedenini kucakladı.

Mahmut Ağanın iki adamı Hüseyin'i köyün yakınına bir yere bıraktılar. Adamlar gittikten kısa bir süre sonra gözlerini güçlükle açtı, gökyüzüne bakarak, "Allah'ım bana yardım et. Ölmeme müsaade etme, Yusuf'un Zeyno'suna bakmama izin ver..." dedikten sonra gözleri kapandı.

Kendisine geldiğinde Diyarbakır'da Hastanedeydi. Doktorlar ona felç olduğunu ve bir daha asla yürüyemeyeceğini, konuşurken zorluk çekeceğini ama yaşayacağını söylediler. Hüseyin, hayatının sonuna kadar yatalak olarak kalacaktı ama onun için fark etmezdi, ne de olsa intikamını almıştı. Yusuf'un kanı yerde kalmamıştı.

Haber kısa sürede Mahmut Ağanın kulağına gitti. Yaşadığını duymak ona uzun yıllar sürecek işkence fırsatı veriyordu, bu da onu memnun etti. Onu öldürmeyecek veya adalete teslim etmeyecekti, canı sıkıldıkça yanına uğrayıp işkence edecekti. Bu da ona yeterdi.

Aradan zaman geçtikçe, köye sessizlik hâkim oldu. Zavallı Zeyno, hala yolu gözlüyordu, yalnızlık içinde geçecek o uzun geceler, acı dolu, hüzün dolu uzun mevsimler ve yıllar başlıyordu. Hüseyin, yatalak bir şekilde hayat geçirecekti, bakacak kimsesi olmadığı için Zeyno'nun yanında kaldı. Köylü kadınlar ikisine de baktılar. Yıllar böyle geçti gitti. Arada Mahmut Ağa uğruyor, yüzüne tükürüyor, ağza alınmayacak hakaretler yağdırıyor, Hüseyin'in sevdiği insanları onun gözlerinin önünde dövüyordu. Yıllarca bu işkence sürdü ama bir gün Mahmut Ağa da yatağa düştü. Kimse hastalığına bir anlam veremedi, bir anda güçten düşmüştü, öyle zayıflamıştı ki vücudunda ki tüm kemikleri görünüyordu.

Gülpınar köyüne huzur bir daha asla uğramadı köy hüzün köyüne döndü. Sanki Yusuf'un ölmesiyle köyün ruhu kayboldu. İmam Abdullah oğlunun laf taşımasını affetti, Muhammed'de Yusuf'un ölmesinden vicdanen çok etkilendi büyük şehre gidip okumaktan vaz geçti, babası gibi İmam olmaya karar verdi. Gündoğan'ı gören olmadı, son zamanlarını tarlada geçirdi, öldüğünde bedenini kurtlar ve kargalar yedi. İskeleti Yusuf'un tarlasına yakın bir yerde oyun oynayan çocuklar tarafından görüldü.

DÖNÜŞ

Thomas Müller, Dünyaca ünlü Likya Uygarlığına âşık olmuş bir National Geografia fotoğrafçısıydı. Geçen sene kız arkadaşıyla tatile geldiğinde Fethiye'ye her yönüyle âşık olmuştu. Ülkesi Frankfurt'a dönüp kafasında çoktan hazırladığı projesini yapmak için gerekli tüm çalışmaları hızlıca gerçekleştirmiş ve tekrar bu güzel, gizemli topraklara dönmüştü. Kayıp Likya Şehirleri adında bir proje hazırlayacaktı, dergi de bu çalışmayı destekliyor ve önemsiyordu.

Sırasıyla Letoon, Xhanthos, Patara'nın fotoğraflarını çekti. İstediği kareleri yakalıyordu ama, yeterli değildi. Fotoğrafladığı tarihi yapılar çok görkemliydi, ona daha az bilinen antik şehirler lazımdı. Şansı yaver gitti, bir keçi çobanı gördü ve ona vücut diliyle başka antik şehir var mı? Diye sordu. Çoban her ne kadar dediklerini anlamasa dahi adamın yaptığı işe bakarak başka bir harabe olup olmadığını sorduğunu anladı. Çoban gideceği yönü elleriyle tarif etti, patika yolu gösterip takip etmesini söyledi. İkili farklı diller kullanmasına rağmen anlaşmıştı. Thomas, iyilik karşında çobana yanında getirdiği çikolatadan verdi. Çoban hayatında ilk defa çikolatayı yerken, bu yabancıların ne kadar şanslı olduğunu düşündü.

Patika yolunu takip edeli yaklaşık bir saat oluyordu ama hala bir antik şehir karşısına çıkmamıştı. Her viraj sonunda şehirle karşılaşacağını umut ederek kamerasını hazır tutuyordu, her defasın da karşısına sivri kayalar badem ağaçları ve zeytin ağaçları çıkıyordu. Biraz dinlenip soluklanmak istedi. Yüksek bir kayanın üzerine çıkıp gideceği yön üzerinde antik kalıntıları görmeye çalıştı, göremedi. Umudu kırılıyordu ama başladığı işi yarım bırakmak istemiyordu. Likya'nın Kayıp Şehirleri projesi için böyle kalıntıları bulmanın kolay olmadığını düşündü. Yüksek kayadan inerek bir zeytin ağacının gölgesi altında dinlendi.

Yeterince dinlendiğine karar verdi ve yürümeye başladı. Önüne bir yokuş çıktı, burası devam mı? Tamam mı? Noktasıydı. Buradan çıkmak hayatın tüm zorluklarını aşmak gibiydi. Çıkmaya karar verdi ve yavaş adımlarla, gittikçe ağırlaşan sırt çantasıyla yürümekte zorlandı. Yokuşun yarısına geldiğinde yolun kuzeyinde açıklık bir alanda adama benzer bir şey gördü, başka bir çoban olacağını düşündü, adam dinleniyor olmalıydı. Kamerasını zumlayarak daha yakından görmek istedi. Objektifte gördüğü adam çırılçıplak bir şekilde yatmaktaydı. Adamı soyup, öldürüp buraya atmışlar diye düşündü. İlk önce karışmak istemedi ama vicdanı buna engel oldu. Başının belaya gireceğini düşünse de adamın yanına gitti.

Adam'ın yanına geldiğinde cansız bir şekilde yatmakta olduğunu gördü. Adamın nabzını kontrol etmek için yanına çömeldiğinde adam birden gözlerini açtı, Thomas irkilerek geri adım attı.

"Yardım edin," dedi adam Almanca.

Thomas adamın Almanca yardım istemesine şaşırdı ve ürktü. Hemen bir şeyler yapmak gerektiği aklına geldi ama ne yapacaktı. Çobanı gördüğü mesafe bir saat uzaklıktaydı. Sırt çantasını bir çalının arkasına koydu, çıplak adamın üzerini havlusuyla örttü, "Sana yardım bulacağım merak etme, mümkün olan en kısa zamanda geleceğim," diyerek tüm hızıyla patika yol üzerindeki taşlara dikkat ederek geldiği yöne doğru hızlı adımlarla yürüdü.

Adam, Fethiye SSK Hastanesine getirildi, acilin kapısından girdi hemen Acil Servis Hekimi Dr. Zeynep duruma müdahale etti. Adamın kalbini dinledi, hemşire nabzını kontrol etti, her şey yolundaydı.

"Durumu normal görünüyor, boş yatağa alalım," dedi Dr. Zeynep.

Adamı sedyeden boş yatağa aldılar, her şey yolundaydı. Dr. Zeynep, hastaya teşhis koyamamıştı, sadece susuz kalmıştı o kadar. Jandarma Baş Çavuşun meraklı halini görüp yanına geldi.

"Durumu iyi merak etmeyin, sadece susuz kalmış, hastayı nerede buldular?"

"Bir Alman fotoğrafçı arazide bulmuş."

"Kimlik falan yok mu?"

"Aynen bu şekilde bulunmuş, çıplak!"

"Dediğim gibi hastanın pek bir şeyi yok gibi duruyor, burada kalsın, uyanmasını bekleyeceğiz. Üzerine uyan kıyafetler giydirdik, tek yapacağımız uyanmasını beklemek."

Dr. Zeynep, otuz sekiz yaşında topluca sayılacak bir kiloya sahipti, çerçevesiz numaralı gözlük yüzüne kısa kesilmiş saçlarıyla beraber erkeksi bir görüntü vermişti. Boynunda uğur getirmesi için kız kardeşinde de aynısı olan gümüşten yapılmış sevimli duran yunus balığı kolyesi vardı. O, karanlık bir mağaranın içinde kalmış bir çiçekti aslında, karanlık mağaranın dışında ona bir şey olacakmış gibi korkan, içindeki özünden uzak yaşayan birisi olmuştu, pek kendisine güvenen birisi de değildi, korkuları gerçek ve samimi duygularını içinde saklamasına neden oluyordu, iş arkadaşlarının hiç birisi -Baş Hekim Hikmet Şanlı hariç- onun özel hayatını bilmiyordu, geçmişinde kocası tarafından ihanete uğramıştı, aslında içinde hep bir ihanete uğrama korkusu vardı, kocası ona ihanet ettikten sonra bu korkunun kaynağını sıklıkla düşündü.

Hastanenin ikinci katında ve koridorun sonunda olan oda da Adamdan başka üç hasta daha yatmaktaydı, pencerenin yanında dokuz yaşında, hastalıktan ince kuru bir dal gibi kalmış bir kız çocuğu, kızın yanındaki yatakta trafik kazası geçirmiş genç bir delikanlı ve karşı duvar tarafında çok yaşlıca bir kadın vardı. Kızın romatizma hastalığı vardı ve tedavi edilme şansı çok azdı, doktorlar kalıcı bir hareket bozukluğuna karşı tedbirlerini almış ona göre tedavi ediyordu, koşturmaktan ve uykusuzluktan yorulmuş annesi kantinde bir şeyler yiyip dinleniyordu.

Genç delikanlı, babasıyla yetiştirdikleri domatesleri meyve sebze Haline götürürken trafik kazası geçirmişti. Yaşlı kadın ise artık son günlerini geçiriyordu, tıbben bir şey yapılamazdı, yakınları ertesi gün gelip onu alacak, ölmesi için yuvasına evine götüreceklerdi.

Adam gece yarısı uyandı. Gözlerini açar açmaz etrafına bakındı, nerede olduğunu anlamaya çalışırken, şiddetli baş ağrısı ve kulaklarının şiddetli bir şekilde çınlaması canını yaktı. Canı öyle acıdı ki çıkardığı sesler yaşlı kadının uyanmasına neden oldu. Sonra bir anda ağrı ve çınlama kesildi. Yaklaşık otuz saniye sürmüş olan dayanılmaz acı beynini pişirmiş gibiydi, her şeyi bir siluet olarak görüyordu. Gözlerini kapatıp karanlığa odaklandı, bir an Zeyno'sunun ona, "Yusuf'um uyan!" diyen sesini duydu, gözlerini tekrar açıp Zeyno'suna bakındı, yoktu.

Neden burada olduğuna anlam veremedi, yanındaki hastalara baktı, duvarda asılı üzerinde 1978 yılını gösteren hastane reklamının olduğu takvimi gördü, bir anlam veremedi, koluna bağlı serumu gördü, hastanede olduğunu anladı. Ayağa kalkarken koluna takılı serum iğnesini çıkarttı, hastaların arsında dolaştı. Yusuf, küçük kızın durumuna çok üzüldü. Gündoğan'a anlattığı hayallerindeki küçük kız çocuğunu hatırladı, bu zavallı hastalıklı kız kendi kızı mıydı? Ölmüşte cehenneme mi gelmişti? Aklından bu korkuları geçirirken elini şefkatle sanki kendi kızıymış gibi kızın koluna değdirdi, birden Yusuf'un elinden eflatun renginde bir ışık çıktı, küçük kızın tenine yayılmaya başladı. Giderek tüm vücudunu kapladı, eflatun ışığın etrafa yaydığı ışık odayı neon ışıklarıyla aydınlatılmış bir odaya çevirdi.

Yusuf, elinden çıkan ışığa anlam veremedi ve çok korktu. Eflatun ışık kızın vücudunda fırtına sonunda çıkan kaba dalga gibi dalgalandı, dalgalanma küçük kızın yorgun bedenini iyileştirmeye başladı. Korku içinde elini kızdan çekti, eflatun renkteki ışık birden kayboldu, ne olduğunu anlamak için bir daha elini kızın koluna değdirdi, aynı ışık tekrar çıktı ve kızın teninde dolaşmaya başladı, bu sefer elini çekmedi olacakları görmek istedi, kız çocuğu mucizevi ve mahmur bir şekilde gözlerini açtı. Karşısında ona şefkatle bakan Yusuf'u elinden çıkan ışıkla gördü.

Serap, "Sen annemin bahsettiği o melek misin?" diye sordu masumca.

Yusuf, "Kızım..." dedikten sonra verdiği enerjinin yoğunluğu karşısında bayıldı.

Serap, yataktan kalktı. Sanki hiç hasta olmamış gibi çok sağlıklıydı ve enerjisi yüksekti. Yusuf'un yanına eğildi, baygın olduğunu görünce hemen yardım istemek için odadan çıktı, koridorda ona hayretler içinde bakan Dr. Zeynep'i gördü.

"Serap!"

"Zeynep abla Melek Abi bayıldı, yardım edin!"

"Melek!" diye sessizce duyduğunun doğru olduğunu anlamak için tekrarladı, hasta odasına girince Yusuf'u yerde gördü, bir hasta bakıcıyla onu tekrar yatağa yatırdılar.

"Burada neler oldu? Anlat bakalım," diye merakla sordu Dr. Zeynep, nasıl olmuştu da romatizmal hastalığı olan bu cılız bedenli kız çocuğu mucizevi bir şekilde ayaktaydı.

"Uykumdan uyanınca bu Melek Abiyi yanımda gördüm, elinden çıkardığı ışıkla beni uyandırdı."

Serap olanı tam olarak söyleyemiyordu, kendisini tam olarak ifade edemiyordu ama ses tonu ve vücut diliyle tamamen gerçeği söylediği anlaşılıyordu. Dr. Zeynep bir şeylerin tuhaf olduğunu kabul etti ve hemen hastanenin Baş Hekimi Prof. Dr. Hikmet Şanlı'yı 09 servisiyle aradı.

Baş Hekim Hikmet Şanlı güvenilir bir insandı, yeniliklere açık babacan bir adamdı, Fethiye'de tanınan ve sevilen birisiydi, en olmayacak zor durumları bile yaratıcılığıyla hemen hallederdi.

"Hocam bu saatte rahatsız ettiğim için kusura bakmayın, tuhaf bir şey oldu da onu söylemek istiyorum."

"Buyurun söyleyin Dr. Zeynep."

"Serap hakkında."

"Kaybettik değil mi?"

"Hayır Hocam bilakis kanlı canlı iyileşti."

"Ne?"

"Onu bir Meleğin iyileştirdiğini söylüyor. "

"Melek!"

"Evet Hocam Melek, kastettiği aynı odada kalan bu öğleden sonra hastaneye gelen genç bir erkek hasta."

"Serap iyileşti dediniz değil mi? Yanlış anlamadım!"

"Evet hocam aynen. Ne olduğunu bilmiyorum ama doğru, Serap tamamen iyileşmiş durumda."

"Bu imkânsız! Nasıl olur böyle bir şey?"

"Bende bilmiyorum hocam. Sanırım gelseniz iyi olur."

"En kısa zamanda geliyorum... Böyle bir şey imkânsız," dedi Baş Hekim Hikmet şaşkın bir şekilde.

Serap'ın annesi mutluluk içinde kızına sarıldı, yılların yorgunluğu bir gecede bitmişti. Serap, olanları annesine aynı şekilde anlattı ama annesi önemsemedi, önemli olan kızının iyileşmiş olmasıydı. Serap gitmeden önce son bir defa Yusuf'u görmek istedi, yanına gelerek aynı Yusuf'un ona dokunduğu gibi dokundu.

"İyileşmen için her gece uyumadan önce senin için dua edeceğim Melek Abi."

Dr. Zeynep, Serap'ın tavırlarından ve samimiyetinden çok etkilenmişti, doğruyu söylüyor olabilir miydi?

"Gitmeden önce Baş Hekim seni görmek istiyor Serap," dedi Dr. Zeynep. Annesine döndü, "Baş Hekim gelmek üzere burada bekleyin tamam mı?" diye sordu, tam o anda acil servise yeni gelmiş bir hasta için gitmek zorunda kaldı.

Baş Hekim Hikmet, kısa zaman sonra merakla hastaneye girdi. Serap'ı yeni açmış bir gonca gül gibi taze görünce duyduklarının gerçek olduğunu anladı, "Seni böyle görmek çok güzel kızım, iyileşmişsin," dedi şaşkınlığını saklamaya çalışarak.

"Evet Hikmet amca iyileştim. Beni o Melek abi iyileştirdi."

"Bunu nasıl yaptı?"

"Elinden bir ışık çıktı. İşte o ışık beni iyileştirdi," dedi Serap masumca.

Baş Hekim olanı anlayamamıştı, "Işık mı dedin kızım?"

Serap evet anlamında gülümseyerek ona baktı. Baş Hekim cevabı almıştı, "Tamam kızım," dedi Serap'a, annesine döndü, "Şimdi siz evinize gidebilirsiniz. Ama haftaya kontrol için geleceksizin, tamam mı?" diye sordu.

Merakla Yusuf'un bulunduğu hasta odasına geldi, raporları ve testleri analiz etti, Dr. Zeynep'in söylediği gibi her türlü belirtinin normal olduğunu gördü, Yusuf derin uykudaydı. Diğer hastalara da ilgilendi, trafik kazası geçirmiş genç delikanlı giderek iyileşmekteydi, yaşlı kadın Baş Hekimin ona şefkatle bakan gözlerine ağlamaklı gözlerle bakarak karşılık verdi.

"Artık burada durmana gerek yok! Evine gidebilirsin. Çocuklarına da söyleyeceğim, tamam mı?"

"Dün gece olanları gördüm, o geldi..." dedi yaşlı kadın umut içinde.

"Kim geldi?"

"Melek geldi, elinden ışık çıkartarak odayı aydınlattı... İlk önce rüya mı görüyorum diye düşündüm, bir adam bağırıyordu..."

"Ne diye bağırıyordu?"

"Yeter, yeter dayanamayacağım, yeter!" diyordu. "Gözlerimi açınca onu gördüm. Azrail canımı almaya geldi diye okumaya başladım, gözlerimi kapattım beni uyudu sansın diye. Sonra yanımdan geçti, Serap'ın yanına gitti elinden ışık çıkarttı, Serap iyileşti o da un çuvalı gibi yere düştü," dedi yoğun bir sevinç yaşayarak. "Kızı iyileştirdiğini görünce onun Azrail değil can veren bir Melek olduğunu anladım."

"Yeter artık durun! Tansiyonunuz yükselecek, gördüğünüz rüyaydı, kendiniz dediniz ya! Hadi artık istirahat edin. Birazdan çocukların seni alacak tamam mı?"

"Bir gece daha kalayım, Allah Rızası için bir gece daha kalayım."

Bunu öyle söylemişti ki asla kırılacak gibi değildi, ölmekte olan birisinin son arzusu gibi hissetti, yaşlı kadını kıramadı ve bir gece daha kalmasına izin verdi. Yaşlı kadın çok mutlu olmuştu, bu ona gece Melek uyanıp yanına gelirse hastalıklarından kurtulma şansı verecekti, yeniden can verecekti, gençlik verecekti.

Baş Hekim Hikmet, odasına girdi. Olanları kafasında toparlamak için biraz yalnız kalmaya ihtiyacı vardı. Bu durumu raporlara nasıl yazacaktı? Böyle bir şeyin olasılığı ve açıklaması nasıl izah edilecekti? Serap'ın masum canlı yüzü gözünün önüne geldi, bu nasıl açıklanabilirdi? Bu sorulardan yorgun ve şaşkın Dr. Zeynep'in oda kapısı dışından seslenmesiyle kendine geldi.

"Hocam eve gitmeden önce konuşmak istemiştim müsait misiniz?"

"Buyurun Doktor Hanım girin."

Dr. Zeynep içeri girdi, "Hocam duruma ne diyeceksiniz?" diye merakla sordu.

"Siz bir şey görmediniz değil mi?"

"Hayır hocam, Serap'ı koridorda beni ararken görünce bir an hayalet görüyorum sandım ama gerçekti, iyileşmiş bir şekilde karşımda duruyordu."

"Allah, Allah!" dedi Baş Hekim Hikmet. "Bu nasıl olur? Bir türlü kafam almıyor! Peki yeni hasta! Nerden gelmiş?"

"Jandarma getirdi, Alman bir fotoğrafçı onu bulmuş. Geldiğinde üzerinde kıyafet yoktu, kontrol ettim her verisi normal. Sadece susuz kalmış. Kendine gelmesini beklemek için onu yeni boşalan yatağa aldım."

"Doğru söylüyorsun kendine gelmesini beklemekten başka çaremiz yok," dedi Baş Hekim Hikmet.

Dr. Zeynep odadan ayrılıp evin yolunu tuttu, gece yine o nöbetçiydi. Baş Hekim tüm gün Yusuf'un uyanmasını bekledi ama Yusuf uyanmadı.

Yusuf, gecenin ilerleyen saatlerinde uyandı. Bu sefer başı ağrımıyordu, kulakları çınlamıyordu, etrafına bakındı yine aynı yerdeydi, dünkü yaşadıklarını hatırladı, kız çocuğunu elinden çıkan ışıkla iyileştirmişti, kız çocuğundan boşalan yatağa baktı orada yoktu.

Trafik kazası geçirmiş gencin yanına geldi. Ona dokununca aynı şeyleri yaşayacak mı diye merak etti, tam dokunacakken birisinin onu gözlediğini hissetti, arkasını döndüğünde ona umut içinde bakan yaşlı kadın hastayı gördü.

"Ey ulu Melek beni de iyileştir," dedi ellerini iki yana açıp dua eder gibi.

"Ne iyileştirmesi?" dedi Türkçe.

Türkçe konuştuğu için şaşırdı, nasıl olurdu da Türkçe konuşuyordu, hiç Türkçe bilmiyordu. Kürtçesine ne olmuştu. Aklından Kürtçe birkaç kelime geçirdi, unutmamıştı ama nasıl olurdu da Türkçe konuşuyordu.

"Sen Melek değil misin?"

"Ne Meleği?"

"Dün küçük kızı iyi ettin ya! Beni de iyi et..."

"Kız nerde?" diyerek yaşlı kadının lafını kesti.

"Evine gitti, annesi götürdü."

"Benim kızım değil demek," dedi üzgün bir şekilde.

"Sen onu kızın mı zannettin?"

Yusuf, bir şey söyleyemedi. Söylemek istedi ama nasıl anlatacağını bilmiyordu. Zeyno'su yoktu, köyde değildi, bulunduğu yer bildiği hiçbir yere benzemiyordu, yaşlı kadın onu Melek diye çağırıyordu. Demek ölüm böyle bir şey diye düşündü.

"Gerçekten Melek değilsen o kızı nasıl iyileştirdin?"

Yusuf, "Bilmiyorum," dedi.

Elini trafik kazası geçirmiş gence doğru uzattı, yaşlı kadın olacakları seyretmek için pür dikkat onlara baktı. Yusuf tereddüt ve korkuyla karışık bir duyguyla elini gencin bedenine değdirdi, değdirdiği anda yine aynı şeyler oldu; eflatun renkteki ışık hastanın üzerine yayıldı, sonra dalgalanmaya başladı ve mucizevi bir şekilde kazadan aldığı yaralar, yüzü, kafası, sol kolu ve sol baldırı iyileşti. Yusuf, gencin sol kolundaki bandajı çıkartıp baktı, sanki hiç yaralanmamış gibiydi.

Yaşlı kadın olanları görmüştü, "Melek değilsen, nasıl senden ışık çıkıyor?" diye merakla sordu.

"Bilmiyorum! Ben niye böyle oldum bilmiyorum!" der demez yine o baş ağrısı ve aşırı yüksek kulak çınlamasıyla beraber yere düşmesi bir oldu.

Dr. Zeynep, Yusuf'un bağırmasını duyunca telaş içinde odaya girdi, Yusuf'u baygın buldu, hemen yardım çağırdı, hasta bakıcı ve hemşireyle onu tekrar yatağa yatırdılar. Dr. Zeynep trafik kazası geçirmiş genç delikanlının yanına geldi ve gözlerine inanamadı. Sol kolunda yaradan iz yoktu. Diğer sargı bezlerini çıkardı, tüm yaralar iyileşmişti hasta tamamen iyileşmişti, hemen Baş Hekim Hikmet'e haber vermeliydi.

"Gördüm, gördüm bu adam bir Melek!" dedi yaşlı kadın.

"Ne gördün? Anlatsana!"

"Yine aynı şeyi yaptı... Elinden ışık çıktı çocuğun yaraları iyileşti..."

"Işık mı dedin?"

Yaşlı Hasta Kadın, "Evet ışık!" dedi kendinden emin bir şekilde, "Gördüm diyorum hanım kızım, ışık tüm odayı aydınlattı... Allah'ım sen çok büyüksün," diyerek ellerini iki yana açarak dua etmeye başladı.

Dr. Zeynep, tekrarlanan olay karşısında tuhaf bir şeyler olduğunu düşündü. İki gece üst üste böyle bir olay yaşanmıştı. Hemen Baş Hekim Hikmet'i 09 servisiyle arayıp durumu açıkladı.

Baş Hekim Hikmet, sabahın erken saatlerinde aklında cevaplayamadığı sorularla hastaneye geldi. Çok erken olmasına rağmen hastane insanlarla doluydu. Yaşlı Hasta Kadının, olayları abartarak anlatmasından halk galeyana gelmişti. Duyan geliyordu, duyacak olanda gelecekti.

Baş Hekim Hikmet, kalabalığın arasından geçerek, ona sorulan sorulara kayıtsız kalarak hastaneye girdi. Olay çığırından çıkmaya başlamıştı. Bu durumu sonlandırmak için bir şeyler yapması gerekiyordu.

Yusuf'un kaldığı odaya geldi. Dr. Zeynep'i hastanın başında gördü. Yaşlı Hasta Kadın da onları merakla seyrediyordu.

"Neler oluyor Dr. Zeynep Hanım?"

"Hocam inanın bende anlamış değilim."

"Önce Serap, şimdi bu hasta... Söyler misiniz Dr. Zeynep neler oluyor? Dışarıya bir sürü insan gelmiş, hepsi de Meleğin onları iyileştirmesini istiyor!"

"Hocam inanın bende ne diyeceğimi bilmiyorum," dedi eliyle yaşlı kadını göstererek. "İki gecedir aynı şeyi gördüğünü söylüyor. Gece geç saatlerde kalkıyormuş, hastaların yanına gelerek onlara dokunmuş, dokununca elinden bir ışık çıkmış, çıkan ışık hastanın üzerini kaplamış, sonra da hasta iyileşmiş, her ikisinde de hasta iyileştikten sonra acı içinde bağırarak bayılmış..."

"Öyle saçmalık mı olur canım? Yok elinden ışık çıkıyormuş yok Melekmiş... Bırakalım bu saçmalıkları lütfen, bunun tıbben bir açıklaması olmalı."

"Ne olabilir hocam?"

"Hiç konuşmuş mu?" diye merakla sordu Baş Hekim Hikmet.

"Yaşlı hastayla konuşmuşlar. Melek olmadığını söylemiş."

"Bu kadar!"

"Bakın hocam, Serap iyileştikten sonra ona söyledikleri beni çok etkiledi. Serap, onunla o kadar içten konuştu ki, o anda bende tuhaf bir şeyler olduğunu hissettim. Beni bilirsiniz hocam, böyle peri hikayelerine inanmam ama, burada tuhaf bir vaka var ve bence bu bizi aşıyor."

"Ne yapalım öyleyse?"

Hasta bakıcı Mustafa içeri girdiğinde ilk önce dedikoduların sahibine baktı, adam veya Melek uyuyordu.

"Buyur Mustafa ne istemiştin?"

"Hocam bir gelseniz iyi olur sanırım... Jandarma burada, sizi görmek istiyorlar hocam."

"Tamam Mustafa sen kapıya git. Ben, gelip onlarla konuşacağım... Dr. Zeynep Hanım, siz buradan ayrılmayın. Ben şu insanlarla bir konuşup geleyim. Dediğin gibi bu vaka bizi aşar, tanıdığım bir hoca var, kalabalık dağılsın onu arayacağım," diyerek odadan çıktı.

Dr. Zeynep, Yusuf'un yüzündeki hüzne bakarak gözlerini açmasını beklemeye başladı. Aklından iyilik ve kötülük adına ahlak kuralları geçmeye başladı. Acaba bu hastanın ona yardımı dokunur muydu? Bir an bencilce düşündüğünü anlayıp kendisini toparladı. Yusuf'un hüzünlü yüzünü seyretmeye devam etti.

Baş Hekim Hikmet, hastanenin girişine geldiğinde kalabalığı tahmin ettiğinden daha fazla buldu. Kolluk güçler halkı hastaneye girmesin diye engelliyordu. Tam bir mahşer günü gibi bir kargaşa vardı. İnsanlar gelmeye devam ediyordu. Son olarak bir otobüs dolusu insan inince kolluk güçleri otobüsten inenleri hastanenin dış kapısında bekletti. Hastanenin önü ve çevresi şifa arayan insanlarla dolup taşmıştı.

Kolluk komutanı, Baş Hekim Hikmet'in yanına geldi. Her ikisi de gayet tedirgin görünüyordu. Kalabalığın içeri dalmasından korktukları her hallerinden belliydi.

"Hocam, bir şeyler yapmak zorundayız, halkı kontrol etmek giderek zorlaşıyor!"

"Basit şeyler en doğal şeylerdir. Şimdi onlarla basit bir şekilde anlayacakları bir dille konuşur, bir yanlış anlaşılma olduğunu açıklarım."

Kolluk Komutan, "Gerçekten yanlış anlaşılma mı var?" diye sordu merakla.

"Sizi temin ederim ki, sadece yanlış anlaşılma. Oradakiler sadece umut içinde mucize arayan ve doğrulardan uzaklaşmış bir kalabalık...

Buyurun şöyle gidelim, kalabalıkla beraber size de açıklama yaparım, buyurun lütfen.”

Kolluk Komutanı, gösterilen yöne doğru merak içinde yürümeye başladı, arkasından Baş Hekim Hikmet kalabalığı yukarıdan görecekleri merdivenlerin başına geldi. Homurtu ve bağrışma içindeki halk, Baş Hekimi ve Kolluk Komutanını görünce sustu. Baş Hekim Hikmet, gayet sakin bir şekilde halkın umut içindeki gözlerine baktı.

“Biliyorum hepiniz buraya bir mucize için geldiniz...” dedi. Halk bir ağızdan evet anlamında bir homurtu çıkardı. “Bakın buraya kadar boşuna yoruldunuz. Böyle mucizevi bir olay burada olmadı...”

Kalabalıktan birisi meraklı birisi, “Peki kız çocuğu ne olacak? Ya kazada yaralanan?” diye sordu.

“Canınızı tıbbi terimlerle sıkmak istemem ama burada olanlar *alışılmadık olağandışılık* dediğimiz bir durum... Dediğim gibi sizi bu tıbbi terimlerle sıkmak istemem...”

“Kanatları varmış?” diye sordu başka birisi.

“Melekmiş!” diye ilave etti başka birisi daha.

“Allah aşkına dediklerinizi kulaklarınız duyuyor mu? Kanatları varmış! Melekmiş! Yahu siz hiç hastalanmış bir Melek duydunuz mu? Hem ayrıca duysanız da buraya bu hastaneye mi geldi? Ben hastayım beni iyileştirin diye! Yapmayın Allah aşkına bu dinen de günah! Nasıl olurda Allah’ın bir Meleği hastalanır da buraya gelir? Tövbe Estağfurullah çarpılırsınız! Tövbe deyin! Hadi şimdi herkes evine geri dönsün. Burada hastalar var, hepsi sizden rahatsız oldu! Hadi şimdi hemen evinize dönün!”

Baş Hekim Hikmet’in dini söylemi işe yaradı, hayalleri gerçekleşmeyen kalabalık bir süre sonra hayal kırıklığında dağıldı. Kolluk komutanı da ikna olmuş bir şekilde olay yerinden ayrıldı. Hastane eski sakin haline tekrar geri döndü.

Baş Hekim Hikmet, tüm meseleleri ağır başlılıkla hallederdi. Kalabalığı dağıttıktan sonra okul arkadaşı, dostu Sosyolog Süleyman Emre ile konuşmak için 09 servisini aradı. Sosyolog Süleyman İzmir’de yaşıyordu. Yaşananları açıklayacak birisi varsa aynen kendisidir diye düşünmüştü. Hat gelince Baş Hekim Hikmet, umutla telefona sarıldı.

"Selam hocam benim Hikmet."

"Hikmet! Hayırdır, sesin telaşlı geliyor."

"Evet biraz sıkıntım var Süleyman, eğer zamanın müsaitse senden yardım isteyecektim!"

"Ne demek Hikmet'im sen yardım isteyeceksin de ben zamanı bahane mi edeceğin? Söyle lütfen mesele nedir?"

"Hocam bir hastam var ve kendisinde açıklayamadığım bir durum söz konusu..."

"Merak ettim nedir dostum!"

"Bu hasta tanımlayamadığım bir şekilde elinden çıkardığı ışıkla hastalarımdan ikisini mucizevi bir şekilde iyileştirdi... Ben görmedim ama hastalarımdan birisi gördü..."

"Söylediklerinde ciddi olamazsın!"

"Ciddiyim Süleyman, hem de çok ciddiyim. Yalan bir şey olsa seni arar mıydım?"

"Tamam Hikmet, bunu bana başkası söylese dalga geçer suratına kapatırdım ama, sen olunca sana inanıyorum. Peki sana nasıl yardımcı olabilirim?"

"Bilmiyorum, senin uzmanlık alanına girmiyor mu?"

"Böyle bir şey asla başıma gelmedi, biliyorsun ben bir Sosyoloğum. Bu tür konularla hobi adına ilgileniyorum... Elinden çıkardığı ışıkla insanları iyileştiren birisi, çok acayipmiş. Tamam Hikmet, işlerim yoğun olmasına rağmen seni kırmayacağım. Arabamı yeni tamirden aldım, araba sorun çıkarmazsa mümkün olan en kısa zamanda gelmeye çalışacağım."

"Bu arada hastayla ne yapalım? Önerin olacak mı?"

"Şimdi ne durumda?"

"Uyuyor."

"Tamam uyanınca onu sakin tutmaya çalışın. Onu sinirlendirecek şeyler yapmaktan kaçının... Durumu kaç kişi biliyor?"

"Sen dahil üç kişi."

"Üçüncü?"

"Dr. Zeynep Hanım, kendisi şimdi hastanın yanında ona bakıyor."

"Dediğim gibi Hikmet, ben gelene kadar hasta uyanırsa onu sakin tutmaya çalışın."

Baş Hekim Hikmet, hastanın yanına gitmek için odadan ayrıldı, ona koridorda merakla bakan hastane çalışanlarına otoriter bir görüntü sergileyerek, tüm meraklı sorulardan uzak durdu.

Yusuf'un odasına girdiğinde Dr. Zeynep'i uyuklarken gördü. Zavallı kadın diye düşündü, tüm gece nöbetçi olması onu yormuştu.

"Dr. Zeynep Hanım uyanın!"

"Özür dilerim hocam bir an için içim geçmiş gözlerim kapanmış, farkına varmadım... Hastada bir değişiklik yok hocam," dedi yorgun bir şekilde.

"Tamam anladım doktor hanım, siz istirahat edin evinize gidin."

"İsterseniz kalabilirim hocam."

"Yok kızım sen git yorgunsun, iki gecedir nöbettesin, hem kardeşin merak etmiştir."

Dr. Zeynep odadan ayrılırken Yusuf'a baktı, nedenini bilemediği bir şekilde ona yakınlık beslemişti. Ona bir şekilde acıyordu.

Baş Hekim Hikmet, Yusuf'un yanına oturdu, usulca ona dokunarak ışık çıkacak mı diye merak etti, ışık çıkmadı. Yusuf'un hüzünlü yüzüne bakarak kim olabileceğini düşündü. Belki de dedikleri gibi cennetten kovulmuş bir melekti, kanatları olmayan bir melek, DİYE düşünürken Hasta Bakıcı Mustafa yemek getirdi.

Yemekle beraber okuyamadığı günlük gazetesine bakındı. Aklı gizemli hastadayken gazetesine sadece bakındı. Haberler pek ilgisini çekmese de okumaya çalıştı; *Elazığ'da sağ-sol çatışmasında on iki kişi öldü, CHP binası basıldı... Cinsel çekiciliği arttırdığı ve tahrik olduğu gerekçesiyle Adana'da bazı okul müdürleri, kadın öğretmenlerin pantolon giymesini yasakladı.'* Bu muydu? 1978 yılındaydık ve hala bu gerici düşüncelerle mi uğraşmak zorundayız diye düşünerek gazetesini sinir içinde çöp kutusuna fırlattı.

Yusuf, yine aynı saatte gözlerini açtı. Uyuya kalmış Baş Hekimi gördü, uyanmasın diye sessiz bir şekilde odadan çıkarak koridorda ilerledi, diğer hasta odalarını gördü ama içeriye girmek istemedi. Odalar, hastalar ve onların acısıyla doluydu, çıkış kapısına yöneldi. Dışarıya çıktığında başka bir dünyada olduğunu düşündü, ana caddede bir süre yürüdü, zaman ve mekân kavramını tamamen yitirmişti, derin ve karanlık bir kuyunun içine düşmüş gibi hissetti. Düştüğü bu karanlık kuyudan çıkmak için cadde üzerinde koşmaya başladı.

Koştukça hızlandı, hızlandıkça gözünün önüne Zeyno'su geldi. Zeyno'sunu en ince ayrıntısına kadar görebiliyordu. Ona 'Gel artık, seni bekliyorum,' diyordu. Zeyno'sunun görüntüsünü kaybedince daha hızlı koşmaya başladı. Hızını daha da arttırdı ama, olmadı Zeyno'sunu göremedi. Göremedi güzel yüzünü. Bir anda köyünü gördü, köydekileri, tarlaları, hayvanları, hepsini görebiliyordu. Gündoğan'ı gördü sonunda, ona kız çocuğu olursa neler yapacağını anlatıyordu. Bazı anılar gözünde canlanıyordu; Gündoğan ile tarlasındaydı ve o ışıklı araç rengarenk bir şekilde yanıp duruyordu, karşısına o yaratıklar çıktığını görünce korkusundan koşmayı kesti.

"Ne istiyorsunuz? Benden ne istiyorsunuz? Neden ben? Ne anlatmaya çalışıyorsunuz?" diye feryat ederken bir anda hızla gelen bir kamyon ona çarptı.

Çarpmanın etkisiyle en az yirmi metre ileri fırladı. Sol omuzu ve kolu, kaburgasının sol kısmı tamamen kırıldı, yere düştükten sonra yolun üstünde kayması sonucu yüzü ve kafası yaralandı. Kamyon şoförü etrafına bakındı onu kimsenin görmediğine emin olduktan sonra sinsi bir şekilde durmadan yoluna hızla devam etti. Yusuf, kanlar içinde ölmek üzereydi, bir ekmek fırını arabasının şoförü haline acıyarak, insanlık namına onu hastaneye getirdi.

Dr. Zeynep, mesaisinin başlamasına daha vakit varken erken geldi. Hastanın durumunu çok merak ediyordu, aslında uyandığında hastanın yanında olmak istiyordu. Acil servisin kapısına geldiğinde içeride bir karmaşa olduğunu gördü, hastaya baktı oydu. Kanlar içinde buruşturulup atılmış bir kâğıt parçası gibi kemikleri kırılmış bir vaziyette karşısındaydı. Korktuğu yine başına gelmişti, ona bir şey olmasından korkmuştu ve ona bir şey olmuştu hem de bayağı ağır bir durumdu bu. Durumu pek iyi görünmüyordu. İç kanaması olduğu kesindi. Zavallı adam diye düşündü. Hemen operasyona alınmalıydı.

Ameliyata Genel Cerrah, Baş Hekim Hikmet ve Dr. Zeynep katıldı. Yusuf'u başarılı geçen operasyon sonunda yoğun bakıma aldılar.

Baş Hekim Hikmet'in odasına geldiler. Çok yorgundular ve her ikisi de kendini suçlu hissediyordu.

Baş Hekim Hikmet, "Uyandığının farkına varmadım. Varsaydım başına bunlar gelmezdi," dedi.

Dr. Zeynep, "Bilemezdiniz hocam. Önemli olan hastanın yaşıyor olması," dedi vicdan azabı çeken Baş Hekim Hikmet'in acısını azaltmak için.

"Ben yoruldum, biraz dinlenmem gerekiyor. Dr. Zeynep, biliyorum gündüze geçtiniz ama bu gece bu hastanın yanında kalmanızı özellikle istiyorum. Biliyorum kardeşine gitmek zorundasın. İstersen şöyle yapabiliriz; şimdi evine git kardeşinle ilgilen, sen gelene kadar ben burada kalırım, sen gelince ben giderim. Sanırım Süleyman sabaha gelmiş olur. Süleyman geldiğinde dinç bir şekilde yanında olmak istiyorum. Hastayı üçümüz beraber kontrol ederiz sonra sen gidersin," dedi Baş Hekim Hikmet.

"Tamam hocam, mümkün olan en kısa zamanda gelirim.

Dr. Zeynep, evine ve hastaneye eski bisikletiyle gider gelirdi. Eve giderken tuhaf duygular içine girdi, adını dahi bilmediği o genç adamdan kız kardeşi için yardım isteyebileceğini düşündü. Kendine geldiğinde ondan yardım isteyebilirdi.

Aile kavramı yüksek bir kadındı, çocuğu yoktu, anne babası yoktu, tek akrabası PAN hastalığına yakalanmış kız kardeşiydi. Aile demek onun için her şeydi. Dr. Zeynep, çetin cevizdi, kendisini kız kardeşinin bakımına adamıştı, bundan dolayı ne şikâyet etti ne de yorulduğunu belli etti. Hayatı tereddütlerle doluydu, yaşadığı tereddüt yüzünden bir daha evlenmemeyi tercih etti. Yıllar onu acımasızca derisini yırtan bir kamçı gibi yaralamıştı.

Dr. Zeynep, mutfakta yemek ve ilaçları ayarlarken kız kardeşi Aynur ablasının enerjisinde tuhaf bir şey olduğunu hissetti. Aynur otuz beş yaşındaydı, hastalıktan dolayı koyu kızıl renginde pullu derisi vardı. Espri anlayışı çok yüksek bir kadın olduğu için saçlarını vücudunun rengine boyatmıştı. Vücudunun ve saçlarının aynı renkte olması iki kardeş arasında genelde hep aynı esprilerin yapılmasına neden oluyordu. Aynur'un sanki ruhu yok gibiydi, yaşamaktan bıkmıştı. Ablası onu teskin ediyor, sıkıntılı ruhunu yatıştırıyordu. Ardı arkası kesilmeyen şüphelerini ortadan kaldırıyordu.

Dr. Zeynep ısıttığı yemeği verirken, Aynur ablasının tarif edemediği umut ışığı yanan gözlerine baktı, "Sen de bir tuhaflık var!" dedi ağzından birkaç kelime almak için.

"Hastaneye geri dönmeliyim, bu gecede nöbetçiyim."

"Gündüze dönmedin mi?"

"Baş Hekim istedi, bir hastayla ilgili."

"Yok yok başka bir şey var, tuhaf bir heyecan içindesin! Neden hastaneye dönüyorsun?"

"Yok bir şey, bir hasta hakkında..."

"Hasta mı? Ne tür bir hastaymış bu? Yoksa birini buldun da bana mı söylemiyorsun?"

"Hiç alakası yok. Kesinlikle hasta hakkında, ayrıca o en fazla yirmi yaşında genç bir adam..."

"Kim dedin?"

"Kimse demedim! Aynur uzatma lütfen. Hasta genç bir adam ve devamlı bakım altında durması gerekiyor."

"Neyi varmış hastanın?"

"Bilmiyoruz, öğreneceğiz!"

Dr. Zeynep kız kardeşinin ilaçlarını ve yemeğini verdikten sonra bisikletine atlayıp, hastaneye doğru hızla pedal çevirerek düşünmeye başladı. Aynur'un söylediği, *'Yoksa birini buldun da bana mı söylemiyorsun?'* lafını hatırladı, yüzüne bir gülümseme oturdu. Yıllardır bir erkekle çıkmamıştı. Olsaydı ilk kız kardeşine söylerdi. Pedalı daha da hızlı çevirdi, hastane sokağına girdiğinde onu tanıyan seyyar satıcılara selam verdi. Bisikletini Baş Hekim Hikmet'in arabasının yanına park etti.

Hasta Bakıcı Mustafa meraklı bir şekilde hastane girişinde Dr. Zeynep'in yanına geldi. Kendisi dahil tüm hastane çalışanları merak içindeydi.

"Hocam izninizle bir şey sormak istiyorum."

"Biliyorum Mustafa merak içindesiniz ama, inan bana biz de ne olduğunu anlamış değiliz. Baş Hekim bir arkadaşını çağırdı belki o anlar diye umut ediyoruz. Kendisi sabaha karşı İzmir'den gelecek, sonrasını göreceğiz."

"Sağolun hocam, bir isteğiniz var mı?"

"Baş Hekim saat kaçta gitti?"

"Siz gelmeden on dakika önce ayrıldı hastaneden."

"Herkes işine baksın, unutmayın burası bir hastane ve burada bakmamız gereken başka hastalarımız da var! Biz bir şey öğrenince size haber veririz... Birde bana çay getir lütfen."

Dr. Zeynep, kendisinin dahi bilmediği olayı nasıl anlatabilirdi ki? O da en az onlar kadar merak içindeydi. Bildiği kadarını dürüstçe söylemiş, Hasta Bakıcı Mustafa'yı etkilemeyi ve inandırmayı başarmıştı. Odanın kapısını açarken hastanın uyanmış olmasını ümit etti ama Yusuf derin bir komadaymış gibi uyumaktaydı.

Gece yarısı olmak üzereydi, Dr. Zeynep uyumamak için direnç gösterse de başaramamıştı. Yusuf gözlerini açtığında, Dr. Zeynep'i yanındaki sandalyede ayaklarını bir sehpanın üzerine koymuş uyurken gördü. Geçirdiği kazayı hatırladı. Gözünün önüne kamyonun far ışıkları geldi, son gördüğü şey buydu. Vücuduna baktı, birçok yeri sargılıydı, birden şiddetli baş ağrısı ve kulak çınlamasıyla acı içinde bağırmaya başladı. Dr. Zeynep korku içinde uyandı. Yusuf'u acı içinde görünce başına geldi, "Tamam sakin olun!" dedi.

Yusuf, "Başım, başım çok fena!" diye acı içinde bağırdı.

Sanki birileri sesini duymuş gibi baş ağrısı ve kulak çınlaması aniden durdu. Yusuf, ona merakla bakan Dr. Zeynep'e, "Geçti..." dedikten sonra vücudunu eflatun renginde ışık sardı. Işık Yusuf'un üzerinde dalgalanmaya başladığında yaraları anında hızlı bir şekilde iyileşmeye başladı. Dr. Zeynep, yaraların mucizevi bir şekilde kaybolmasına hayretler içinde şahit oldu. Kısa bir sürede Yusuf'un tüm yaraları iyileşti, tam o anda içeriye Baş Hekim Hikmet ve Hastaneye yeni varmış Sosyolog Süleyman Emre girdi.

Her ikisi de odadaki ışığın farkına varıp hemen hastanın yanına gelmişti. Eflatun renkteki ışık dalgalanmayı bırakıp küçülmeye başladığında üçü de bu mucizevi olaya şahit olmanın şansını yaşıyordu. Yusuf, yaşadığı yoğun enerjiden dolayı kendinden geçti, küçülen ışık bir tenis topu büyüklüğüne geldiğinde hızla odanın penceresinden çıkarak kayboldu.

Sosyolog Süleyman ve Baş Hekim Hikmet birbirlerine baktılar, "İkimizde aynı şeyi gördük sanırım!" dedi şaşkınlıkla Sosyolog Süleyman.

"Evet aynı şeyi gördük," dedi Dr. Zeynep hayretler içinde.

"Merhaba ben Süleyman, Baş Hekimin arkadaşı, sizde Dr. Zeynep Hanım olmalısınız."

Dr. Zeynep, "Merhaba, hoş geldiniz..." derken şaşkınlık içindeki Baş Hekim Hikmet lafını kesti

"Neyle karşı karşıyayız anlayamadım! İçinden çıkan o ışıklı top mu iyileştirdi onu?" diye sordu.

Sosyolog Süleyman, "Sanırım öyle..." derken Yusuf uyandı.

Yusuf, gözlerini açtığında bambaşka bir adam olmuştu. Sadece vücudundaki yaraların iyileşmesi değil, konuşması, tavrı da değişmişti. Dr. Zeynep'e, "Merhaba benim adım Yusuf Duman," dedi gülümseyerek.

"Merhaba Yusuf, memnun oldum, bende Dr. Zeynep. Bu hastanemizin Baş Hekimi Hikmet Bey, bu da Baş Hekimimizin bir arkadaşı Sosyolog Süleyman Bey," dedi sakin bir tonla. "Bize kim olduğunu söyler misin?"

"Memnun oldum... Ben kimim? Diye merak ediyorsunuz. Diyarbakır'ın bir köyünde yaşayan bir çiftçiydim. Birden kendimi Türkçe konuşulan başka bir yerde buldum. Oysa ben Türkçe bilmiyordum."

"Ama adım Yusuf dedin! Yusuf bildiğimiz kadar Türkçe bir isim."

"Evet, sadece köyümüzde değil tüm Kürt bölgelerinde Türkçeleştirme söz konusuydu, bu yüzden adım Türkçe Yusuf oldu. Ben de ilk başlarda tuhaf karşıladım ama zamanla alıştım. İnsan istemediği şeylere bile zorunlu kalınca alışıyor, değil mi?" dedi.

"Bize başına gelenleri anlatır mısın Yusuf?" diye sordu Sosyolog Süleyman analiz eden bir tonla.

"Yaşadıklarımı anlatsam delirdiğimi düşünürsünüz!"

"Niye öyle bir şey düşünelim?"

"Çünkü deli olduğumu düşünürsünüz!"

"Anlat, aklında ne varsa anlat. Merak etme delirdiğini düşünmeyiz. Biz doktoruz ve sana yardımcı olmaya çalışıyoruz."

"Tamam o zaman, delirdiğimi düşünseniz bile başımdan geçenleri anlatacağım. Ben Diyarbakır'da Gülpınar adında bir köyde yaşıyordum. Karım Zeynom... Hamile Zeynom..." derken kelimeler boğazına düğümlendi, ağlayacak gibi oldu. "Beni her zaman yaptığı gibi tarlaya uğurladı. Gündoğan ile dertleşerek tarlaya geldik..."

"Gündoğan kim?" diye lafını kesti Sosyolog Süleyman.

"Gündoğan, benim katırım. Hayvandan öte bir dostluğumuz vardı... Neyse tarlaya vardığımızda çalışmaya başladım, sonra ıslık sesine benzer tuhaf bir ses duydum, bakınınca kimseyi göremedim. Çalışmaya devam ettim ama bir süre sonra tarlanın dibinde bir şey gördüm. Onu daha önce görmediğim bir kayaya benzettim, ama bir kaya olmadığını anlayınca merakımdan dolayı yanına gittim. Keşke gitmeseydim, hemen oradan uzaklaşsaydım.

Gördüğüm şey gümüş renginde bir araçtı. İçinden iki tane yaratık çıktı, daha ne olduğunu anlamadan felç olmuştum, kıpırdayamadım. Beni yoğun bir ışıkla aracın içine aldılar, aracın içi sisliydi ve görmeyi zorlaştıran çok parlak beyaz bir ışık vardı, aracın havalandığını hissettim, sonra da kendimi burada buldum... İşte olanlar bunlar!"

Hiçbir yargıya dış görünüşe bakarak karar vermemek gerekir. Sosyolog Süleyman'ın sade bir görüntüsü vardı, orta boyluydu ve bacakları kısaydı, kolları vücuduna göre daha uzundu, numaralı gözlük kullanıyordu. Varlığından rahatsız olmayacağınız bir enerjiye sahipti, fikirlerini açıkça söylemekten asla çekinmezdi.

"Anlattıklarına inanıyorum Yusuf ama araç derken ne demek istedin?"

"Değişik renkte ışıkları vardı. Nasıl anlatsam bilemedim..."

Baş Hekim Hikmet, "Peki o yaratıklar neye benziyordu?" diye sordu.

"Tam olarak adlandıramam ama bu dünyadan olmadıkları kesin."

Sosyolog Süleyman, "Aracın adına UFO diyorlar..." diye konuyu aydınlatmak için kendine çekti. "Tanımlanamayan uçan nesnenin İngilizce açılımı."

Dr. Zeynep, "Yani o nedir?" diye sordu anlamadığını belli eden bir tonla.

Sosyolog Süleyman, "Diğer gezegenden gelmeleri için kullandıkları uzay aracı," dedi. Eline boş bir kâğıt alıp bir UFO resmi çizdi, Yusuf'a gösterdi, "Buna benziyor muydu? Uçan araç dediğin şey buna benziyor mu?" diye sordu.

"Evet benziyordu."

"Anlaşıldı!" derken kendinden emindi Sosyolog Süleyman.

"Ben şimdi başka dünyada değil miyim?"

"Neden başka bir dünyada olduğuna inanıyorsun?" diye sordu Sosyolog Süleyman.

"Arabalar değişmiş, kıyafetler değişmiş, sonra şu hasta için taktığınız makineler ancak başka bir dünyada mümkündür herhalde."

"Burası bildiğin dünya ve Türkiye, yani Diyarbakır, Gülpınar köyü, hepsi gerçek."

"Zeyno'mda yaşıyor olabilir," diyerek ayağa kalktı. "Hemen gitmeliyim!" dedi içtenlikle yalvaran gözlerle Dr. Zeynep'e bakarak.

Dr. Zeynep'in içi parçalandı, o kadar içten söyledi ki haline üzülmemek elde değildi, "Merak etme Yusuf kardeşim sana yardım edeceğiz ama önce biz bir hocalarla konuşalım, yardım edeceğiz söz veriyorum," dedi güven veren bir tonla.

"Son bir soru daha sormak istiyorum Yusuf," dedi Sosyolog Süleyman. "Sen kaç yılında doğdun?"

"1916 yılında doğdum. Bu olay olduğunda yıl 1935'ti."

Yusuf'un hüzünlü yüzüne birden gülümsemeyle beraber mutluluk oturdu. Zeyno'suna kavuşabilirdi. Buradaki insanlar ona yardım edebilirdi.

"Sen dinlenmeye devam et Yusuf. Biz bir durum değerlendirmesi yapalım," dedi Baş Hekim Hikmet.

"Beni Zeyno'ma götürürsünüz, değil mi?"

"Merak etme," dedi Dr. Zeynep.

Baş Hekim Hikmet, Sosyolog Süleyman ve Dr. Zeynep rahat konuşmak üzere odadan ayrılarak Baş Hekim Hikmet'in ofisine geldiler. Duydukları karşısında şok geçirmişlerdi. Dr. Zeynep hala tam olarak olayı anlamamıştı, "Benim anlamadığım Yusuf 1935 yılında o uçan aracın içine girmiş ve kendini 1978 yılında günümüzde bulmuş... Yani bundan tam kırk üç yıl önce! Bu nasıl oluyor söyler misiniz?" diye sordu.

"Bana bir şey sormayın lütfen, sen ne dersin Süleyman?"

"Kafam çok karıştı. Biraz düşünmem gerekiyor. Normalde 1916 yılında doğduysa şu anda 62 yaşında olmalıydı. Hiç öyle durmuyor, taş çatlasa 19, 20 yaşında olmalı..."

"Zeynom dedi, onu bulabiliriz o bize yardımcı olur, ne dersiniz?" diye sordu Dr. Zeynep.

"Ben daha farklı bir şey önereceğim. Ankara'da bir arkadaşım var. Kendisi psikologdur, üst düzey politikacı hastaları var, tanınmış birisi anlayacağınız yardımcı olacaktır."

"Nasıl?"

"Hipnoz ile o ana gider, başına neler geldiğini öğreniriz, ayrıca şu doğum tarihi konusunda aydınlanırız. Ne dersiniz?"

Sosyolog Süleyman, 09 servisini arayarak şehirler arası telefon bağlatmak istedi ama hatların yoğunluğundan dolayı ulaşamadılar.

"Şansımızın bize yardım etmesini istiyorsak bizim de şansımıza yardım etmemiz gerekiyor," dedi.

"Nasıl?" diye sordu merak içinde Baş Hekim Hikmet.

"Acemi talihi derler ya, onun gibi düşün. Ankara'ya gidip onu ofisinde görmek gerekiyor."

"Bizim de gelmemiz gerekiyor mu?" diye sordu Baş Hekim Hikmet.

"Güvenini kazanması açısından beraber gitsek iyi olur... Ne dersiniz Dr. Zeynep Hanım?"

"Ben gelemem efendim. Hasta kız kardeşim var biliyorsunuz, onu yalnız bırakamam."

Tekrar Yusuf'un olduğu odaya geldiler. Yusuf, ümit dolu bir şekilde onlara baktı.

"Evet Yusuf. Şimdi biz bir karar verdik. Seninle Ankara'ya gideceğiz."

"Baş şehre! Neden oraya gidiyoruz?"

"Orada sana yardımı dokunacak bir doktor arkadaşım var, onu görmeye gideceğiz..."

"Olmaz ben Zeyno'mun yanına gideceğim. Ankara'ya gitmem! Ben başka bir doktor istemiyorum! Benim bir şeyim yok!" dedi, Dr. Zeynep'e baktı. "Bana söz vermiştiniz!"

"Zeyno'na giderken başına bir şey gelmesinden korkuyoruz. Doktoru görüp ondan sonra gidersin. Hem ayrıca sen başına gelenleri merak etmiyor musun?" diye sordu Dr. Zeynep.

"Peki sen gelecek misin?"

Baş Hekim Hikmet, "Hayır, o gelme..." derken Dr. Zeynep lafını kesti.

"Geleceğim Yusuf kardeşim gelmez olur muyum? Hem ayrıca senin hanımın ismi de Zeynep tabii ki geleceğim."

"Tamam o zaman benim arabayla gideriz, çıkalım mı?" dedi Baş Hekim Hikmet.

"Son bir şey daha var Yusuf."

"Evet Süleyman abi."

"Biz 1935 yılında değiliz... Biz 1978 yılındayız. Yani dışarı çıktığında göreceklerin gerçek ve başka bir dünyaya ait değil, tamam mı?" diye sordu çok sakin bir tonla.

"Nasıl olur bu Süleyman abi?"

"Bilmiyorum Yusuf, Ankara'ya bunu öğrenmek için gidiyoruz!"

Yolculuk başladı. Baş Hekim Hikmet, aracını dikkatli ve normal hızla kullanmaktaydı. 1972 model kırmızı bir Opel Rekord steyşın vagonu vardı. Geçen sene Tatile gelmiş Almanya'da yaşayan bir Türk işçiden almıştı. İçine düştüğü bu durum onu Baş Hekimlikten çok insanlık adına yapılmış bir iyilik olarak gördüğü konuma sokmuştu. Kendisini sorumluluk sahibi babacan birisi olarak hissediyordu.

Dr. Zeynep'in aklında bencilce Yusuf'a yardım edip kız kardeşini iyileştirmesi için yardım isteyeceği vardı. O da kendi içinde bir türlü içinden çıkamadığı ahlak kurallarını yaşıyordu. Kız kardeşinin iyileşmesini, yuva kurmasını, mutlu olmasını hayal ediyordu.

Sosyolog Süleyman, yaşadığı bu inanılmaz olayı vardıklarında Psikolog arkadaşına nasıl anlatacağını düşünüyordu. Gördüklerinin gerçek olduğunu nasıl anlatacaktı? Kafası karışıktı, bir sosyolog olarak olaya bakamazdı, bir sosyolog olmaktan ziyade burada insanlık söz konusuydu.

Yusuf, Zeyno'sunu düşünmekteydi. Onunla geçirdikleri mutlu anları düşündü. Ya beni hatırlamazsa diye karamsarlığa düştü. Dağları, ovaları, sonsuzmuş gibi duran tarlaları seyretti. Gündoğan ile geçirdiği anları düşündü, yüzüne gülümseme oturdu. Güneşin yüzüne vuran sıcaklığını hissetti. Aynı güneş Gülpınar köyünden de görülüyordu. Gülpınar köyünde çiftçilik yaptığını, çok sevdiği yedi aylık hamile bir karısı olduğunu ve evinden çok uzakta olduğunu biliyordu. Artık çiftçi değildi, kendisine ait hiçbir şeyin olmadığını biliyordu. Gülpınar'a dönmek için ve Zeyno'suna kavuşmak için gerekli parası bile yoktu. Bütün bu olanlar aynı güneşin etrafında dönerken göz açıp kapayana kadar geçen sürede olmuştu, anlayamadığı buydu!

Bir benzincide durarak depoyu doldurdular. Bu dinlenmek ve ihtiyaç görmek içinde iyi bir fırsattı.

"Bir şeyler yiyelim, ne dersiniz?" dedi Baş Hekim Hikmet.

Benzincinin yanında bir lokantada oturdular, sipariş verip beklediler.

"Bana köyünden bahset biraz," dedi Sosyolog Süleyman.

"Gülpınar, aslında orada yaşamak zordu, şimdi nasıldır bilemem... Pek bir şey söylemek istemiyorum," diyerek konuşmak istemediğini hissettirmeye çalıştı.

"Peki Zeyno, karın!"

"Doyamadım ona. Hamileydi çocuğumuz olacaktı..." derken kelimeler yine boğazına düğümlendi.

"Kusura bakma Yusuf amacım seni üzmek değildi," dedi Sosyolog Süleyman.

"Onunla çocukluktan beri beraberdik. Büyüyünce ayrılmak istemedik. Onsuz yapamazdım. Tam onu isteyecektim, Mahmut Ağa diye güçlü bir adamın oğlu Zeyno'ma musallat oldu. Direndik, beraber direndik. Kardeşimden öte amca oğlum Hüseyin'in yardımıyla ve köyümüzün İmamıyla Zeyno'mu aldım. Onsuz geçen her zamanım kayıptır benim için..."

Yusuf, yemekler geldiğinde susmayı tercih etti. Konuşmak istemiyordu. Bunu gören Dr. Zeynep, "Tamam Yusuf, bir şey söylemene gerek yok, siparişlerin geldi, hadi yiyelim yolumuz uzun," dedi onu anladığını belirtmek için.

Yusuf, salatasını ve meyvesini yemeye başlarken yine aynı şiddetli baş ağrısı ve kulak çınlamasına tutuldu. Acı dayanılacak gibi değildi. Sanki birisi uzaktan kumanda ile ona işkence ediyordu. Elleriyle kulaklarını kapatıp, dizlerinin üzerine yere düştü. Düşerken yemekleri devirdi, sol tarafında oturan Sosyolog Süleyman'ın üzerine geldi. Dr. Zeynep, yanına gelerek müdahale etmek istedi, duyması için ona seslendi ama Yusuf duymadı, acı içinde bağırıyordu.

Çevrede bulunan insanlar merak içinde Yusuf'un yanına gelip yardım etmek istedi. Yusuf'un gözlerine perde indi, iki avucunun içinde o eflatun renkteki ışık belirdi. Kalabalık Yusuf'un görüntüsünden korkarak birkaç adım uzağına çekildi. Yusuf'un acısı dinmişti, tuhaf bir şekilde gözlerinin sadece beyaz kısmı görünüyordu.

"Bir şey yapalım!" dedi Dr. Zeynep.

"Ne yapabiliriz ki?"

"Uyandırmaya çalışsak," dedi Sosyolog Süleyman.

"Ters bir durum çıkabilir. Bekleyelim ne olacak görelim?" dedi Baş Hekim Hikmet.

Yusuf, birden konuşmaya başladı. Sesi metalik bir ses tonundaydı ve ne dediği anlaşılmıyordu, "ANEM... NA... ME... NEAM... MAEN... DE... NA... KIR... ELATUM... IGAN... KIR... A... E... AS... AE... KEAM... SUGA... A... A... E... AS... ZEG... GA."

Kalabalık biraz daha korkarak birkaç adım daha uzaklaştı. Yusuf, aslında aynı şeyleri tekrarlayıp duruyordu. Bunu ilk fark eden Sosyolog Süleyman oldu, "Bir şey anlatmaya çalışıyor olmalı!" dedi.

"İletişim mi kurmak istiyorlar?" dedi merakla Baş Hekim Hikmet.

"Sanmıyorum... Söylediklerini aklımızda tutmaya çalışalım."

Yusuf, konuşmaya devam ettikçe avucunun içindeki o eflatun ışık giderek belirgin hale geldi. Dr. Zeynep duyduklarını aklında tutmaya çalıştı, duyduklarını mırıldanarak tekrar etti ama bir türlü aklında tutamadı. Hemen çantasından not defterini ve bir kalem çıkardı, söylenenleri yazdı. Yusuf'un konuşmasını bittiğinde avuç içindeki ışık kayboldu. Gözleri kapanarak yere yığıldı. Korkudan geri çekilmiş kalabalık merak içinde Yusuf'un başına toplandı.

"Açılın, nefes alsın biraz," dedi Dr. Zeynep kalabalığı iteklerken. "Biz doktoruz kendisi de hastamız, açılın şöyle," diyerek Yusuf'un nabzını kontrol etmek için eğildi.

Kalabalıktan meraklı insanlar, "Ellerinde ışık vardı!", "Gözlerini gördünüz mü?", "Bu nasıl bir hastalıktır?" gibi sorular sordular.

"Bu çok nadir görülen bir hastalık! Hastamızı Ankara'ya götürüyoruz. Orada bakacaklar... Şimdi açılın lütfen hasta kendine gelsin," dedi Baş Hekim Hikmet.

Yusuf, kendine geldiğinde bir şey hatırlamadı. Etrafındaki kalabalığın meraklı gözlerle ona baktığını gördü, neler olduğunu hatırlamaya çalıştı, "Ne oldu?" diye sordu.

"Yine nöbet geçirdin... Kalkabilecek misin?" dedi Dr. Zeynep kalkması için kolundan tutarak.

"Bu insanlar neden bana tuhaf bakıyor? Yanlış bir şey yapmadım İnşallah."

"Merak etme Yusuf bir şey olmadı. Baş ağrının şiddetinden bayıldın. Onlarda merak edip geldiler, o kadar... Yürüyebilecek misin?" diye şefkatle sordu Dr. Zeynep.

Yürümeye başladılar, onlar yürüdükçe kalabalık da Yusuf'un arkasından yürümeye başladı. Tedirgin olan Sosyolog Süleyman hızlanarak arabanın şoför koltuğuna oturdu arabayı o kullanacaktı. Dr. Zeynep ve Baş Hekim Hikmet kollarına girerek onu arabaya koydular ve oradan hızla uzaklaştılar.

Yusuf, yaşadıklarından dolayı bitkin düşmüş bir vaziyette uyudu. Diğerleri o uyanmasın diye seslerini alçaltarak konuştular.

"Söylediklerini hatırlıyor musunuz Zeynep Hanım?" diye sordu Sosyolog Süleyman.

Dr. Zeynep, "Sanırım, ANEM... NA... ME... NEAM... MAEN... DE... NA... KIR... ELATUM... IGAN... KIR... A... E... AS... AE... KEAM... SUGA... A... A... E... AS... ZEG... GA," diye okudu not defterine bakarak. "Zaten aynı kelimeleri tekrar edip durdu."

"Üniversitede bir hoca var, sanırım o bize yardımcı olur. Eski dillerde uzmandır, o yardım eder," dedi Sosyolog Süleyman.

"İyi fikir," dedi Baş Hekim Hikmet.

"Yusuf'un bir şeyler yemesi lazım," dedi Dr. Zeynep.

Çok geçmeden bir benzin istasyonunda durdular.

Dr. Zeynep, "Ne kadar yolumuz kaldı?" diye merakla sordu.

"İki saate varırız," dedi Sosyolog Süleyman.

Yemekler yenildi, ihtiyaçlar karşılandı, sıra dil uzmanı hocayı aramaya geldi. Bu tarif edemedikleri garipliği açıklayacak en ufak ip ucu onları mutlu edecekti. Hem Yusuf'a yardım etmek hem de bu gizemli olayda biraz olsun aydınlanmak istiyorlardı. Yusuf ve Baş Hekim Hikmet arabada beklerken, Sosyolog Süleyman ve Dr. Zeynep restoranın telefonunu kullanarak 09 servisiyle istedikleri numarayı bağlattılar. Şanslarına hat çabuk verildi.

"Kızım ben Süleyman Emre, bana profesör Oğuz Beyi bağlar mısın?"

Biraz bekledikten sonra Prof. Oğuz konuşmaya başladı, "Buyur hocam nasıl yardımcı olabilirim?"

"Hocam, rahatsız ettim kusura bakma, senden yardım isteyecektim."

"Buyur Süleyman, söyle nasıl yardımcı olabilirim?"

"Senden anlayamadığım bir dil hakkında yardımcı olmanı istiyorum."

"Buyurun Hocam size yardımcı olmaktan onur duyarım... Söyleyin."

"Tam olarak şöyle," diyerek Dr. Zeynep'ten kelimelerin yazılı olduğu not defterini alıp okumaya başladı, "ANEM... NA... ME... NEAM... MAEN... DE... NA... KIR... ELATUM... IGAN... KIR... A... E... AS... AE... KEAM... SUGA... A... A... E... AS... ZEG... GA."

"Tekrarlar mısın? Pek bir şey anlamadım."

"ANEM... NA... ME... NEAM... MAEN... DE... NA... KIR... ELATUM... IGAN... KIR... A... E... AS... AE... KEAM... SUGA... A... A... E... AS... ZEG... GA."

"Maalesef hiç duymadığım, bilmediğim bir dil... Bu dünya dışından bir dil olmalı," dedi espri yapıp kahkahayı basarak. "Hiç duymadım, belki kökeni Afrika'nın Güney kısmına dayalı bir kabile dili olabilir ama net emin değilim. Kusura bakmayın yardımcı olamadım Hocam!"

"Teşekkür ederim Hocam."

"Kusura bakma Süleyman espri olsun diye bu dünyadan değil dedim, lütfen kusuruma bakma, sadece espri yaptım."

"Merak etme Oğuz! Yanlış anlamadım, yine de yardımcı oldun."

"Neler oluyor anlatır mısın? Merak ettim!" diye sordu Dr. Zeynep.

"Anlayamadı, espri olsun diye bu dünyadan bir dil değil dedi sadece."

Espride olsa cevabı almışlardı. Arabanın yanına döndüklerinde Yusuf'u uyurken gördüler. Onu uyandırmadan arabaya bindiler. Sosyolog Süleyman merak içinde ona bakan Baş Hekim Hikmet'e, başını hayır anlamında olumsuzca sallayarak başarısız olduklarını belirtti.

"O zaman bu uzaylılar bizle mi konuştu?" diye sordu Dr. Zeynep fısıltıyla.

"Hiç sanmıyorum, bu bir mesaj da olabilir," dedi Sosyolog Süleyman.

"Peki ne mesajı olduğunu nasıl anlayacağız?"

Sosyolog Süleyman, "Belki Ankara'da bütün cevapları buluruz," diyerek arabayı sürmeye başladı.

Ankara'ya vardıklarında Yusuf uyandı. Etrafına bakınarak koca şehir Ankara'yı seyretmeye başladı. Caddeler vızır vızır araba kaynıyordu. Yüksek binalar, koşuşturan insanlar hepsi ona yabancı geliyordu. Burası kim bilir ilerde nasıl büyük bir şehir olacaktı?

Sosyolog Süleyman, "Yaklaştık, bu yolun sonundan sola gireceğiz, arabayı orada park ederiz. Önemli olan hastasının olmaması," dedi arabayı sola döndürürken.

Psikolog Tayfun Bahadır'ın muayenehanesi büyük ve görkemliydi. Buraya gelen insanların kalbur üstü insanlar olduğu kesindi. Sekreter onları bekletti. Yusuf, tablolara, heykelciklere hayranlıkla baktı. Psikolog Tayfun, biraz sonra hastasından çıkacaktı. Bu onlar için bir şanstı. Bu şansı iyi değerlendirmek gerekiyordu.

Psikolog Tayfun, bekleme salonundaki kalabalığı görünce şaşırdı, başka hastası yoktu. Psikolog Tayfun, dalında meşhur birisiydi, zevkine düşkün, çarpıcı bir görüntüsü olan ikna kabiliyeti çok yüksek birisiydi. Otuz dokuz yaşında, uzun boylu ve omuzları genişti, aristokrat eğitimi almış gibi asil davranışlarıyla insanlar üzerinde etki kurmakta zorlanmıyordu. Saçları sarı ve gür, gözleri elaydı, ne yaptığından gayet emin hareket eden birisi olarak özellikle hastaları üzerinde çok etkiliydi. Sosyolog Süleyman'ı görünce tanıdı.

"Süleyman! Hayırdır?"

"Kusura bakma Tayfun, acil bir durumumuz vardı. Seni aradım ama ulaşamadım."

"Ne demek buyurun sizi içeriye alayım, şöyle buyurun, fazla zamanım yok bir davete katılmak için hazırlanmam gerekiyor."

Psikolog Tayfun'un odası son moda mobilyalarla döşenmişti. Oda da yurt dışında okumuşluğun izleri vardı. Çalışma masasının arkasında cam kapaklı bir kitaplık vardı. Kitaplığın içinde dönemin önemli isimleri olan İsmet İnönü, Naim Talu, Süleyman Demirel, Barış Manço, Ayhan Işık ve Yılmaz Güney'le çekilmiş siyah beyaz fotoğrafları bulunmaktaydı. Yusuf, burayı da hayranlıkla seyretti. Onlara gösterilen yerlere oturdular.

"Söyleyin bakalım, ne için buradasınız?"

"Öncelikle arkadaşlarımı tanıştırmak istiyorum. Fethiye S.S.K Hastanesinin Baş Hekimi Prof. Dr. Hikmet Şanlı, yine aynı hastaneden Dr. Zeynep Hanım, bu da Yusuf Duman."

Psikolog Tayfun, "Memnun oldum, buyur Süleyman nasıl yardımcı olabilirim?" diye kibarca hepsinin selamladı.

"Şimdi olay şöyle... Beni tanırsın asla yalan bir şey için senin vaktini almam. Yusuf kardeşimizin bir durumu söz konusu... Nasıl başlayacağımı inan bilmiyorum!"

"Evet dinliyorum Süleyman lütfen devam eder misin?"

"Nasıl söyleyeceğimi bilemedim? Umarım delirdiğimizi düşünmezsin!"

"Düşüncelerimizi telepatik gücü olanlar, hislerimizi de empati yapanlar okur. Bense insan ruhunu okuyorum. Lütfen söyle... Söylemezsen sana yardımcı olamam!"

"Tamam Tayfun konuya direk girmek istiyorum o zaman. Yusuf, Baş Hekim Hikmet'in hastanesine Alman bir fotoğrafçı tarafından ormanlık bir alanda çıplak bir vaziyette bulunarak getirildi. Kendisi derin bir uykudaydı. Yapılan tüm analizler sağlıklı olduğunu işaret ediyordu... Bir gece yarısı uyandı ve tuhaf bazı olaylar yaşadı..."

"Nasıl tuhaf olaylar?"

"Doğa üstü denilenden. İki hastayı ellerinden çıkan bir ışıkla iyileştirdi..."

"Bir saniye durun! Işık mı dediniz?"

"Evet, ışık dedim. Hepimiz gördük, aslında Dr. Zeynep Hanım hastanın nasıl iyileştiğini tam olarak gördü, eflatun renginde ışık hastanın üzerini kapladı ve mucizevi bir şekilde hasta iyileşti..."

"İlginç, evet devam edin."

"Yusuf, sonra başına gelenleri tam olarak hatırlamasa da bazı şeyleri hatırlamaya başladı. Bize, 1916 yılında doğduğunu ve 1935 yılında uzaylılar tarafından -uzaylılar benim tahminim- alıkonduğunu söyledi."

"Ne dediniz? Uzaylılar mı? Benim böyle saçmalıklara ayıracak zamanım yok Süleyman! Zamanım böyle saçmalıklar için çok pahalıdır!"

"Evet, uzaylılar. Doğru duydun, bana inanmanı istiyorum Tayfun. Bu söylediklerim gerçek! Sana yalan söylemek için ta Fethiye'den buraya geldiğimizi mi düşünüyorsun? Lütfen yapma bize yardımcı olabilecek birisi varsa o da sensin..."

"Üzgünüm Süleyman ben böyle konularla ilgilenmiyorum! Benim vaktim çok değerli, eğer size başka konuda yardımcı olacak bir şey yoksa..." demeye kalmadan Yusuf birden acılar içinde başını tutmaya başladı. Yine o kulak çınlaması ve baş ağrısı canını yaktı, avazı çıktığı kadar acı içinde bağırdı, gözleri yine beyazlaştı ve ellerinden eflatun ışık çıktı. Oturduğu koltukta yerden bir metre kadar havalandı, odanın içi eflatun renkle aydınlandı. Herkes şaşkınlık içinde Yusuf'a baktı, özellikle Psikolog Tayfun gördüğü manzara karşısında korku içinde dehşete düştü.

Yusuf'un ağzından metalik bir ses çıktı, yine aynı kelimeleri söyledi, "ANEM... NA... ME... NEAM... MAEN... DE... NA... KIR... ELATUM... IGAN... KIR... A... E... AS... AE... KEAM... SUGA... A... A... E... AS... ZEG... GA."

Yusuf'un söyledikleri bittiğinde cam kapaklı kitaplık içinde bulunan ünlü kişilerle çekilmiş fotoğrafların çerçeve ve camları çatladı. Yusuf, sanki görünmez bir elle tekrar koltuğunun üzerine oturdu, gözleri normale döndü. İnsanların ona korku ve dehşetle bakmasından yine tuhaf bir şeyler yaptığını anladı.

Yusuf, "Ne oldu? Kötü bir şey yapmadım umarım," dedi, cam kapaklı kitaplığın içindeki dağınıklığı gördü, bunu kendisinin yaptığını ama nasıl yaptığını hatırlayamadı. "Hiçbir şey hatırlamıyorum. Bunu nasıl yapmış olabilirim!"

Dr. Zeynep, "Önemli değil Yusuf, bu olanları isteyerek yapmadın," dedi şefkatli bir sıcaklıkla onu sakinleştirmek için.

Psikolog Tayfun, "Size yardımcı olmak isterim elbette!" dedi gayet etkilenmiş bir şekilde Yusuf'a merakla bakarken.

"Kısa bir hipnoz ile neler olduğunu anlamamıza yardımcı olacaksın. En çok da Yusuf'a. Adam geçmişini arıyor," dedi Sosyolog Süleyman.

"Geçmişi mi? Burada onun geçmişinden çok geleceğiyle ilgili soru işaretleri var! Başına neler geldiğini öğreniriz, bu kolay. Ama geçmişi onu kötü etkileyip hem kendisine hem de bize zarar verebilir!"

"Böyle söyleme lütfen. Birisini geçmişine göre yargılarsak o insanın geçmişinde yaşadıklarından kurtulmasını imkânsız hale getiririz. İçinde bulunduğumuz bu durumda burnumuzun dibinde olan bir şeyi kaçırmamıza neden olabilir!"

Psikolog Tayfun, *burnumuzun dibinde olan şeyi kaçırmayı* duyunca, "Haklısın Süleyman. Ne olursa olsun bu seansı yapalım. Bakalım Yusuf'a neler olmuş," dedi çıkar hesaplarına girerek.

Yusuf, "Teşekkür ederim Tayfun Abi," dedi minnettar bir şekilde sevinerek.

"Şimdi şöyle yapalım ben sizi dışarıya alacağım Yusuf ile baş başa kalacağız..."

"Yalnız kalınca kötü şeylere neden olmak istemiyorum!" dedi Yusuf endişeyle.

"Maalesef olmaz, yalnız olmalıyız."

"Zeynep Abla kalsın ne olur!"

Psikolog Tayfun, istemese de kabul etti. Yusuf, hasta koltuğuna uzandı Hipnozun ne olduğunu bilmediği için korkuyordu, başını çevirip Dr. Zeynep'e baktı. Dr. Zeynep'in ona güven veren gülümsemesi içini rahatlattı. Psikolog Tayfun yanındaki koltuğa oturdu. Dr. Zeynep odanın uzak köşesinde onları rahatsız etmeyecek bir yere oturdu.

"Sakinleşip rahatlamaya çalış Yusuf. Ben geriye doğru sayarken sesime odaklanmanı istiyorum. Şimdi başlıyoruz, sadece sesime odaklan, 10... 9... 8... 7... 6... göz kapakların ağırlaşıyor... gittikçe ağırlaşıyor... 5... 4... neredeyse kapandılar... 3... 2... ve 1..."

Yusuf'un gözleri kapandı, Psikolog Tayfun'un sesine odaklandı, ondan istenildiği gibi rahatlamıştı.

"Çok güzel Yusuf, çok güzel. Şimdi zamanda geriye gidelim. Geçmişe dönelim. 1935 yılına dönelim... O sabah hava nasıldı?"

"Sıcak... Nisan ayının üçü olmasına rağmen sıcak... Yağmur sonrası nemli ve sıcak..."

"Tamam, güzel... Şimdi karınla olduğun zamana gidelim. Beraber ne yapıyorsunuz?"

"Ona kahvaltı hazırlıyorum... Güzel, çok güzel onu tekrar görmek çok güzel," dediğinde yüzünde bir tebessüm belirdi ve gözlerinden iki damla yaş aktı. "Beni uyandır dedim sana geceden, niye böyle yapıyorsun diyor?"

"Tamam. Peki sonra, sonra ne oluyor?"

"Hamile karnını tutarak bana bakıyor. Ne kadar çalışsam da senin hakkını ödeyemem diyor. Ne hakkından bahsediyorsun Zeynom? Sen şimdi iki canlısın, ben ikinize de bakarım diyorum."

"Tamam. Çok iyi gidiyorsun... Sonra?"

"Sonra evden onu öperek çıkıyorum. Gündoğan'ı alıp patika yoldan tarlaya yürümeye başlıyorum. Yolda Gündoğan'a gelecek hayallerimi anlatıyorum. Tarlaya varınca dünden kaldığım yerden çalışmaya devam ediyorum. Toprak ıslanmış. Kısa süren yağmur toprak kokusunu arttırmış. Kokusunu alıyorum."

"Güzel Yusuf, çok güzel. Devam edelim. Sonra neler oluyor? Sıra dışı bir olay oldu mu?"

"Islık duyuyorum, uzaktan gelen bir ıslık sesi. Sesin geldiği yere bakıyorum bir şey göremiyorum... Sonra o aracı görüyorum, yanına yaklaşıyorum. Oradalar, iki tane yaratık bana bakıyor. Daha önce hiç böyle bir şey görmedim... Gündoğan huysuzlaşıyor. Onları korkutmak için taş atıyorum ama, taş elimden çıkar çıkmaz yere düşüyor. Hareket edemiyorum... Ah hayır bırakın beni, kaçmak istiyorum ama kaçamıyorum. Vücudumu kontrol edemiyorum... Bırakın beni... Işık beni içine alıyor... Kendimi korkmadığıma ikna ediyorum. Ne kadar böyle gitti bilmiyorum daha doğrusu hatırlamıyorum. Sanki rüyadayım ve bir boşluk içindeyim. Başka bir ışık görüyorum sanki bu ışık çok yoğun bir şekilde beni kendime getirmek için verilmiş özel bir ilaç gibi... Onlarla konuşmak istiyorum ama olmuyor, ağzımdan kelimeler çıkmıyor ama aklımda onlarla konuşuyorum, onlara *'Zeynom'* diyorum. Beni bilmediğim bir dünyaya götürüyorlar. *'Ben başka bir dünyaya gitmek istemiyorum. Zeyno'mun olduğu dünyaya geri dönmek istiyorum'* diyorum. Ah... Korkuyorum, kıpırdayamıyorum, yeter artık uyanmak istiyorum, yeter!"

"Tamam Yusuf. Sesime odaklan, sesime odaklan. Şimdi uyanacaksın 5... 4... 3... 2... 1... uyan!"

Yusuf uyandı, terden sırılsıklam olmuştu. Zihninde gördükleri onu korkutmuştu, neler olduğunu anlamaya başladı. Dr. Zeynep, duydukları karşısında adeta donmuştu. Psikolog Tayfun hayatında ilk defa böyle bir vakayla karşılaşıyordu. O da şaşkınlık içindeydi. Yerinden kalkıp kapıyı açtı, Sosyolog Süleyman ve Baş Hekim Hikmet'i içeri davet etti.

Baş Hekim Hikmet, "Neler oldu söyler misin?" diye sordu merak içinde.

Psikolog Tayfun, "Dediğiniz gibi uzaylılar tarafından alıkonmuş olabilir ama bunu daha net bir şekilde öğrenmemiz için hafif hipnoz yapacağım," dedi, Yusuf'a döndü, "Eğer senin için bir mahsuru yoksa gözlem yapmaları için Hikmet Bey ve Süleyman'ı da..."

"Yok tabi."

"Tamam."

Yusuf, bir bardak su içti oda da bulunanlar yerlerini alıp seansı beklemeye başladı.

"Hazırsan başlayalım Yusuf. Korkmana gerek yok. Uyanmak istediğin zaman seni uyandıracağım. Sadece sesime odaklan."

"Hazırım, başlayalım Tayfun Abi."

"Gözlerini kapat ve sesime odaklan. 5... derinlere iniyorsun... derinlere iniyorsun ve rahatlıyorsun... 4... 3... 2... ve... 1..."

Yusuf hipnoz altına girdi.

"Şimdi kaldığımız yerden devam edelim. Seni ışıkla aracın içine aldıklarını söyledin."

"Evet."

"İçerde ne var? Tarif edebilir misin?"

"Hiçbir şey göremiyorum. Beyaz ışık var, gözlerimi alıyor, hiçbir şey göremiyorum."

"Dikkatli bak!"

"Bakıyorum ama... Ordalar."

"Kimler orda?"

"Onlar!"

"Onlar? Tarif et, nasıl görünüyorlar?"

"Gri renkteler..."

"Gri?"

"Evet. İnsan değiller. Gözleri siyah ve çok büyük. Bilmiyorum..."

Yusuf, derin nefes alıp vermeye başladı, elleri ve ayakları sanki felç olmuş gibi gerildi, "Onlar üzerime geliyor. Bir yatakta yatıyorum..."

"Nasıl bir yatak?"

"Hastane yatağı gibi bir sürü alet var... Sivri aletler var..."

"Gördüklerini anlat."

"Orada bir şey var! Başka bir varlık daha var, insana benziyor ama değil, net göremiyorum, Gri yaratıklardan daha uzun, onu görmemi istemiyor önüne sis perdesi çekti, göremiyorum..."

"Tarif et! Kim o?"

"Kim değil, ne? Ne olduklarını bilmiyorum!... Ne olduklarını bilmiyorum," dedikten sonra acı içinde sanki boğuluyor, nefes alamıyormuş gibi kriz geçirmeye başladı.

"Sesime odaklan Yusuf, sesime odaklan... Şu anda burada yakın dostların var. Yalnız değilsin... Rahatla."

"Bunu neden yapıyorsunuz? Yapmayın!"

"Ne yapıyorlar Yusuf?"

"Kafamın içine bir şey koyuyorlar... Ahhh..." diye acı içinde bağırdı.

"Ne? Ne koyuyorlar?"

"Ahhh... Bilmiyorum. Eflatun renginde küçük bir kristal koyuyorlar... Ahhh..."

"Yeter bu kadar Doktor Tayfun, yeter! Acı çekiyor! Görmüyor musunuz?" dedi Dr. Zeynep.

"Tamam Yusuf... Şimdi seni uyandıracağım. Sesime odaklan... 5... 4... 3... 2... ve... 1... Uyan!"

Yusuf gözlerini açtı. Şaşkın ve korku dolu gözlerle odadakilere baktığında, onların da ona şaşkınlık içinde baktığını gördü. Yusuf, hıçkırıklar içinde ağlamaya başladı, Dr. Zeynep hemen ona sarıldı ve sakinleşmesine yardımcı olamaya çalıştı.

"Neden benim gibi birine bunu yaptılar? Hakkında hiçbir şey bilmedikleri beni neden bu hale getirdiler?" dedi hüzünlü bir şekilde.

Psikolog Tayfun, Yusuf'un anlattıklarını analiz etti. Gerçekten uzaylılar tarafından alıkonmuş, üzerinde deney yapılarak dünyaya geri getirilmiş, geri geldiğinde tam kırk üç yıl geçmiş, beynine koydukları eflatun renkte kristal gibi saydam bir şey yüzünden insanları iyileştiriyormuş diye düşündü. Her şeyin ötesinde masum bir adamdı. Meslek ahlakı olarak yapmaması gereken bir plan yaptı, şimdi sıra onları ikna etmeye kalmıştı.

Odada tuhaf bir sessizlik vardı, bu sessizliği bozan ilk Sosyolog Süleyman oldu, "Sonuç nedir Tayfun? Neler düşünüyorsun? Bizimle paylaşır mısın?"

"Gerçek, Yusuf'un yaşadıkları gerçek. Hayatım boyunca duyduğum en korkunç olay bu."

Yusuf tuvaletten çıkıp yanlarına geldi, Psikolog Tayfun konuyu kendi çıkarları doğrultusunda yönlendirmek istedi, "Süleyman asıl siz ne yapmak istiyorsunuz? Ben Yusuf'un burada benimle kalmasını ve daha derin araştırmalar yapmayı teklif ediyorum. Onu misafirim olarak ağırlamaktan memnun olurum," dedi içten bir şekilde.

"Asıl bu soruyu kendisine soralım bence, bizim ne istediğimizin bir önemi yok! En zor seçimler büyük bir kararlılık gerektirir, öyle değil mi Yusuf? Sen ne yapmak istersin? Tayfun Beyle burada kalıp seni bu durumdan kurtaracak araştırmaları yapmak ister misin?" diye sordu Sosyolog Süleyman.

Gözler Yusuf'a döndü. Yusuf, kararsız bir şekilde ellerini ceplerine sokmuş masumca onları dinliyordu. O da gözlerini Dr. Zeynep'e dikti, sanki yardım ister gibiydi. Onunla telepatik bir şekilde iletişime geçti, *'Ben köyüme, Zeyno'ma gitmek istiyorum Zeynep Abla, beni duyduğunu biliyorum. Bunu nasıl yaptığımı bilmiyorum ama beni duyacağını biliyorum,'* diye zihninde konuştu.

Dr. Zeynep, beyninin içinde Yusuf'un sesini duyunca bir an irkildi, diğer insanlar anlamasın diye bunu belli etmemeye çalıştı ve onunla iç sesiyle konuşarak, *'Yusuf bu sen misin?'* dedi.

'Evet benim abla. Korkmana gerek yok. Ben bu adama güvenmedim...'

'Bu nasıl oluyor? Bunu nasıl yapıyorsun?'

'Nasıl yaptığımı bilmiyorum. Geçirdiğim her nöbetten sonra sanki bazı güçler kazanıyorum. Yardımına ihtiyacım var, ne olur bana yardım et!'

'Tamam Yusuf, yanındayım. Kimse seni başka bir şey yapman için zorlayamaz, beni duyuyor musun?'

'Duyuyorum Zeynep Abla, teşekkür ederim benim yanımda olduğun için,'

Yusuf, "Ben köyüme dönüp Zeyno'ma gitmek istiyorum," dedi kesin ve net bir şekilde Dr. Zeynep'in güvencesiyle.

Baş Hekim Hikmet, "Haklısın evladım, bu senin en doğal hakkın. İstersen ilk önce Fethiye'ye hastaneye dönelim. Oradan biz seni yolcu ederiz, güvendiğim bir şoför var onunla gidersin, ne dersin?" diye sordu babacan bir ses tonuyla.

Bu Yusuf'a mantıklı gelmişti, *'Ne dersin Zeynep Abla?'* diye tekrar telepatik bir şekilde Dr. Zeynep ile konuştu.

Dr. Zeynep, *'Evet Yusuf, bunu yapalım. Seni oradan yolcu ederiz,'* dedi iç sesiyle ve gözlerini evet anlamında kırparak.

"Ben Yusuf'un burada kalmasından yanayım. Yaşayacağı travma onu ölüme götürebilir. Burada ona yardımcı olurum..." diye ısrar etti Psikolog Tayfun.

"İsterseniz Yusuf'un isteğini yapalım, tam kırk üç yıldır karısını görmüyor. Bu bizim engelleyeceğimiz bir durum değil. Onun istediğini yapacağız... Her şey için çok teşekkür ederiz," dedi kararlı bir tonla Dr. Zeynep.

Psikolog Tayfun, Dr. Zeynep'in koruyucu halinden hoşlanmadı daha fazla konuşmanın şüphe uyandıracağını düşündü, "Tamam, siz bilirsiniz," diyerek konuyu kapattı ama konu daha kapanmamıştı.

Kısa süren uğurlamadan sonra Psikolog Tayfun, cam kapaklı kitaplığında kırılan fotoğrafları eline aldı, "Bu nasıl mümkün olabilir? Bunu nasıl yaptı?" diye kendi kendine söylendi.

Sekreteri korku içinde odasına girdi, "Efendim burada neler oldu?" diye sordu merakla.

"Sen merak etme, bu fotoğrafları yine çerçevellettir, bir de bir usta çağır şu kitaplığı tamir etsinler."

Hepimizin sırları vardır. Sırrımızı ne kadar taşırsak o kadar ağırlaşır. Sırlar ortaya çıktığında yükünü azaltır. Psikolog Tayfun, onları ikna edememişti ama seansı gizlice kasete kaydetmişti. Kaseti geri sararak seansı dinledi. Duydukları ona inanılmaz ve çok güçlü geldi. Sekreterine abisini aramasını söyledi, anlatacaklarının heyecanı içindeydi. Yusuf'un yaşadıklarını düşündü, korkunç bir şey olmalıydı bu, beyninin içine koydukları o şey. Zavallı Yusuf'un sahip olduğu gücü düşündü. Bu güce sahip olmak dünyaya hâkim olmak değerindeydi. Zavallı Yusuf'un bu güçle ne yapacağını bilmez hali onu iştahlandırıyordu. Peki onu neden dünyaya geri getirmişlerdi? İnanılmaz bir mucize ile dünyaya dönmüştü hem de hiç yaşlanmadan.

Psikolog Tayfun, abisi Can Bahadır'ın sekreteriyle konuştu. Abisinin Süleyman Demirel'in isteğiyle toplantıda olduğunu, toplantının ne zaman biteceğini bilmediğini öğrendi. Ofise gelir gelmez acil olarak onu aramasını istedi, istedi ama aradan iki saat geçtikten sonra abisi Can Bahadır aradı. Bu yoğun adamın kimseye ayıracak fazladan bir dakikası yoktu. Ankara'dan çıkmadan yakalatmak istemişti onları ama olmamıştı.

"Hayat güçtür. Güçlü olan kazanır, şimdi git dosyayı tamamla öyle gel!" dedi yanındaki sekreterine sonra telefonla konuştu. "Söyle Tayfun!"

"Selam Abi, acilen konuşmamız gerekiyor, zamanın var mı?"

"Yok Tayfun, nedir acil olan? Yoksa yine bir politikacının açığını mı yakaladın!"

"Değil Abi, hem de hiç alakası yok. Bu bambaşka bir konu ve ben bunu telefonda konuşamam..."

"Bak, biraz sonra Demirel'in isteğiyle yandaş gazetecilerle toplantım var, çıkmak durumundayım. CHP yüzünden çok sıkıntılı günler geçiriyoruz Tayfun. Ülkedeki bu çatışmaların tek sorumlusu onlar. Nelerle başa çıkmam gerektiğini bilemezsin. CHP'ye daha fazla yüklenmek için gazetecilerle buluşacağım, sonra yine Demirel'in isteği doğrultusunda buluşacağız. Söyle nedir?"

"Yok abi telefonda söyleyemem."

"Kısaca anlat!"

"Telefonda olmaz abi!"

"İşim iki saate biter, ofiste buluşalım."

"Tamam abi, aksatma sakın çok önemli!"

Can Bahadır, kardeşinin sesindeki heyecana bir anlam veremedi. Kardeşini hiç bu kadar istekli görmemişti. Can Bahadır, kırk yedi yaşında politik danışmanlık yapan birisiydi. Saçları ve kaşları gürdü. Saçlarını briyantinle arkaya doğru tarardı, bu da onu görünüşte sert mizaçlı birisi yapıyordu. Eğitimini Türkiye'de yeni olmasına rağmen Halkla İlişkiler ve İletişim üzerine yapmıştı. Türkiye'nin siyasal koşulları ve taleplerine yönelik kendi geliştirdiği yöntemleri uygulayan sert bir adamdı. Hedefleri doğrultusunda önüne çıkan herhangi bir engeli yok eden birisiydi. Kardeşinin politikacılarla olan seanslarını çıkar elde etmek için kullanmaktan korkmayan birisiydi. Aradığı mutlak güçtü.

Can Bahadır, yandaş gazetecilere CHP'yi suçlayan toplantısını bitirip, Demirel ile durum değerlendirmesi yaptıktan sonra ofisine döndü. Demirel ona, *İnsanlar yalanın çekiciliğine inanır. Yalanın ne kadar çekiciyse sana inanmaları o derece güçlü olur. Böylece gücü doğurmuş olursun, doğan bu güçte gönüllü köleliği doğurur,'* demişti. Demirel haklıydı ama, yalanların, alçaklığın sınır tanımayan ahlaksızlığın döndüğü bu Politika Tiyatrosunda kimin iyi, kimin kötü oyuncu olduğuna halk yakında karar verecekti.

Daha işi bitmemişti, bir saat sonra tekrar Demirel ile buluşup akşam yemeğinde durum değerlendirmesi yapacaklardı. Sekreter Hanım ondan istendiği gibi gerekli yazıları hızlı bir şekilde daktiloda yazıyordu. Aralıksız telefon görüşmeleri, yazışmalar sonunda yorgunluk kahvesini yudumlarken, kardeşi Psikolog Tayfun, ofise heyecan içinde girdi, "Ah Abi kulaklarına inanamayacaksın!" diyerek abisinin karşısındaki koltuğa oturdu.

"Bir şey alır mısınız Tayfun Bey?" diye sordu Sekreter Hanım.

"Teşekkür ederim, bir şey istemiyorum... Sadece bizi kimse rahatsız etmesin!"

"Tabi ki Tayfun Bey... Siz bir şey alır mısınız Can Bey?" diye kibarca sordu.

"Niye uzatıyorsunuz Sekreter Hanım, Tayfun Bey bizi kimse rahatsız etmesin diyor! Duymuyor musunuz?" diye kibarca soruya kabaca karşılık verdi.

Sekreter Hanım, tahammülden yoksun insanlarla yaşamak zorunda kalıyordu. Sekreter Hanım kapıyı kapatır kapatmaz Tayfun çantasından seansta kaydettiği kaseti ve kaset çaları çıkardı, "Neden bu kadar kaba davrandın kadına? Kibarca bir soru sordu zavallı."

"Sende uzatma, anlat anlatacağını!"

"Bu duyacakların ne bilim kurgu filminden ne de bir korku filminden sahne. Tamamen gerçek ve bugün kaydedildi," diyerek kaseti çalmaya başladı. Sonra kaseti durdurdu, "Başlamadan önce şunu söylemeliyim. Muayeneme randevusuz geldiler..."

"Kimler geldi? Şu olayı doğru dürüst anlatsana Tayfun! Valla seni ilk defa bu kadar heyecanlı ve kafası karışık görüyorum."

"Adamın adı Yusuf, Yusuf Duman. Diyarbakır'ın bir köyünden 1935 yılında uzaylılar tarafından alıkonduğunu söyledi..."

"Ne? Uzaylılar mı dedin?"

"Evet, uzaylılar! Aynı senin verdiğin bu tepkiyi verdim ama sonra olanları görünce... İnanılmazdı. Neyse, İzmir'den tanıdığım bir Sosyolog arkadaşım vardı adı Süleyman Emre, o ve yanında Fethiye S.S.K hastanesinden iki doktorla bana geldiler. Randevusuz geldiler, yardım istediler neyse... Uzaylılar tarafından alıkonduğunu söylenince yardım edemeyeceğimi söyledim, söylediğim anda Yusuf denilen adam... adam diyorum ama genç birisi, belki 20 yaşında, kendinden yaşça büyüklerine abi, abla diyor. Oturduğu koltukta yerden bir metre kadar havalandı, göz bebekleri kayboldu, gözlerinin sadece beyazlığı görülüyordu. Sonra ağzında metalik bir ses çıktı, ses sanki kendisine ait değildi ve hiç duymadığım bir dil kullandı. Konuşmasının sonunda hatırlarsan masamın arkasında bir kitaplık var. Kitaplıkta da bazı önemli şahsiyetlerle çekilmiş fotoğraflarım bulunuyor. İşte o fotoğraflar bir anda çerçeveleri ve camları kırıldı, cam kapaklı kitaplığın camları kırıldı. Hepimiz dehşet içinde kaldık. Ha unutmadan avuçlarından eflatun renginde ışık çıktı tüm odayı aydınlattı. Hayatımda gördüğüm en korkunç ve etkileyici manzaraydı..."

"Sonra!"

"Sonrası bu kasette. Lütfen iyice dinle duyacakların bundan sonraki hayatımızı etkileyecek. Bundan adım gibi eminim," diyerek kaseti çalmaya başladı.

Can Bahadır, seansı dinlerken dehşete düştü. Duydukları gerçek olamazdı, sanki bir Bilim Kurgu filminin bir sahnesini dinliyordu. Psikolog Tayfun'un gözlerinden kurnazlık akıyordu, abisinin etkilenmiş olmasına hiç şaşırmadı, "Nasıl? Tam söylediğim gibi değil mi?"

"Peki nasıl doğa üstü güçleri var bu Yusuf denen adamın? Neler yapıyor?"

"İyileşmesi imkânsız hastaları iyileştiriyormuş..."

Can Bahadır'ın gözünde bir umut ışığı yandı, oğlunu düşünerek, "Oğlumu iyileştirebilir, Cengiz'i iyileştirebilir," diye heyecan içinde ayağa kalktı.

"Evet iyileştirebilir. Mucizevi bir şekilde birkaç hasta iyileştirmiş."

"Hemen buraya getirelim!"

"Yola çıkalı birkaç saat oldu, Fethiye'ye dönüyorlar. Oradan da Diyarbakır'a köyüne gidecek..."

"Neden ona Cengiz'den bahsetmedin?"

"Bahsedecektim ama aklıma bir fikir geldi."

Can Bahadır, kardeşine sinirlenmeye başlıyordu, "Ne fikriymiş bu? Benim ve Münevver'in yıllardır acı çektiğimizi bilmiyor musun? Ne fikrinden bahsediyorsun?" diye kızgınlık içinde söylenmeye başladı.

"Cengiz'i iyileştirdikten sonra o kristale sahip olmak."

"Nasıl olacak bu?"

"Hipnozla onu buna ikna edeceğim. Sahip olacağımız gücü düşünsene abi!"

"Oğlum iyileşsin bu her şeyden daha önemli... Fethiye'ye yola çıktılar dedin, buna nasıl izin verirsin Tayfun?" diye yine sinirlendi.

"Yusuf denen bu adam gitmek istedi. Onu burada ağırlayacağımı söyledim ama o köyüne sevdiğine gitmek istedi. Ayrıca seni aradım, sende toplantıdaydın. Adamı zorla alıkoyamazdım ya!"

"Gerekirse koyacaktın! Kuş elimizden kaçtı!" diye kızgın bir şekilde söylendi Can Bahadır.

"Karamsarlığa kapılma! Hasan ve Celal'i bu iş için görevlendir. Onlar bu işi bitirir. Yusuf'u Fethiye'de olmadı Diyarbakır'da ele geçirirler."

"Adamı güzellikle ikna edeceğimize şimdi zorla getireceğiz. Bir sürü iş çıkardın başımıza," diye kardeşine söylenmeye devam etti.

"Abi anlamadın sanırım. O kristale sahip olduğumuzda elde edeceğimiz gücü düşünsene. Dünya dışından gelen bir güce sahip olacağız."

Can Bahadır, onu endişelerinden, başkalarının ağız kokusunu çekmesinden, Demirel'in ve diğer politikacıların pisliklerini kapatmaktan, onlar için sorumluluklar almaktan, karanlık işlerini aydınlatmaktan kurtulacak bir güç olabilir diye düşündü. Oğlunun tedavi edilme şansını kaybettiğini düşünerek bu durumu gözden kaçırıyordu. Kardeşi Psikolog Tayfun'un ona şantaj için verdiği bilgilerden hep karlı çıkmıştı. Şimdi de doğru söylüyor olabilirdi. Duygusallığı bırakmalıydı, "Tamam dediğin gibi olsun. O kristali ele geçireceğiz," dedi kararlı bir şekilde siniri yatışmış olarak.

Sekreter Hanıma seslenerek Hasan ve Celal'in iki saat sonra ofise gelmelerini istedi. Başka bir sorun daha vardı, "Ameliyat gerekli... Ameliyatı kime yaptırırız. Tanıdık bulmak gerekiyor, bu konuda ağzını sıkı tutacak birisi lazım," dedi Can Bahadır düşünceli bir şekilde.

Psikolog Tayfun'un aklına birden başka bir fikir geldi, "Şimdi aklıma geldi. Tabi ya..."

"Kim?"

"Bir hastam vardı Sevda Narcıyan. Londra'da yaşayan bir doktorla yaşadığı ilişki yüzünden bunalım geçiriyordu."

"Londra? Türk mü?"

"Evet, bana söylediğine göre tanınmış bir beyin cerrahı Profesör, adı da... Erol Kayahanoğlu."

"Uzak, adamın Londra'dan gelmesi zaman alır. Burada Türkiye'de yok mu? Yani koskoca Türkiye Cumhuriyeti'nde bir doktor bulamayacak mıyız?"

"Vardır ama bizim işimizi halledecek ve tehdit ederek işimizi yaptıracak yok! Senin var mı? Sanırım senin de yok! O zaman ona ulaşıp hemen buraya gelmesini, elimizde karısını aldattığına dair belgeler olduğunu, fotoğraflar olduğunu söyleyelim. Sevda Hanımdan bahsedelim."

İş giderek büyümeye başlıyordu. Yapacak bir şey yok diye düşündü Can Bahadır, "Tamam. İlk önce yalandan bir durum uydururum olmazsa tehdit ederim. Bak Tayfun o kristale sahip olacağız diye oğlumun iyileşme şansını yok etmek istemiyorum."

"Merak etme abi hem Cengiz iyileşecek hem de istediğimiz güce sahip olacağız."

Can Bahadır, Sekreter Hanıma Dr. Erol'un ismini vererek konsolosluk aracılığıyla ulaşmasını söyledi. Sekreter Hanım notunu aldıktan sonra gerekli aramayı yapmaya başladı. Hasan ve Celal'e daha ulaşamamıştı. Can Bahadır, kardeşine dönerek, "Şimdi çıkmam gerekiyor. İki saat sonra tekrar buluşalım," dedi.

Yusuf'un seansta yaşadıkları onu çok korkutmuştu, artık yaşadığı gerçeği biliyordu, aklında tek bir soru vardı, neden o? Neden onu seçmişlerdi? Neden onu zamanın ötesine taşımışlardı? Arabada bir sessizlik vardı, bu sessizlik konuşulacak bir şey olmamasından değildi aksine konuşulacak çok şey vardı ama bunu kimse dile getiremiyordu. Yusuf, Ankara'dan çıktıklarından beri acıkmıştı ama bunu hiç dile getirmemişti, bir şeyler yerse aklına takılan ve cevabını asla bulamayacağı soruları belki de bulabilirdi diye düşündü.

"Bir şeyler yiyelim mi? Çok acıktım," diye sordu Yusuf.

"Güzel fikir bende acıktım," dedi Sosyolog Süleyman.

Buldukları ilk lokantada bir şeyler yediler. Yine konuşmadılar, sadece yedikleri yemeklere bakarak derin düşüncelere daldılar. Dr. Zeynep tedirgindi, Yusuf'un yaşadığı olay onu çok korkutmuştu. Yusuf için duyduğu kardeşlik ablalık duygusunun verdiği bir endişeydi bu. Yemeklerini bitirip yola devam ettiler. Yol boyunca da pek fazla konuşmadılar. Herkes kendince bir düşünce içindeydi.

Dr. Zeynep, kız kardeşiyle yaşadıkları çocukluk anılarına dalmıştı. Kız kardeşiyle babasına ait çiftlikte büyüdükleri genç kızlık dönemine girdikleri zamanı düşündü. Yusuf, Dr. Zeynep'in anısını kendi belleğinde çok net bir şekilde görebiliyordu. İçinde bir acıma duygusu belirdi. Buna hakkı yoktu ama Dr. Zeynep'e herkesten daha çok güveniyordu. Dr. Zeynep, ağlamamak için kendisini zor tutuyordu. Arada Yusuf'a bakıyor ve onun masum yüzündeki gülümsemeyi görünce daha da duygusallaşıyordu. Kardeşiyle topladıkları portakalları sepetlere yerleştirmelerini, beraber aynı türküyü söylemelerini, babasının ikisiyle şakalaşmasını hatırladı. Gözlerinden yaş akınca kafasını onu görmesinler diye ters yöne çevirdi. Yusuf'ta onunla aynı anda gözyaşı döktü ama onu görmelerini pek umursamadı zaten kimsede görmemişti.

Sosyolog Süleyman, kendisini Yusuf'un yerine koymuştu. Onun yaşadıklarını kendisi yaşasaydı neler hissederdi diye düşündü. Kesinlikle o da karısını ilk önce görmek isterdi. Karısını çok seviyordu, hele iki çocuğunun büyüdüğünü görememenin ne kadar zor ve kötü bir şey olacağını düşündü. Ya onun gibi bu doğa üstü güçlere sahip olsa neler yapardı diye düşünmeden edemedi. İnsanları iyileştirmek, imkânsız hastaları iyileştirmek bu muhteşem bir duygu olmalıydı. Dünyadaki tüm hastaları iyileştirebileceğini düşündü. Onun tüm bu düşünceleri Yusuf'un belleğinde canlanıyordu. Yusuf, telepatik bir şekilde onunla konuşup bu duyguları kendisinin de hissettiğini söylemek istedi ama temasa geçmek istemedi. Ayıp olurdu.

Son olarak Baş Hekim Hikmet'in düşüncelerine odaklandı. Baş Hekim Hikmet, Yusuf'u ne şekilde karısına memleketine göndereceğini düşünüyordu. Zavallı genç adam diye düşünüyordu, çok kötü şeyler yaşamıştı, onu hakkı olan karısına kavuşma olayına yardımcı olacaktı. Gerekirse onu kendisi götürecekti. Aklına birden hastanede bulunan kanser hastası adam geldi. Adamın kanser hastalığından çok yaşadıkları onu üzmüştü, adam ölüyordu ve adamın çocukları şimdiden onun malını paylaşmanın kavgasını yapıyorlardı. Hayat bazen çok zor ve acımasızdı. Yusuf, Baş Hekim Hikmet'in babacan tavrına ve çok iyi bir insan olmasına hayran kaldı. Baş Hekim Hikmet, acaba yardım istesem ayıp olur mu? Diye düşünürken Yusuf, "Hikmet Abi, hastanenizde bulunan bazı hastalarınızı iyileştirmek isterim, eğer müsaade ederseniz tabi ki..." dedi.

"Böyle bir şeyi senden istemeye hakkım yok oğlum! Ayrıca böyle bir şey yapmak zorunda değilsin!" dedi şaşırmış bir şekilde sanki aklından geçenleri okumuş gibiydi.

"Biliyorum ama bunu istiyorum. Bazı insanlar hayatta ikinci bir şansı hak ediyorlar."

"Bu konuda haklısın. Sen bilirsin Yusuf oğlum, sen bilirsin."

"Hastaneye varınca yapacağım... Fakat sizinle bir şey paylaşmak istiyorum Hikmet Abi."

"Buyur Yusuf nedir?"

"Ukala birisi olmak istemem ama bence kanser olma riskini azaltmak mümkün..."

"Nasıl?" diye merakla sorarak sözünü kesti. Sonra susmayı ve dinlemeyi tercih etti çünkü bu doğa üstü güçlere sahip genç adamın söyleyecekleri birçok şeyi değiştirebilirdi.

"Evet, mümkün hem de basit bir şekilde. Diyeceksiniz ki bir köylü okula bile gitmemiş birisi bu bilgileri nereden biliyor! İnanın bana bu bilgileri nereden bildiğimi bilmiyorum, sadece aklımdakileri size aktarmak istiyorum, belki de beni alıkoyan bu yaratıkların bir mesajı olabilir..." dedi ve konuşmasına ses tonu değişerek devam etti. Sanki bir Budha rahibinin ses tonunun yumuşaklığında konuştu, "Aslında kanser hücrelerine kızmamak gerekiyor. Onlar kötü değiller, sadece işlerini yapıyorlar. Kanser bedence ve zihince ruhlarında zayıf olan insanları seçiyor. Sadece neyle beslendiğinin değil ne söylediğinin ne düşündüğünün de önemi vardır. Mesela; depresyon, öfke, kaygı, üzüntü, kızgınlık, kıskançlık, nefret gibi olumsuz duygulara sahip insanların kansere yakalanma riski daha fazla. İnsanların olumsuzlukları onları yiyebilir. Güzel duyguların parlayan tarafına bakmak gerekiyor. Hayatta kalmak istiyorlarsa güzel duygularla yaşamak gerekiyor. İnsanların kendileri için olumsuz düşünmesini bırakması gerekiyor. Bu olumsuz düşünceler insanları öldürüyor. Hasta olan insanlar kendilerini kaderin bir kurbanı olarak görüyor. Bu çok yanlış çünkü kaderin bir kurbanı olarak görmek acı içinde ölmeyi kabul etmek demektir.

İnsanlar yaşadıkları hayatı mutlu olarak yaşamak ister. Kanser olan birisine acıyan gözlerle bakmak ve onun için gözyaşı dökmek o insanı daha hızlı öldürür. Bu hastaların sizin gibi birisinden ilham almaya, sizi örnek olarak görmeye, gerçek anlamda motive olmaya ihtiyacı var Hikmet Abi. Lütfen bu hastalara acıyan gözlerle bakılmasın. Onlara gerçeği söyleyin... Hangi gerçek mi?

Mesela en basitinden enzimler. Enzim her bedensel işlev için gereklidir. Onlar hayatın kıvılcımlarıdır. İnsanlar enzimlere ne kadar az sahipse o kadar az yaşarlar. Vücudumuz mineralsiz vitamin kullanamaz, proteinsiz -hayvandan alınan değil bitkiden alınan protein- mineral kullanamaz ve enzimsiz protein kullanamaz. Bu zincir birçok şeyi açıklıyor sanırım.

Bu hastalara öncelikle Lavman yapmak gerekiyor. Lavman... Tedavilerin en önemlisi olduğunu düşünüyorum. Bağırsakların ve içimizin temizlenmesini ilk adım olarak görüyorum. Sonraki adım olarak oruç tutmak gerekiyor ama bu bildiğimiz Ramazan ayındaki oruç değil. En az yedi gün hiçbir şey yemeden içmeden oruç tutmak gerekiyor. Sadece su, taze meyve suyu ama sulandırılmış olmalı yoksa meyve suyundaki şeker oruç tutmanın anlamını yok eder. Eğer bir hastalığı oruç tutmak iyileştirmiyorsa hiçbir şey iyileştiremez. Tarih boyunca ünlü şifacılar hatta dinler bile bunu söylüyor. Bu söylediklerinde haklılar. Belli ki bu önemli bir şey, güvenin bana... kesinlikle önemli!

Çoğu doktor bunun ne kadar önemli olduğu hakkında hiçbir fikri yok ve oruç tutmak, insanların özellikle bu tip hastalıklara sahip insanların yapabileceği en iyi şeylerden biridir. Evet oruç tutmanın sadece bu hastalığı değil tüm hastalıkları iyileştireceğini söylüyorum. Oruç tutmak sindirim sistemimize dinlenme fırsatı verir. Vücudumuzun sahip olduğu enerjinin çoğu sindirime gittiğinden, kaybettiğimiz enerjiyi tekrar kazanırız. Lavman nasıl bir ev temizliğine benziyorsa oruç tutmakta evimizi kirletmemeyi sağlar. Yemek yemediğimizde vücudumuz dokularımızda ve hücrelerimizde biriken zehirleri ve atıkları temizler.

Son olarak vitaminlere önem verilmesi gerekiyor. Bunları incelemenizi öneririm Hikmet Abi. Her bir vitaminin ayrı bir özelliği bulunmakta ve hepsi bizim için hayati özelliklere sahip. Kanser hastalarını vitaminlerle iyileştirme şansınız çok yüksek. Bunları lütfen araştırın Hikmet Abi," dedi.

"Yani şimdi diyorsun ki ilk önce lavman sonra oruç sonra da sağlıklı beslenme ile bu hastalığı tedavi etme şansımız var... Bu bilgileri nasıl oluyor da biliyorsun? Söylediklerine hak veriyorum, bu konuda araştırma yapacağımdan emin olabilirsin," dedi ve arabadaki herkes gibi o da susarak bu esrarengiz adamın söylemine devam etmesini istedi.

"Önümüzdeki elli yıl hatta yüz yıl boyunca bu kanser hastalığı dünya çapında ilerleyecek. Genç, yaşlı, kadın, erkek hiç fark etmeden birçok insanın canını acı çekerek alacak ve hayatını kaybeden insanların gerisinde gözü yaşlı insanlar bırakacak. Şimdi biraz da yemek konusunda bir şeyler söylemek istiyorum. İnsanlar et yemeyi çok seviyor. Salam, sucuk, sosis, tavuk, biftek, kebap, köfte gibi çok lezzetli şeyler. Et yemeksiz soframız neredeyse yok. Çok eski yıllarda et zenginlerin yiyeceğiydi, oysa şimdi etsiz yemek yok. Gerçi bugünlerde et bulunamıyor ama yine de etsiz yemek düşünemiyoruz. Böyle devam edecek olunursa et yemekle dünyayı yemenin aynı şey olduğunu görmeyeceğiz. Söyleyeceğim şeylerin süt ve süt ürünleri içinde geçerli olduğunu bilin.

Şimdi güzel günler yaşıyoruz ama 2000'li yıllarda dünya nüfusunun artmasıyla beraber şirketler çok sayıda hayvan yetiştirecek. İnanmayacaksınız ama milyarlarca hayvandan bahsediyorum. Bu gelecek yıllarda dünyayı dev bir beslenme alanına dönüştürecekler. Şöyle daha açık söylemek gerekirse besin alanları çok büyük oranda çiftlik hayvanları için kullanılacak. Bu hayvanlar için içecek su miktarını da düşünürsek dünya bir kara deliğin içine düşecek.

Bu tarihten yani 2000'li yıllardan sonra dünyada ortalama günlük -evet günlük diyorum- iki yüz milyon hayvanı et yemek adına öldüreceğiz. Ben alıkonmadan önce et, süt veya Zeyno'mun hazırladığı peyniri yerdim ama şimdi yemeyeceğim. Çünkü hayvan yiyerek hem dünyayı hem de kendimi öldürdüğümün farkına vardım. Belki zaman geçtikçe daha birçok yanlışımın farkına varacağım," dedi yumuşak etkili bir ses tonuyla konuşmasını bitirirken.

Yusuf'un söylediklerine kimse bir yorumda bulunmadı, hepsi et yemekten çok zevk alıyordu ama bu konuşmadan sonra eskisi gibi zevk alabilecekler miydi? Sonunda Fethiye tabelası göründü. Arabada yine bir sessizlik oldu.

Psikolog Tayfun, ondan istendiği gibi iki saat sonra abisinin ofisine geldi. Ofise girer girmez abisini telefonda konuşurken gördü. Konuştuğu Fethiye karakolundan bir komiserdi.

"Abi ne yapıyorsun?" diye sinirlendi Psikolog Tayfun.

"Ne var?"

"Kapat lütfen bu işe kimseyi karıştırma!"

"Bir dakika bekleyin komiser bey," deyip ahizeyi kapattı. "Ya onu ele geçiremeden kaybolursa!"

"Kaybolsun en azından sonunda nereye gideceğini biliyoruz. Fethiye'de ele geçmezse yolda, yolda ele geçmezse gitmek istediği yerde ele geçiririz. Kimseyi bu işe karıştırma!"

"Komiserim yardımınıza gerek kalmadı, ilginize teşekkür ederim... Size de iyi günler," diyerek telefonu kapattı.

"Senin gibi ileri görüşlü birisinden bunu beklemezdim..."

"Bırak tantanayı!"

"Hasan ve Celal daha gelmedi mi?"

"Hayır! Yer yarıldı sanki yerin dibine girdiler. Yoklar!"

"Bu tip adamları bilirsin abi. Neyse mutlaka gelirler, Dr. Erol'a ulaştın mı?"

"Her an telefon gelebilir."

"Umarım buraya gelir."

"Namuslu olmayan bir insanın kendine saygısı hiç olmaz. Sevda Narcıyan'ı duyunca gelecektir. Kimse kariyerinin bir kadın yüzünden lekelenmesini istemez!"

"Şu kaydettiğim seans kasetini bir kez daha dinledim. Dinlerken bir şey dikkatimi çekti. Ona yaptıkları bu akıl almaz olay sırasında uyanık olmasına rağmen bunun farkında değildi. Yani düşünsene beynine bir şey yerleştiriyorlar, her şeyi görüyorsun ama bunun farkına varmıyorsun."

"Korkunç bir şey bu! Bunu nasıl anladın?"

"Hipnoz sırasında olayı tekrar yaşarken sanki..." derken lafı ofisin kapısı çalınınca kesildi.

Sekreter Hanım başını içeri uzattı, "Efendim Hasan Bey ve Celal Bey geldiler," dedi.

"Sonunda! Alın içeriye."

Hasan ve Celal, içeri girdi. İkisi de Amerikan filmlerinden çıkma ajanlara benziyordu. Psikolog Tayfun, adamların dik duruşundan ve renk vermeyen gözlerinden etkilendi. İkisi de ellerini önünde birleştirmiş verilecek emiri yerine getirmek için amadeydi.

"Sizden hiç vakit kaybetmeden Fethiye'ye gitmenizi istiyorum. Fethiye'de S.S.K hastanesine gideceksiniz ve orada Yusuf adında birisini alıp buraya getireceksiniz," dedi Can Bahadır.

"Şahsın soyadı nedir efendim?"

"Soyadı neydi bu adamın?" diye sordu kardeşine.

"Duman. Kendisi özel bir hasta ve onu muhtemelen özel bir odada tutuyorlardır. Diyarbakırlı, sanırım orada başka Diyarbakırlı yoktur."

"Zorluk çıkacak olursa ne gerekirse yapın. Burada devletin gücünü kullanacaksınız. Adamı ele geçirdikten sonra beni arayın, ben yoksam sekreter hanıma not bırakın... Son olarak Yusuf denen bu adamın bazı özel durumu var. Zorluk çıkartabilir. Çok dikkatli olmalısınız, adamın buraya canlı gelmesi çok önemli."

"Anlaşıldı efendim," dedi Hasan.

Hasan ve Celal 1970 model siyah bir Ford Thunderbird'e binerek hızla yola koyuldular. Şimdiye kadar onlara verilmiş hiçbir işi yarım bırakmamışlardı. Her işi hızlı ve keskin bir şekilde bitirmişlerdi.

Psikolog Tayfun, saatini kontrol etti. Gitmesi gerekiyordu ama gelecek telefon her şeyden daha önemliydi. Beklemeyi tercih etti. Abisini seyretti, elinde tuttuğu bazı belgeleri dikkatli ve ciddi bir şekilde okuyordu. Çocukluğunda da böyleydi, ödevlerini ciddi bir şekilde yapar, boş zamanlarında yine aynı ciddiyetle kitaplar okurdu. Diğer çocuklar gibi mahalle aralarında oyun oynamaz, yaramazlık yapmazdı. Kötülük maddeden kaynaklanır derlerdi, hiçbir kötü madde alışkanlığı yoktu, kötülük bazen de zekadan kaynaklanır derlerdi, abisinin zekasına hayran olarak büyümüştü. Kendisi de yıllar içinde abisini taklit etmiş, okumanın ve öğrenmenin önemini kavramıştı. Şu anda ki konumuna ve kariyerine gelmesinin en büyük sebebi abisiydi. Bunları aklından geçirirken beklenen telefon geldi.

"Merhaba Doktor Erol Bey. Ben Can Bahadır. Süleyman Demirel'in danışmanıyım."

"Merhaba, ben Profesör Doktor Erol Kayahanoğlu," dedi Profesörlüğünü belli etmek için üzerine basarak. "Can Bey buyurun nasıl yardımcı olabilirim? Arandım ve durumun acil olduğu söylendi."

"Evet Erol Bey. Hemen konuya girip fazla zamanınızı almak istemiyorum. Başkanın yakını bir kaza kurşununa hedef oldu. Biliyorsunuz sol-sağ çekişmesi memleketimizin baş belası. Kurşun beynine isabet etti ve hayati tehlikesi söz konusu. Size bu konuda ihtiyaç duyduk. Başkanımız aynı fikirde ve acilen gelmenizi istiyorlar."

"Evet anladım durumu ama acilen gelemem. Programım çok sıkışık. Ancak bir hafta sonra gelebilirim. Biraz zorlarsam beş gün diyelim," dedi isteksiz gelen talebi geri çevirmek için.

"Böyle bir zamanımız yok!"

"Böyle alelacele gelmemi beklemiyorsunuz herhalde... Ayrıca Türkiye'de çok değerli hocalar var, bu operasyonu yapabilecek değerdeler."

"Sayın Başkanımız sizi istiyor ve bu konuda çok ısrarcılar..."

"Üzgünüm Can Bey... Söylediğim gibi buradaki programımı erteleyemem. Lütfen Sayın Başkanınıza özürlerimi iletin. Şimdi izninizle ameliyata girmem gerekiyor."

Can Bahadır, hiç memnun kalmadı, uydurduğu yalanın işe yaramadığını gördü. Saçmalamayı bırakıp gerçekleri konuşmanın zamanı geldiğini düşündü. Psikolog Tayfun, abisinin yüzünde tehditkâr bir gülümseme gördüğünde merakla olacakları dinlemeye başladı.

"O zaman Doktor Erol Bey, size açık ve net olarak bu söyleyeceklerimi çok iyi dinlemenizi tavsiye ederim. Çünkü kariyerinizin geleceği söyleyeceklerimden sonra yapacağınız seçime bağlı. Öncelikle, vurulan herhangi birisi yok. Çok özel bir hasta için aradım. İkinci olarak da şunu söyleyeceğim eğer acilen gelmezseniz elimde karınızı aldattığınıza dair fotoğraflar ve belgeler var. Sevda Narcıyan! Bunları basına verip kariyerinizi lekelerim. Bu söylediklerimi bir tehdit olarak algılamayın. Sadece beni istediği bir şeyi elde etmek için gerekli tüm yolu deneyen birisi olarak algılayın... Evet şimdi seçiminiz ne olacak?"

Dr. Erol kısaca düşündü ama bu kısa zaman bir roman yazamaya yetecek kadardı. İnsanlar başkalarını düşünür ama kendileri için yaşar. Bu kısa sürede üç ay önce gittiği İstanbul seyahati ve yaptığı kaçamağı, kaçamağı yaparken nasıl seviştiğini bile aklından geçirdi, "Anlıyorum. Her ne kadar bu bir tehdit değil deseniz de bu düpedüz bir tehdit ve ben bu söylediklerinizi net olarak anladım. En kısa sürede geleceğim. Evet yarın akşam yola çıkarım. Ameliyatı yapar hemen dönerim. Ayrıca bu yaptığınız hiçbir ahlak kuralına uymuyor!"

"Her neyse! Size gireceğiniz ameliyatta başarılar dilerim. Ankara'ya vardığınızda sizi karşılarım. Ameliyat yapacağınız hastaneyi ve ekibi ayarlayacağım. Yola çıkmadan önce uçuş bilgileriniz gerekecek, sekreterim sizi yarın tekrar arayacak," dedikten sonra telefonu kapattı.

"Şimdi geriye Yusuf denen adamı almak kaldı."

"Hasan ve Celal o işi halledecektir."

"Tayfun şunu söylemeliyim, umarım yapılacak operasyon işe yarar. Oğlumu iyileştirme şansını kaçırmak istemiyorum."

"Yarayacak abi! Çok güçlü olacağız."

"Henüz sahip olmadığımız bu şeyi vaat ederek gelecekle ilgili planlar kurarsak onu ele geçirme konusunda hatalar yapabiliriz. Çok dikkatli olmalıyız."

Hastaneye ulaştıklarında onları yorgunluk kaplamıştı. Uzun süren Ankara'ya gidiş-geliş yolculuğu hepsini etkilemişti. Dr. Zeynep'in eve gidip kız kardeşiyle ilgilenmesi gerekiyordu ama gece olmuştu, Yusuf uyandığında burada olmak istiyordu. Boş yatak bulacak ve biraz olsun dinlenecekti kız kardeşine Yusuf'u uğurladıktan sonra gidecekti. Sosyolog Süleyman'ın İzmir'e dönmesi ve bu inanılmaz macerayı arkasında bırakması gerekiyordu o da boş bir yatak bulup uyuyacak sabahın ilk ışıklarıyla evine dönecekti. Baş Hekim Hikmet evine gitmeyecek odasında kestirecekti. Yusuf ise ona ayarlanan özel odada uyuyacaktı. Baş Hekim Hikmet'in odasında toplandılar.

"Seni özel bir odaya alacağız Yusuf, dinlenmen gerekiyor," dedi Baş Hekim Hikmet.

"Sağolun Hikmet abi ama uyumadan önce size söylediğim şeyi gerçekleştirmek istiyorum."

"Bunu yapmak zorunda değilsin, en azından dinlendikten sonra yaparsın."

"Zaten bunu yaptıktan sonra mutlaka bayılacağım, o zaman dinlenirim."

"Anlıyorum bir an önce yola çıkmak istiyorsun, bir an önce hasretini çektiğin sevdiğine kavuşmak istiyorsun ama bu bayılmalar seni yıpratabilir."

"Olsun abi yıpranayım, zaten yeterince yıprandım."

"Anlıyorum. Tamam o zaman hastaların yanına gidelim. Kararı sen verirsin. Hangi hastayı iyileştireceğine sen karar verirsin."

"Önce şu kanser hastasından başlayalım. Sonra hala bayılmamışsam duruma bakarız."

"Bunu yapmak zorunda değilsin Yusuf," dedi Dr. Zeynep endişeli bir şekilde.

"Merak etme abla bana bir şey olmayacak. Bilakis bu gücü kullandıkça daha da güçlendiğimi hissediyorum, daha da olumlu anlamda gelişip güçleniyorum. Bunu çok net hissediyorum. Konuşma tarzım bile değişti. Şu konuşma tarzımı yaşadığım köydeki tanıdıklarım duysa benim başka birisi olduğuma inanırlar, belki de bir bilge adam olduğuma düşünürler."

Onu dikkatle dinleyenler komik bir şaka yapmış gibi güldüler. Gülüşme bittikten sonra ofisten ilk çıkan Yusuf oldu diğerleri onu takip ettiler. Yusuf, hastaların bulunduğu odaya girdi, odada beş hasta vardı. Kanser hastası odada yoktu, "İlk onu iyileştireceğim ama o burada değil," dedi.

"Beni takip et lütfen," dedi Baş Hekim Hikmet.

Yusuf, odadan çıkmadan önce arkasına dönüp baktı, ona çaresiz gözlerle bakan başka bir kanser olmuş genç erkek gördü. Aynı yaştaydılar ve ona da yardım edecekti. Kanser hastasının odasına girdiler. Odada hasta adamın çaresiz ve üzgün karısı vardı. Her ikisi de bitkin bir şekilde uyuyordu. Baş Hekim Hikmet, Hastanın Karısını uyandırdı, Hastanın Karısı kocasının ölüme yakın olduğunu düşündü ve ağlamaya başladı.

"Ne oldu hanım? Neden ağlıyorsun?" diye merakla sordu hasta adam.

"Yok bir şey! Yok! Sadece..." devamını getiremedi kelimeler boğazına düğümlendi. Kocasının çaresizliği ve titreyen sesini daha fazla zorlamak istemedi.

"Baş Hekimim görüyorum ki beni ahirete göndermek için yalnız gelmemişsiniz ama merak etmeyin ahirette bana yaptığınız iyilikleri anlatacağım," diye espri yaptı.

"Evet sana kalabalık geldik ama seni ahirete göndermek için değil, bilakis seni iyileştirmek için geldik."

"Yapmayın Baş Hekimim, ikimizde durumumu biliyoruz."

"Senden ricam birazdan burada olacaklar sadece aramızda kalacak. Kimseye söz etmeyeceksin, tamam mı?"

"Neler olacakmış burada?" Hasta adamın karısı bir an duraksadı, "Duyduğumuz dedikodular gerçek mi? Yoksa Melek geldi ve kocamı mı iyileştirecek?" dedi umutla.

Yusuf, hasta adamın yanına yaklaştı, ellerini hastanın koluna değdirdi. Birden yine o eflatun rengindeki ışık avuçlarından çıkarak hasta adamın tüm vücuduna yayıldı. Işık tüm odayı kapladı. Kanser hastası bitkin ve soluk renkli adam olanların Allah'ın bir lütfu olduğunu düşündü. Vücudu kendini toparladı ve kusmaya başladı. Kustukça içinden siyah renkte tuhaf kokulu bir sıvı geldi. Hasta adam mucizevi bir şekilde iyileşti, artık kanser hastası değildi. Yusuf, ellerini hasta adamdan çeker çekmez eflatun ışık kayboldu. Bu sefer baş ağrısı ve kulak çınlaması çekmedi ama yine bayıldı.

Hasta adamın karısı, "Allah'ım sen çok büyüksün. Kocamın iyileşmesine sebep olan bu meleğinden razı olsun," diye dua ederek sevinçten ağlamaya başladı.

"Bunu hak edecek ne yaptım?" diye sordu artık hasta olmayan adam.

"Hiçbir şey, sadece kimseye bu durumdan bahsetmeyin yeter."

"Hayır, söz veriyoruz kimseye bir şey söylemeyeceğiz. Allah'ın işine kimse karışamaz. Sus pus olacağız, söz veriyoruz Baş Hekimim sus pus olacağız!"

Yusuf'u özel odaya götürüp yatırdılar. Dr. Zeynep kendisine yatacak bir yatak buldu, bir hastanın bakışları altında yatağa uzandı ve gözlerini tavana dikti. Yaşadığı günü ve mucizeler dolu anları tek tek gözünde canlandırdı. Aklında Yusuf gitmeden kardeşine yardım etmesi için bir şeyler söylemek vardı ama bunu nasıl yapacağını bilmiyordu. Belki de aklını okumasından faydalanarak bunu yapabilirdi. Çok geçmeden gözleri yorgun bir şekilde kapandı.

Sosyolog Süleyman, boş bulduğu bir yatağa uzandı. Yaşadıklarını birilerine anlatmak istiyordu ama Yusuf'un başı belaya girer korkusuyla susacaktı. Kimseye hatta karısına bile bir şey söylemeyecekti. Belki ilerde bu konu hakkında bir kitap yazabilirdi ama öncesinde bu konuyla ilgili çeşitli araştırmalar yapacak, uzaylılar ve onların alıkoydukları insanlar hakkında daha geniş bir konuyu deşecekti. O da bu düşüncelerle uykuya daldı.

Baş Hekim Hikmet, Yusuf'un nasıl evine ulaşacağında neler yaşayacağını düşündü. İnşallah karısı yaşıyordur diye düşündü. Yusuf'un hastalıkları iyileştiren sağlıklı beslenme ve diğer bilgileri aklında bir kez daha geçirdi ve uykuya daldı.

Hasan Deniz ve Celal Kaya, pek konuşkan tip değillerdi. Konuşunca da bu genelde hedeflerine uygun net bir şekilde olurdu. Hasan, sinirlendiği zaman küfürlü konuşurdu. Celal ise bunun tam tersiydi, ağzından bir kelime bile küfür duyulmazdı. Aralarında farkında olmadan iyi polis, kötü polis olmaları gerektiğinde Hasan kötü, Celal ise iyi polis olurdu. Buna örnek olarak, Can Bahadır'ın son işi sol partiye mensup bir milletvekiliydi. Milletvekilinin karısının Psikolog Tayfun ile olan seansı sonrası her zaman yaptıkları gibi şantaj yoluyla baskı kuracaklardı. Hasan ve Celal bu iş için görevliydi. Bu olay onlar için çocuk oyuncağı gibiydi. Görev basitti, kadını takip edecekler, aldatma işi gerçekleştiğinde bunu fotoğraflayacaklar sonra da kadına baskı yapacaklardı. Kocasının tüm gizli işlerini kendilerine aktarmasını isteyeceklerdi.

Milletvekilinin karısı gördüğü şantajı kabul etmemiş ve bunu kocasına anlatmıştı. Milletvekili karısını sevdiği için aldatma işini sineye çekip, gizli olabilecek bilgileri vermemişti. Hasan ve Celal için durum istedikleri gibi olmamıştı. Geriye direk milletvekilini tehdit etmek kalmıştı ama Can Bahadır bu durumun foyasını ortaya çıkarıp pozisyonunu etkileyeceğini düşünerek tehdit etmekten vaz geçip görevi iptal etmişti.

Hasan, intikam almasını seven birisiydi. Yeri ve zamanı geldiğinde bu başarısızlığın intikamını alacaktı. Celal, ona telkinde bulunsa dahi o yemin etmişti. Beklediği gibi oldu yeri ve zamanı geldi.

Milletvekili ve karısı ailece çıktıkları Bodrum tatilinde tatsızlık yaşayacaklardı. Hasan, içinde milletvekilinin karısının çıplak fotoğrafları bulunan zarfı oğullarına verdi. Milletvekilinin oğlu fotoğrafları görünce çılgına döndü ve güzel başlayan tatil cehenneme döndü. Aile kısa sürede dağıldı. Milletvekili ve karısı boşandı, oğulları Amerika'ya göçtü. Hasan'da en azından bunu gerçekleştirmiş olduğu için sevindi.

Hasan, 33 yaşında yakışıklı bir adamdı. Gözlerinde yalan, korku veya herhangi bir kötülük görmek neredeyse imkânsız gibiydi. Omuzları geniş ve uzun boyluydu. Dişleri onun için önemliydi, dişlerini sıklıkla fırçalardı ama bunun tersine sigara tüttürmekten büyük zevk duyardı. Giydiği siyah takım elbise üzerine muntazam otururdu. Gömleği her zaman ütülüydü, ayakkabıları cilalı ve parlaktı. İntikam almasını sevmesine rağmen kendisine duyulan kin ve nefretin affedilmesini beklerdi. Kendisine anlayış gösterilmesini isterdi, anlayış göstermeyenlerden intikam almak onu daha da mutlu ederdi. Karısı veya sevgilisi yoktu, yaptığı işte her an başına bir şey geleceğinden korktuğu için hayatına zavallı bir kadın adayı istememişti.

Celal'de aynı yaştaydı. Hasan'ın aksine kısa boyluydu ama daha yapılıydı. Uzakdoğu sporlarına meraklıydı, bu da onu çevik görünümlü birisi yapmıştı. Sinirlerine hâkim birisiydi ama ona yalan söylenmesine dayanamazdı. Karşılaştıkları insanların çoğu korkularını gizlemek için çok konuşurlardı, hem de çok. Konuştuklarının çoğu yalan olurdu. Bu kim olursa olsun fark etmezdi. Dürüstlük hayat felsefesiydi ve Mevlana'nın; *dürüstlük pahalı bir mülktür, ucuz insanlarda bulunmaz,* sözünü kendisine kader olarak belirlemişti. Eğer karşısındaki hala yalan söylüyorsa onu çok fena döverdi.

Onlara bu sefer verilen iş basitti. Sadece Yusuf denen adamı alıp geleceklerdi, önlerine kim engel olarak çıkarsa çıksın fark etmezdi. Can Bahadır'ın temin ettiği MİT kimliğini kullanacaklardı. Böylece kimsenin sesi çıkmayacaktı. Yola çıktıklarından beri Celal'in düşüncelerini bir şey meşgul ediyordu.

"Can Bey adamın özel birisi olduğunu söyledi, sence ne demek istemiştir?"

Hasan, "Ne bileyim ne demek istediğini? Belki de özel güçleri olan çok güçlü birisidir," dedi yüzünde alaycı bir gülümseme oturtarak. "Sende onu tek yumrukla yere serersin!"

"Farkında değilsin değil mi?"

"Neyin?"

"Bu alaycı tavrından dolayı sahip olduğun her şeyi kaybedeceksin."

"Nasıl olacakmış bu?"

"Olduğunda anlarsın. Sonra da benim bu sözümü hatırlarsın!"

Hasan, "Belki de kuş gibi uçuyordur," diye alaycı tavrını sürdürerek kahkahayı bastı.

"Sen gülmeye devam et bakalım."

"Hallederiz, merak etme sen! Cebimizdeki kimlik kartı Türkiye'deki en güçlü insandan bile daha güçlü."

Celal, kendisini ifade edememenin sıkıntısı içinde, "İçimde bu işte bir sıkıntı çekeceğimiz hissi var," dedi.

Hasan, "Hay sıçacağım sıkıntılı hissine şimdi, sinirlendirme beni ya! Kes artık! Açtırma ağzımı," diye azarı çekti.

İki aşırı uç içten içe birbirine sinir oluyordu. Birbirleriyle ters konuştukça hayatta ilerlemeyi düşünmeyen cahiller gibi oluyorlardı. Celal, sıkıntısını daha fazla dile getirmenin bir anlamı olmadığını, Hasan'ın odun kafalı bir inatçı olduğunu düşünerek susmayı tercih etti. Hasan, sinirine hâkim olmak için bir sigara yaktı, pencereyi açarak Celal'in duman altı olup laf söylemesine engel oldu. Celal, bunun içinde laf söylerse tokadı yerleştirebilirdi. İkili bir daha Fethiye'ye varana kadar konuşmayacaktı.

Can Bahadır, evine geldiğinde huzuru hissetti, tüm gün süren koşuşturma, tartışma, hengâme eve geldiğinde bitiyordu. Karısı Münevver bu durumu bildiği için yemekten tutunda kahvesine kadar her şeyi dört dörtlük hazırlardı. Zavallı kadın tatsızlık çıkacak diye kötü bir gün geçirmiş olsa dahi sesini çıkarmazdı. Oğulları Cengiz 14 yaşında Progeria hastasıydı. Halk arasında erken yaşlanma hastalığı olarak bilinen bu hastalığın çaresi yoktu ve biricik oğulları giderek yaşlanıyordu, yakında ölmesinden korkuyorlardı.

Can Bahadır, oğlunun odasına girdi. Cengiz uyuyordu, onu uyandırmak istemedi ama bir şekilde ona müjde vermek istiyordu, yaşlı başını okşayıp kulağına eğildi, "Çok yakında bütün dertlerimiz bitecek oğlum, seni bu illet hastalıktan kurtaracağım, sana söz veriyorum oğlum," diye fısıldadı.

Cengiz gözlerini yarım açtı, babasını görünce gülümsedi, "Biliyorum baba, sen verdiğin her sözü tuttun," diyerek gözlerini tekrar kapattı.

Münevver onları seyretmiş ve kocasındaki değişikliğin hemen farkına varmıştı. Bu farklılık işle ilgili olamazdı diye düşündü, bu başka bir değişiklikti. Çok tuhaftı, yemek boyunca sesini çıkarmadı, kahvesini içerken de sesini çıkarmadı. Onun konuşmasını bekledi, tatsızlık çıksın istemiyordu. Can Bahadır'ın ağzını bıçak açmıyordu.

Münevver daha fazla dayanamadı, "Hayırdır Bey! Eve geldiğinden beri üzerinde bir tuhaflık var," diye çekinerek söylendi.

"Evet Hanım bugün tuhaf bir gün. Eğer planladıklarım gerçekleşirse bir mucizeye tanık olacaksın."

"Nasıl bir mucize bu? Cengiz'le ilgili mi?"

"Aynen."

"Anlamadım, aynen mi?"

"Bugün Tayfun çok tuhaf bir vakayla beni ziyarete geldi. Nasıl anlatsam bilemedim?"

"Anlat be Bey! Patlayacağım şimdi!"

"Anlatacağım, anlatacağım ama duydukların karşısında bana saçmalama diye tepki gösterme..."

"Ay çıldıracağım, anlat! Ucunda Cengiz olunca sana neden inanmayayım?"

"Tamam dinle o zaman... Dedim ya bugün Tayfun uğradı diye, onu ziyarete arkadaşı gelmiş. Yanında iki doktor ve on dokuz yirmi yaşlarında bir gençle. İşte olay burada garip bir hal almaya başlıyor. Bu genç -adı Yusuf- uzaylılar tarafından alıkonulmuş..."

"Ne uzaylılar mı?" diye sözünü kesti.

"Aynı tepkiyi Tayfun'da bende verdik. Yusuf'a yaptığı seansın kasetini dinledim. İnanılmazdı, yani bir korku filmi gibiydi."

"Bunun Cengiz'le ne alakası var?"

"Bu gencin beynine kristalimsi bir şey yerleştirmişler, bu kristal sayesinde imkânsız hastalıkları iyileştiriyormuş."

Münevver duyduğuna inanamadı çok heyecanlandı, "O zaman onu buraya getir, oğlumuzu iyileştirsin," dedi umutla.

"Getiriyorum ama sadece oğlumuz için değil. Başka planlarım var..."

"Umarım oğlumuzun iyileşme şansını heba etmezsin Can!" dedi imalı bir şekilde Münevver.

"Merak etme sen, ben ne yaptığımı biliyorum."

Münevver birden hiç olmadık bir arkadaşını hatırladı, "Bak ne diyeceğim, benim bir tanıdığım var, adı Ethem. Bu Ethem uzaylılar konusuna takık birisi. Bu konuda bir kitap yazmış, çok ciddi araştırmaları olan birisi hatta yaklaşık olarak 30 küsur yıl önce bir uzay aracının Amerika'da bir yere düştüğünü söylüyordu. Arkadaşlarla ona gülüp geçiyorduk. Anlattıkları bilim kurgu filmi gibiydi ama şimdi bunları duyunca ona inanmaya başladım. Konuşmak ister misin kendisiyle?"

"Valla neden olmasın, hem yabancı olduğum bu konuda aydınlatmış olurum... Hemen telefon aç gelsin! Ama kesinlikle konuyu söyleme, sadece onunla konuşmak istediğimi ve uzaylılar konusuna merak saldığımı falan söylersin."

Münevver, "Haydi hayırlısı," diyerek 09 servisini arayıp Ethem'in telefon numarasını verdi.

Akşam geç olmasına rağmen Ethem daveti kabul etti, eve geldiğinde kapıyı Münevver açtı ve onu salona davet etti. Can Bahadır, onu çok sıcak bir şekilde karşıladı. Ethem Gönülözlü, 57 yaşındaydı ve Albert Einstein'a benziyordu. Yazdığı kitabına yaptığı tüm araştırmalarını koymasına rağmen pek başarılı olmamıştı ama o bu başarısızlığı önemsemiyordu. Bir gün uzaylıların dünyayı istila ettiklerinde, doğruları söylediğini herkes anlayacaktı diye düşünüyordu. Kitabını Can Bahadır'a hediye olarak getirdi, "Lütfen kitabımı hediye olarak kabul edin," diyerek sevimli bir şekilde sundu.

Can Bahadır, kitabı aldı kapak sayfasında bir uçan daire ve sis içinde tuhaf kısa boylu yaratıklar gördü, aklına Yusuf'un seans sırasında tarif ettiği yaratıklar geldi, hemen hemen aynıydı, "Teşekkür ederim Ethem Bey. İnanın hemen okumaya başlayacağım. Kahvelerimizi içerken anlatacaklarınızı merakla dinlemek istiyorum."

Ethem, yarasına basılmış gibi hemen konuşmaya başladı, "Can Bey, öncelikle şunu söylemek istiyorum; az bilenler çok bilenlere sormalı, ayrıca anlamadığımız şeyleri bilmediğimiz bir dille öğrenmeli ve söylemeliyiz. Size kitabımdan alıntılar yaparak anlatmak istiyorum; her şey, bundan otuz bir yıl önce 1947 yılında Amerika New Mexico, Roswell'de başladı. O gece büyük bir fırtına vardı, şimşekler çakıyordu. Şimşeklerden biri uçan bir araca isabet etti ve araç yere düştü. Ertesi sabah bir çiftçi, tarlasında garip metaller buldu. Bunun insan yapımı bir metal olmadığını düşündü. Durumu yetkililere bildirmesi gerekliydi.

Kısa zamanda yetkililer geldi. Olay örtbas edilmeye çalışıldı ama metaller kesinlikle başka gezegenden gelen uzay aracının parçalarıydı. Kısa sürede haber yerel basında yer aldı. İnsanlar bu haberi okuyunca korkuya kapıldı. Hatta bu haberi Avrupa'daki bazı gazetelerde yazınca benim de haberim oldu. Haber hayatımı değiştirdi. Yirmi altı yaşında amaçsız hayatıma anlam kazandırdı. Bu konuları o zamandan beri merak ve istek içinde araştırırım. Ben bir komple teoricisi değilim. Ben sadece gerçekleri araştırırım.

Enkazda bulunanlar ve uzay aracı, 51. Bölge diye adlandırılan bir üste götürüldü. 1947 yılında yaşanan bu olay dünyanın UFO'lara bakışını değiştirdi.

Komplo teoricileri, kazada bir yaratığın canlı ele geçtiğini söyler -buna bende inanıyorum. Söylediklerine göre bu yaratık üstleriyle temasa geçmiş, kurulan iletişimden sonra dünya dışı varlıklarla iş birliği yapılmış. Bu söylediklerimin size gerçek olmayacak kadar bir kurguymuş gibi geldiğini biliyorum. İnanın bana zaten dünya dışı varlıklar aramızda dolaşıyor.

Size ilginç bir detay vermek istiyorum. Kitabımı yazdığım yıllarda, Amerika'ya gidip araştırma yapmak istedim. Bazı gazetecilerle görüştüm, kazanın olduğu bölgeye gittim, birçok insanla tanıştım. Çok ilginçtir Roswell'de belgesel çeken bir Alman yönetmen yapımcıyla tanıştım. Bana anlattıkları kitabımın kaynağı olmuştur. İsmini vermek istemeyen bir bilim adamı ona düşen araçtan elde ettikleri teknoloji sayesinde geliştirdikleri bir cihazdan bahsetmiş. Ona; ilerde iletişim o kadar ilerleyecek ki, telefonlar ceplerimize girecek kadar küçülecek demiş. Renkli dijital ekranları sayesinde, sevdiğimiz kişilerle ekranda birbirimizi görerek konuşacağız demiş..."

Münevver, "Bu kadarı imkânsız! Nasıl olur bilemedim? Benim pek inanasım gelmedi," diye lafını böldü ağzı açık şekilde, sonra Ethem'in lafını böldüğü için utandı. "Özür dilerim lafınızı böldüm."

"İnanın bana Münevver Hanım, bunu ilk duyduğumda benim de inanasım gelmemişti ama araştırmalarım ilerledikçe her şeyin mümkün olabileceğine inandım. Neyse konumuza tekrar dönersek..."

"Pardon tekrar lafınızı bölüyorum. Sizi daha önce arkadaşlarla dinlediğimde bu yaratıklar için bir isim kullanmıştınız, şimdi hatırlayamıyorum, neydi bunların adı?" diye nazikçe sordu Münevver.

"Griler. Böyle adlandırıyorlar..."

"Evet Griler, şimdi hatırladım... İnsanlar, alıkonulmuş olduklarını nasıl anlıyorlar?"

"Alıkoyulduğunu düşünen insanlara yapılan bir test var. Bu testin raporunun her sayfasını dikkatle araştırdım. Bu testte insanlara şunlar sorulmuş; gökyüzünde parlak tarif etmeye zorlanacağınız bir obje gördünüz mü? Alıkoyulan insanların çoğu cevap olarak evet demiş. Dünyanın çeşitli ülkelerinde alıkonulan insanlar aynı objeyi tarif etmişler. Sonra şiddetli baş ağrısı ve kulak çınlaması yaşadınız mı? Diye sormuşlar. Buna da cevap yüksek oranda evet çıkmış..."

"Peki bu Griler neden insanlıkla bu kadar ilgilenip onları alıkoyuyor? İnsanları özel kılan şey nedir?" diye sordu Can Bahadır.

"Hiçbir şey. İnsanlığı özel kılan bir şey yok ki zaten. Belki farklı bir cevap vermemi beklediniz ama bu bizim anlayacağımızın ötesinde bir durum. Şöyle düşünün; maymunlar üzerinde deney yapan bilim adamlarından pek farkları yok. Griler tarafından dünyanın farklı yerlerinde farklı tabakadan insanlar alıkonuldu. Bu insanlar, Grilerin dünyamızı ele geçirildiğine inanıyor. Açıkçası bende buna inanıyorum, bence de dünyamızı ele geçirdiler. Biz bunun daha farkında değiliz. Onlar gerçekten buradalar buna hiç şüphe yok. Zaten buradaydılar ve hep burada olacaklar. Benim için Griler'in varlığı hayatın bir gerçeğidir."

"Peki ne istiyorlar?" diye korkuyla sordu Münevver.

"Bence bizi eğitiyorlar, bize teknoloji öğretip köleleri yapıyorlar. Belki de madenlerimizin, doğal kaynaklarımızın peşindeler. Bizi tanımak ve geliştirmek için üzerimizde deney yapıyorlar. Şuna emin olabilirsiniz ki Can Bey bize karşı en büyük kozları korkumuz. Korkumuzu bize karşı kullanıyorlar.

Alıkoydukları insanların vücuduna takip etmek için küçük bir cihaz yerleştiriyorlar. Amerikalılar buna implant diyorlar. Bu implantların boyu bir pirinç tanesi büyüklüğünde oluyor hatta bazı insanlarda daha da küçük olanına rastlandı."

"Bu cihaz dediğiniz, bu implant ne işe yarıyor?" diye merakla sordu Can Bahadır.

"Çok ileri bir teknoloji, bu teknolojiyi insanları kontrol etmek için kullanıyorlar, bazen de alıkoyulan insanların bazı eylemlerini unutturmak, gerçek olmayan bazı şeyleri görmelerini sağlamak için kullanıyorlar. Griler nedense yaptıkları şeyleri gizlemeyi seviyorlar. Belki de dünyada kaos yaratmak işlerine gelmiyordur."

"Peki sizce sadece dünyayla mı ilgileniyorlar? Yani bizim gibi başka geri kalmış dünyalarla da ilgileniyorlar mı? Oradaki madenlerle veya doğal kaynaklarla da ilgileniyor veya kontrol altında tutuyor olabilirler mi?" diye sordu Can Bahadır.

"Kesinlikle olabilir."

Münevver, "Peki başka gezegenlerde hayat olduğu nasıl biliyoruz?" diye şaşkınlık içinde anlatılanın dışında sordu.

"Samanyolu galaksimizde binlerce uygarlık olabileceği söyleniyor. Evrendeki milyarlarca galaksiyi düşününce başka gezegenlerde hayat olma olasılığının çok yüksek olduğunu görebiliriz. Gördüğünüz gibi evrende yalnız olma ihtimalimiz yüzde sıfır... Neyse konumuza tekrar dönecek olursak, alıkonma olayları çok fazlalaştı. Alıkonulan kişilerin hipnoz seansları sırasında anlattıkları neredeyse birbirinin aynısı. Bu alıkonulan ve görgü tanıklarının anlattıklarını birleştirdiğimde ortaya sadece Griler çıkmaktadır. Bu Griler'den bazılarının klonlanmış olduğunu düşünülüyor..."

Münevver, "Klonlanmış ne demek?" diye aptalca bir soru sorduğunu düşünse de yine de sordu.

"Klonlamak basitçe anlatırsam; herhangi bir şeyin aynısının kopyalanması demek oluyor. Yani eşi olmadan üretilmiştir, genetik yapıları aynı olan. Yani bu Griler'den yüzlercesi, binlercesi çiftleşmeden üretilmiştir."

Can Bahadır, "Yani cinsel ilişki olmadan laboratuvar ortamında üretilmiştir," dedi kendinden emin konuya anladığını belirtir bir tonda.

"Evet aynen söylediğiniz gibi."

"Bu tür varlıkların ruhu olduğuna inanmakta güçlük çekiyorum," dedi Münevver.

"Her canlının ruhu vardır. Bunlarında bir ruhu var."

"Bu Grilerin fiziksel özelliklerinden bahseder misiniz? Neye benziyorlar? Nasıllar?"

"Pek tabii ki; üzerlerinde giyecek olarak tek parçadan oluşan elbiseleri var. Bu elbise, gümüş renginde güçlü bir metal malzemeden yapılmıştır. Esnek bir yapısı olmasına rağmen kesilmeye, delinmeye veya herhangi bir şekilde yıpranmaya çok dayanıklıdır. Yaklaşık olarak 25 kilo ağırlığındalar. Boyları ise 125 santim civarı. Boynu ince ve uzun. Elleriyse -burası ilginç- hiçbir farkı olmayan 4 adet parmağı var. Baş kısmına gelirsem... Umarım bu kadar detayla sizi sıkmıyorumdur!"

"Yok, yok lütfen devam edin. Bu anlattıklarınız inanılır gibi değil," dedi Can Bahadır.

"Kafatası vücuduna göre gayet geniş. Ağzı ince ve dişleri yok. Bunun yerine kıkırdağımsı bir yapı var. Kulakları yok, kulaklarının yerinde iki tane küçük delik var. Beyni çok büyük ve bizim beynimizden çok daha karmaşık. Gözleri siyah ve çok büyük. Lens şeklinde bir iç göz kapakçığı var. Sanırım bunu gece görüşü ve zoom yapmak gerektiğinde kullanıyorlar. Saçları yok. Derisi tuhaf bir şekilde kalın ve aynı zamanda yüksek radyasyona dayanıklı.

Klonlanmış oldukları için cinsel organ yok. Dışkılarını dışarı atacak herhangi bir açıklık yok. Sindirim sistemi çok basit. Katı atıkları sıvıya dönüştüren bir organları var. Bağırsakları ve böbrekleri yerine tek bir organ tarafından işlev görmekte. Kalbi ve ciğerleri tek bir organ halinde. Kanı tuhaf bir şekilde şeffafmış. Deri renkleri değişkenlik gösterebilir. Bazıları beyaz, çoğunluğu gri ve çok nadir görülse de kırmızıya yakın renkte olanları var. Çok dayanıklı bir vücut yapısına sahip değiller."

"Peki nereden geliyorlar? Hangi gezegenden geliyorlar? Bununla ilgili bilginiz var mı?"

"Zeta Reticuli adında bir yıldız sisteminden geldikleri bilinmektedir," dedi bilgilerini paylaşmaktan zevk duyan bir araştırmacı yazar olarak.

Münevver, "Hala insanları neden alıkoyduklarını anlamış değilim!" diye yine anlatılanın dışında kafası karışık sordu.

"Benim tahminime göre klonlanmış Griler baskın bir ırka hizmet ediyor. Yapacakları görevler, alınan emirler tek bir yerden, ana merkezden geliyor. Alıkonulan insanlar genelde buraya getiriliyor. Burada çeşitli laboratuvar odalarında tutuluyor. Alıkonulan insanların hafızalarından, alıkonma anıları ve üzerlerinde yapılan çeşitli deneylerin anıları siliniyor. Ancak hafızaları ne kadar silinirse silinsin, etkili bir hipnoz seansıyla bu anılara ulaşılıyor..."

Can Bahadır, kardeşinin dinlettiği kaseti hatırladı. Anlatılanlar doğru olmalıydı. Ethem'i daha dikkatli dinlemeye devam etti.

"Alıkonulan insanlarla yapılan araştırmalar sonunda anlaşılıyor ki, insanımsı bir yaratık ırkı oluşturmak istiyorlar. Bunu da kısmen başardıklarını düşünüyorum, belki de ilerde kim bilir yıllar sonra tam anlamıyla başaracaklar ve aramıza kaynaştırarak onlarla yaşamamızı sağlayacaklar..."

Münevver, "Pardon cahilliğimi maruz görün, üstün bir ırka hizmet ediyor dediniz! Bu üstün ırk nedir?" diye daha da meraklanmış bir şekilde sordu.

"Bu konuda ortaya birçok kavram ve teori atılmaktadır. Bence bu konu ortada bir konudur. Duyduğum ve doğruluğuna inandığım bir araştırmacı yazardan aldığım bir teoriye göreyse, bu üstün ırk Reptilian ırkıdır."

"Reptilian! Biraz açar mısınız?" diye merakla sordu Can Bahadır.

"Elimizde fazla bir bilgi yok, belki ilerleyen yıllarda bu UFO araştırmaları çoğalmaya başladığında, onlarla ilgili daha çok bilgiye sahip olacağız. Tanıdığım araştırmacı yazar bir arkadaşımın kitabında bunlardan bahsediyor; bunlar sürüngen ırk denilen varlıklardır ve çok tehlikeliler. Sürüngen ve insanımsı görünürler, yaşadıkları yerlerde beslenmek için kaynakları hızla tüketirler. Çok acımasız bir ırktır ve beslenmek için daima kendilerine yeni gezegen bulurlar. Bu yüzden klonladıkları Griler'i dünyamıza gönderdikleri söylenmektedir. Bunların sürüngen yapılarına bakarak aldanmamak gerekir. Çok zeki varlıklardır. Çok yüksek hipnotize etme yeteneğine sahipler. Ayrıca doğa üstü yetenekleri var, insanları kolaylıkla etkisi altına alabilirler. Bu varlıkların en önemli özelliği fiziksel görüntülerini değiştirmeleridir. İstedikleri kişinin formuna girebilirler."

Münevver, "Bu söyledikleriniz çok korkunç, insanın inanası gelmiyor," dedi şaşkınlığını gizlemeden.

"Evet haklısınız hele bunların dünyayı yöneten insanların formuna girebileceklerini düşününce... Mesela Amerikan Başkanı Jimmy Carter'ın formuna girseler, kimsenin haberi olamaz."

"Aman lütfen daha fazla dinlemek istemiyorum, gece rüyama girmelerinden korkuyorum," dedi Münevver korku içinde.

"Bu anlattıklarım şimdilik gün yüzüne çıkmış bilgiler değil. Sadece kitaptan alıntı. İlerde haklarında daha çok şey öğreneceğiz."

Can Bahadır'ın duydukları, günlerini Demirel ile, politikayla, yalan söylemekle, yandaş gazeteciler sayesinde halkı yönlendirip kandırmakla geçiriyor olmasına rağmen içinde hiçbir zaman ürperti olmazdı ama bu duydukları karşısında ürperdi, "Vay be! Bu anlattıkların inanılır gibi değil. Çok etkilendim. Aslında size dürüstçe bir şey söylemek isterim. Yaşadığımız bu sonsuz evrende sadece dünyada hayat olacağına inanmak mantıksız geliyor bana. Dünyadaki yaşama o kadar çok odaklandık ki dünyanın dışında neler olduğuyla ilgilenmiyoruz. Geceleri gökyüzü, yalnızca birkaç yıldıza romantik şekilde baktığımız bir sema oluyor. Bu anlattıklarınız çerçevesinde söyleyecek başka bir şey bulamıyorum," dedi etkilenmiş bir şekilde.

Salonda bir sessizlik oldu. Bu sessizliği Münevver oğlunu kontrol etmek için kalktığında bozdu, "İzninizle bir oğluma bakıp geleceğim."

"Geç oldu, ben kalkayım artık."

"Son olarak bir şey sormak istiyorum. Belki size biraz fantezi gibi gelecek ama merak ettim, şöyle düşünün; bu Griler birisini alıkoyuyorlar sonra o alıkoydukları kişiye öyle bir şey yerleştiriyorlar ki, o kişi doğa üstü güçlere sahip oluyor. Sizce böyle bir şey mümkün olabilir mi?"

"Yaptığım araştırmalarda böyle bir şey yok ama dediğim gibi alıkonulan insanların hepsinde bir implant var."

"Peki o koydukları şeyi bir ameliyatla alsalar bu mümkün mü?"

"Bence sizde yazmalısınız Can Bey. Harika fantezi yaratıyorsunuz... Lütfen kusura bakmayın şaka yaptım. Böyle bir şey yapmak sakıncalı olabilir, yeterli donanıma sahip olmak gerekiyor. Yapılsa bile çok usta bir el tarafından yapılmalı ama sonucu tatmin eder mi bilemedim. Benim uzmanlık alanım değil."

"Griler haricinde Reptilian'ların insanları alıkoyma olasılığı yok mu?"

"Pek rastlamadım. Araştırmalarımın hepsi Grileri gösteriyor. Bunu neden yaptıklarını da biraz önce anlattım."

"Anladım bu alıkoydukları insanları nereye götürüyorlar?"

"Genelde dünyada bulunan üstlerine veya ana gemilerine."

"Neden gezegenlerine götürmüyorlar?"

"Gerek görmüyor olabilirler."

"Gerek görmüyor dediniz. Peki yine fantastik olacak, eğer böyle bir şey olsa, dünyadan bir insanı alıp gezegenlerine götürseler sonra geri getirseler..." diye yönlendirmek istedi Can Bahtiyar.

"Böyle bir olay duymadım. Araştırdığım, gördüğüm hiçbir raporda yoktu..."

"Reptilian'ların böyle bir şey yapmasını gerektiren bir durumları yok," biraz düşündükten sonra, "Eğer bu Griler veya diğer dünya dışı varlıklar böyle bir şey yaptılarsa bu kozmik bir planın parçası olabilir... Veya zaman yolcusu dünya dışı varlıklar olabilir. Evrende hiçbir şey tesadüf değildir," dedi Ethem bilge bir şekilde.

"Anladım, gerçekten merak ettiğim tüm sorulara cevap verdiniz. Çok teşekkür ederim."

Ethem, "Rica ederim Can Bey, inanın bana benim için bir zevkti. Keşke zamanımız olsa başka olaylar hakkında konuşsak... Ama roman yazacak kadar fanteziye sahipsiniz bunu bir düşünün derim," dedi espri yapmak adına.

Can Bahadır, şüphe uyandırmamak için suratına sahte bir gülümseme yerleştirip, "Haklısınız belki de bende roman yazmalıyım ama, inanın hiç vaktim yok. Ben okumayı tercih ederim," dedi.

Ethem gülümsedi, "Neden olmasın? Kimse hayatta neler olacağını bilemez... Bu tatlı sohpeti bitirmek gerekiyor, çok geç oldu. Siz yoğun birisiniz, umarım başka zaman tekrar bir araya gelir konuşuruz," dedi.

Can Bahadır, "Elbette çok isterim," diyerek tokalaşmak için elini uzattı. "Tanıştığımıza memnun oldum. Eğer isterseniz kitabınız için güçlü dağıtımı olan bir yayıneviyle görüşmenizi sağlayabilirim. Bu verdiğiniz bilgilerin birçok insan tarafından öğrenilmesi gerekiyor diye düşünüyorum."

"Çok naziksiniz, teşekkür ederim," dedi Ethem saygıyla.

"Yarın ilk iş olarak bunu yapacağım. Beni yarın on bir gibi ararsanız," diyerek kartvizitini uzattı. "Gerekli bilgileri veririm."

Ethem, yılların mükafatını almış gibiydi, "Çok teşekkür ederim Can Bey," diyerek kartviziti aldı.

"Anlattıkları ne kadar korkunç değil mi?" dedi Münevver.

"Bence de hem korkunç hem de gerçek... Hiçbir zaman bunların varlığına inanmamıştım. Önce Tayfun'un getirdiği vaka, şimdi bu Ethem denilen adamın anlattıkları... Aklıma en çok ne takıldı biliyor musun? *Kimse hayatta neler olacağını bilemez* dedi ya, haklıydı. Bence de bu hayatta hiç kimse ilerde ne olacağını bilemez," dedi Can Bahadır manidar bir şekilde.

Sabah yedi olmak üzereyken Yusuf uyandı. Artık bu hastanede kalmasını gerektiren bir şey kalmamıştı. Dr. Zeynep'in hasta kız kardeşine yardım edecek ve sonra evine gidecekti ama nasıl? Baş Hekim

Hikmet'in odasına geldi, kapıyı vurarak içeri girdi. Baş Hekim Hikmet hala uyuyordu, "Hikmet Abi, uyanık mısın?" diye seslendi.

"Günaydın Yusuf, dün hepimiz için zor bir gün oldu, yorulmuşum."

"Süleyman Abide uyandıysa ona veda ederim diye düşündüm."

"Sen burada bekle ben onları alıp geleyim, bir de güzel bir kahvaltı yapalım sonra seni nasıl göndeririz bunu konuşuruz tamam mı?"

Baş Hekim Hikmet diğerlerini de alıp odasına geldi. Herkes kendisine uygun bir yer bularak oturdu. Fazla konuşulmadan kahvaltı yapıldı. Yusuf için sadece bir salatalık, bir domates, bir elma ve birkaç zeytin yeterli oldu.

"Buradan Diyarbakır'a otobüs var mı?" diye ortaya sordu Yusuf.

"Yok Yusuf, buradan yok!"

"Peki ben nasıl..."

"Benim tanıdığım birisi var, arabasıyla uzak yerlere yolcu götürüyor. Onunla gidersin... Şimdi arayıp soracağım."

09 servisiyle aradı evde yoktu. Şoförün karısı ona Afyon'a gittiğini, birisini götürdüğünü, dönüş yolunda olduğunu, dönünce aratacağını söyledi.

Sosyolog Süleyman, "Ben fazla kalamayacağım şimdiden Yusuf ile vedalaşsam iyi olacak," dedi ayağa kalkarak elini tokalaşmak için uzattı. "Seni tanımak güzeldi Yusuf. Senin gibi özellikleri olan birini tanımaktan dolayı ayrıcalıklı hissediyorum. Yolun açık olsun, İnşallah sevdiceğine kavuşur, kaybettiğiniz yılları hasretle doyarak yaşarsınız."

Yusuf, onun için uzatılan ele karşılık ona sarıldı, "Teşekkür ederim Süleyman Abi, sende en iyisini yaşa. Bana çok yardımcı oldun, teşekkür ederim."

Dr. Zeynep ve Yusuf odadan kaldı. Baş Hekim Hikmet ve Sosyolog Süleyman odadan çıkarak hastanenin çıkış kapısına yöneldiler, "Onun için çok üzüldüm Süleyman, yazık oldu!" dedi Baş Hekim Hikmet sevecen bir şekilde.

"Evet haklısın çok yazık ama, bir de sahip olduğu gücü düşününce... Bilemedim, bencilce düşündüm herhalde kusura bakma, haklısın.

Sevdiğim birisinden ayrı kalmak, hem de bu şekilde ayrı kalmayı düşününce bana korkunç geliyor... Çok yazık."

"Evet aslında haklısın Süleyman. Hayat değişim ve gelişim demektir. Hiç değişmemiş gibi yine aynı yaşındaymış gibi de dursa yaşadıkları onu değiştirdi. Gelişim desen, istemeden de olsa mucize bir gelişim içinde. Yolda anlattıklarını düşününce insanın aklı almıyor."

"Doğru söyledin Hikmet. Anlattıkları hiç de yutulur cinsten değil. Söylediği her şey doğruydu, ondan daha fazla bilgiler almak isterdim ama maalesef gitmem gerekiyor," dedi hastane kapısının çıkışında.

"Seni gelişmelerden haberdar ederim."

"Lütfen Hikmet hocam."

"Bu yaşadıklarımızı onun iyiliği için kimseye anlatmayalım."

Sosyolog Süleyman cevap vermedi ama yüzünde öyle bir gülümseme belirdi ki bu her şeyin cevabıydı. Sıkıca sarılıp ayrıldılar. Baş Hekim Hikmet, Sosyolog Süleyman'ın arkasından biraz baktıktan sonra tekrar odasına yönelirken hastane kapısından içeriye Hasan ve Celal girdi.

Hasan ve Celal etrafa bakınarak muhatap olunacak birilerini bakındılar. Hasta Bakıcı Mustafa onları gördü, duruşlarında yetkili birilerinin havası olduğunu anladı.

"Buyurun ne bakmıştınız?"

Hasan, "Biz bir hastayı almaya geldik," diye keskin bir şekilde konuştuk.

"Hangi hastaymış efendim?"

"Sen misin yetkili kişi?"

"Hayır efendim ama, hangi hastadan bahsettiğinizi..."

"Kes be! Bize hemen yetkili birini bul gelsin!"

Konuşmaları duyan Baş Hekim Hikmet girişe geldi, "Buyurun nasıl yardımcı olabilirim?" diye sordu.

"Yusuf adında bir hastayı almaya geldik."

"Almaya mı geldiniz?"

"Evet, beni gayet net duydunuz! Biz MİT'ten geliyoruz," diyerek Hasan kimliğini gösterdi.

Baş Hekim Hikmet, tabii ki Yusuf'un yerini söylemeyecekti. Hasta Bakıcı Mustafa durumdan ve Baş Hekimin tavrından şüphelenerek Dr. Zeynep'in yanına gitti.

"Yusuf gideli çok oldu. Onu hastanemizde tutmak için bir neden görmedim. Gayet sağlıklıydı bende..."

"Nereye gitti?"

Hasta Bakıcı Mustafa Dr. Zeynep ve Yusuf'un yanına geldi, "Hocam MİT'ten iki adam geldi pek tekin görünmüyorlar Yusuf'u alacaklarmış, sanırım ters giden bir şeyler var Baş Hekim onları oyalıyor, haber vereyim istedim," dedi.

"MİT'ten mi? Kesin o psikoloğun işi bu. Buna müsaade edemem... Sağ olasın Mustafa, ne yapalım bilemedim," Masanın üzerinde duran Baş Hekimin araba anahtarını gördü ve hızlı bir şekilde karar vererek aldı, "Beni takip et Yusuf, Mustafa sende Baş Hekimin yanına git. Ben Yusuf'u arka kapıdan götüreceğim," diyerek odadan çıktılar.

"Nereye dedim?" diye endişeli tekrarladı Hasan.

"Nereden bileyim? Dediğim gibi gayet sağlıklıydı ve onu burada tutacak bir neden göremedim."

"Ne yapıyorsun Yusuf? Oradan değil, seni görecekler..."

Yusuf, odadan emin adımlarla çıktı. Koridorun sonuna geldiğinde girişte toplanmış insanları gördü, sağ elini yere paralel bir şekilde tuttu, avucunun içinden o eflatun renk belirdi. Dr. Zeynep, hiç sesini çıkarmadan olayı seyretti, Yusuf onu takip etmesi için diğer eliyle gel işareti yaptı. Dr. Zeynep bu esrarengiz olayın akışına kendisini bıraktı, Yusuf'u takip etmeye başladı. Yusuf, insanların yanından geçerken herkes adeta donmuş gibi hareketsiz kaldı, ışığın yaydığı enerjiyi aklıyla kontrol ederek hareketsiz kalmalarını sağlamıştı. Dr. Zeynep'in şaşkınlıktan gözleri yerinden çıkacaktı. Ana kapıdan çıktıklarında insanlar hayatlarına kaldıkları yerden devam ettiler.

"Araba şu tarafta... Bunu nasıl yaptın?"

"Aklımdan geçirdim oldu!"

"Hızlı hareket etmeliyiz, seni bulmasınlar!"

"Merak etme her şey yolunda."

Dr. Zeynep Yusuf'un yaptıklarından sonra ona güvendi ve panik halinden kurtuldu. Bu adam iksir kadar güçlüydü. Arabayı çalıştırırken aklını okumasından korkarak kız kardeşini iyileştirmesini sorma isteğini bastırdı. Aklında sadece onu hedefine ulaştırmak vardı.

"Önce sana uğrayalım, yapmam gereken bir şey var," dedi Yusuf.

Dr. Zeynep, "Bunu yapmak zorunda değilsin Yusuf!" dedi aklının okunduğunu anlayarak.

"Zorundayım abla, eğer yapmazsam pişman olurum!"

Hasan, Baş Hekimin odasından Can Bahadır'ı aramak için 09 sevisini aradı, "Bu devlet işi çok önemli yıldırım bağlayın, fazla bekleyemem," dedi sert bir şekilde.

Hat bu tavırdan sonra hızla bağlandı, "Kişiyi aldınız mı?" diye sordu merakla Can Bahadır.

"Gitmiş efendim, Baş Hekim onu tutmak için bir neden görememiş. Gayet sağlıklıymış..."

"Yalan söylüyorlar!"

"Her yeri aradık Can Bey, yok!"

"Tayfun bahsetmişti Zeynep adında bir doktora yakınlık besliyormuş, mutlaka o yardım etmiştir. Araştırın! Gidin evine her yeri arayın sakın bulmadan buraya gelmeyin!"

"Anlaşıldı efendim," diyerek telefonu kapattı.

Hasan, Baş Hekim Hikmet'in yanına gelip iki yakasından sıkıca kavrayarak kendisine doğru çekti, "Beni iyi dinle sana bir kere soracağım gerisi sana kalmış... Bu Yusuf denen adamı Zeynep adında bir doktor mu kaçırdı?"

"Ellerini üzerimde çek terbiyesiz," diyerek Hasan'ın ellerini sert bir şekilde iterek ondan kurtuldu. "Bu yaptığınız zorbalıktır. Dr. Zeynep'in Yusuf'la hiçbir ilgisi yok!"

Celal, yalan söylendiğini hissetti, "Bakın Baş Hekim Bey, yalan söylüyorsunuz. Bu çok açık bunu hissediyorum. Bu mesele önemli ve ben yalan söylenmesinden hiç hoşlanmam. Başınızın belaya girmemesi için bildiğiniz ne varsa söyleyin!" dedi.

"Laftan anlamıyorsunuz herhalde! Dr. Zeynep'in Yusuf'la ilgisi yok, niye olsun ki?"

Hasan, "Kaybedecek zamanımız yok Celal, boşver sonra gelip bu yalancının cezasını keseriz. Şu doktorun adresini bulalım," diyerek personelin kayıtlı olduğu bir belge aramaya başladı. Çekmeceler, dolapların içi her yeri aradılar.

Sonunda Celal aradıklarını buldu, "Buldum adresi burada," diyerek defterin yaprağını yırtarak aldı, "Dua edin söyledikleriniz doğru çıksın eğer çıkmazsa başınıza gelecekleri tahmin edebilirsin," diyerek Baş Hekim Hikmet'in odasından çıktılar.

Baş Hekim Hikmet yaşadığı kısa şoku atlattı, hastanenin giriş bölümüne geldi. Onları adresi bir adama sorarken gördü, adamda eliyle gidecekleri yolu gösteriyordu.

Dr. Zeynep ve Yusuf eve girdi. Dr. Zeynep hala tedirgindi, Yusuf'un bunu yapmasını hem istiyor hem de ahlaken böyle bir şeyi uygun görmüyordu. Yusuf ise vücudunda ve benliğinde gittikçe gelişen bir güce sahip olduğunu hissediyordu. Tek istediği birisini iyileştirirken kapıldığı baş ağrısı ve kulak çınlamasından kurtulmaktı. Dr. Zeynep önden, Yusuf arkasından Aynur'un odasına girdi.

Aynur, ablasındaki heyecanın ne olduğuna anlam veremedi, yanındaki çekingen duran genç adama merakla baktı, "Hayırdır abla! Neler oluyor?" diye sordu.

"Merak etme Aynur her şey yolunda... Bu arkadaşın adı Yusuf ve bize yardım etmek için burada."

"Ne yardımı?"

"Seni iyileştirmeye geldim..."

"Ne iyileştirmesi, bana hikâye anlatacaksanız hiç zahmet etmeyin, hikâye dinleyecek halim yok!" diyerek kızgın bir şekilde Yusuf'un sözünü kesti.

Yusuf, "Kızmanıza gerek yok. Gerçekten seni iyileştireceğim," diye telkin etmeye çalıştı.

Yusuf, daha fazla konuşmanın gereksiz olduğunu düşündü, bir an önce iyileştirmeyi bitirmek istiyordu, içinde eğer hızlı hareket etmezse başlarının belaya gireceğine dair bir his vardı. İki elini Aynur'un koluna götürdü ve Aynur'un şaşkın bakışları arasında ona dokundu. Dokunur dokunmaz yine aynı şeyler oldu ve kısa bir süre sonra Aynur iyileşti. Pan hastalığı tamamen geçti. Yusuf'un ne başı ağırmış ne de insanı delirten kulak çınlaması gerçekleşmişti ama kullandığı yüksek enerji yüzünden bayılarak yere düştü. Durumu tahmin eden Dr. Zeynep hemen müdahale etti.

Aynur, "Abla, abla... İnanmıyorum! Bu bir mucize, bu adam beni iyileştirdi. Allah'ım inanmıyorum!" diye şaşkınlık içinde sevinç çığlıkları attı.

"Tamam Aynur sonra inanmazsın, yardım et de zavallı adamı kanepeye yatıralım, birazdan kendine gelir."

"Bu adamı Allah gönderdi abla!"

"Bir insan hayatla ilgili kuşkularını gideren birisiyle tanışınca onu Allah'ın gönderdiğini düşünür Aynur."

Aynur, sevinçten göz yaşlarına boğuldu, neredeyse sevinç çığlıkları atmak üzereyken onu iyileştiren adama saygısızlık olacağını düşünüp kendini toparlayıp, Yusuf'un yanına geldi.

"Kimsin sen? Bunu nasıl yaptın? Yoksa sen bir..."

"Aynur adamı rahatsız etme lütfen, bırak kendine gelsin."

"Bu mucize karşısında nasıl bu kadar tepkisiz kalabiliyorsun?"

"Senin gibi birkaç kişiyi gözlerimin önünde iyileştirdi, önemli olan Yusuf'un sağlıklı bir şekilde uyanması."

"Bunu nasıl yapıyor? Yani bu imkânsız bir şey!... Avuçlarından çıkan ışığı gördün mü abla? Işıkta değildi sanki bir Nur gibiydi."

"Tamam Aynur adamın başından ayrıl lütfen!"

Aynur, Yusuf'un yanından ayrıldı, salonun köşesinde bulunan boy aynasının karşısına geçerek vücudunu şaşkınlık içinde seyretmeye başladı. Üzerindeki tişörtü sıyırarak karnına baktı, inanılmazdı ağlamamak için kendini zor tuttu.

Dr. Zeynep, bir yandan kardeşinin durumuna sevinirken diğer yandan Yusuf'un baygın hali için endişe içindeydi ve aynı zamanda hastaneyi arayarak olan biten hakkında bilgi almak istiyordu. Telefonun yanına geldi, tam ahizeyi kaldıracakken telefon çaldı, telefonun çalmasıyla Dr. Zeynep irkildi, endişe içinde telefonu kaldırıp kulağına götürdü, "Alo!" dedi.

Baş Hekim Hikmet, "Benim Zeynep kızım, haber vermek için aradım," dedi her ne kadar sakin konuşmaya çalışsa da sesinde bir tedirginlik vardı.

"Ne haberi hocam? Kimdi onlar?"

"MİT'ten geldiklerini söylediler. Fazla bir şey söylemediler, sadece Yusuf'u istediler," dedi yine aynı tedirginlikle.

"Sanırım şu Tayfun denen hipnozcu haberi yaymış olmalı. Zaten gözüm pek tutmamıştı."

"Senin evin adresini aldılar... Zorla aldılar. Size doğru geliyorlar."

"Buraya mı geliyorlar?"

"Evet, sanırım beş on dakikaya gelirler. Devlet bu işe girdiyse Yusuf'u teslim etmek gerekiyor... Ne dersin?"

"Bilmiyorum hocam sanırım üzerinde test yapacaklardır."

"Devletle başımız belaya girmesin istiyorum... Ama insanlığım buna müsaade etmiyor."

"Hocam ben bu genç adamı teslim edemem. Eğer siz başınız belaya girsin istemezseniz, tüm olayı kemdi üzerime alabilirim."

Baş Hekim Hikmet, vicdanının sesini dinledi, korkularını bir kenara bıraktı, "Haklısın kızım bu genç adamı bu canavarlara veremeyiz. Hemen evden ayrılın. Güvenli bir yer varsa oraya gidin!"

"Gidemem hocam, Yusuf baygın yatıyor... Biraz önce kardeşimi iyileştirdi."

"Bunu tahmin etmiştim... O zaman ne yap ne et evden ayrıl!"

"Tamam hocam güvenli bir yere gidebilirim ama Yusuf'u bir şekilde evine ulaştırmak gerekiyor."

"Haklısın, bu senin görevin oldu Zeynep kızım. Bunu sensiz yapamaz."

"Evet haklısınız hocam bu benim görevim artık. Bu yaptıkları karşısında onu evine ulaştıracağım."

"Sizi orada bekliyor olabilirler. Bu tehlikeli olacak."

"Olsun Hocam orada yakalansak bile en azından Zeyno'sunu görme şansı olacak."

"Yolunuz açık olsun kızım... Haydi zaman kaybetme, hemen yola çık," diyerek telefonu kapattı.

Dr. Zeynep, Yusuf'un uyanmadığını görünce ne yapacağını düşündü, Aynur'un sevinç içinde ayna karşısında kendisini seyrettiğini gördü. "Aynur gel buraya! Yusuf'u arabaya götürmeme yardımcı ol!"

"Ne oldu abla? Ters bir durum mu var?"

"Birazdan buraya MİT'ten iki adam gelecek, Yusuf'u almak istiyorlar!"

"Ne iki adamı abla? Başın belaya mı girdi yoksa?"

"Ay! Ne çok soru soruyorsun? Yardım et, her şeyi sonra anlatacağım."

Beraber Yusuf'u arabaya taşıdılar, arabanın arka kapısını açıp steyşın vagona yerleştirdiler. Aynur, "Yusuf'un altına bir battaniye getireyim abla," diyerek eve yöneldi.

"Hiç zamanımız yok Aynur, her an gelebilirler. Onları oyalamanı istiyorum."

"Onu nereye götürüyorsun?"

"Evine, sevdiğine..."

"Evi nerede?"

"Diyarbakır."

"Ne, Diyarbakır mı? Lütfen abla dikkatli ol."

"Merak etme kardeşim," diyerek sarıldılar. "İyileşmene çok sevindim. Yusuf'u evine ulaştırayım, döndüğümde kutlarız."

Dr. Zeynep, arabaya binip hızla evin önünden ayrıldı, arkalarından endişeli gözlerle bakan Aynur eve girdi, gelecek adamları nasıl yönlendireceğini düşünmeye başladı.

Hasan ve Celal, Dr. Zeynep'in evinin önüne park etti. Arabadan inip kapı önüne geldiler, adresin doğru olduğundan emindiler, kapıyı çaldılar. Aynur, kapıyı açtı ve karşısında ajan filmlerinden çıkma adamları gördü. Ablasının bahsettiği adamların bunlar olduğu kesindi, bir şey bilmiyormuş edasını takındı, "Buyurun kime baktınız?" diye sordu.

"Dr. Zeynep'in evi burası mı?" diye Hasan sordu.

"Evet burası ama kendisi evde yok."

"Sana evde olup olmadığını sormadık..." diyerek Hasan Aynur'u kapı ağzından iterek uzaklaştırdı, hızla içeriye girdiler.

"Bunu yapamazsınız! Evime zorla giremezsiniz!"

Hasan ve Celal, tek-tek odaları aradılar saklanabilecek tüm yerlere baktılar ama bulamadılar. Onlara kızgınlık içinde bakan Aynur'un yanına geldiler. Hasan sinirini yatıştırmak için bir sigara yaktı ve dumanını baskı kurmak için Aynur'un yüzüne doğru üfledi.

"Aşağılık bir hareket bu yaptığınız! Ne istiyorsunuz?"

Hasan, ansızın sorulacak bir soru karşısında söyleyeceği yanlış cevabın onu ele vereceğini bildiği için ani bir şekilde sordu, "Ablan nerede saklanıyor?"

"Kimsiniz? Ablamdan ne istiyorsunuz? Kendisi herkesin sevdiği bir doktordur..."

Hasan tahmin ettiği gibi yalan söylendiğini anladı ama olayı alttan almaya devam etti, "Biz MİT görevlisiyiz ve çok sevilen ablanızdan bir şey istemiyoruz. Daha çok yanında bulunan şahısla ilgileniyoruz, şunu da bil; ablanın devlet tarafından aranan bir kaçağa yardım etmesinden dolayı başı belaya girecek. Eğer bize onu bulma konusunda yardımcı olursanız ablanıza dokunmayacağız. Bizim tek isteğimiz kaçak şahsı yakalamak... Şimdi sizden söylediklerimi anlamış birisi olarak yardım bekliyorum, yoksa sizin de başınız belaya girecek!"

"Bilmediğim bir konuda size nasıl yardımcı olabilirim! İnanın ablamın yanındaki şahıs hakkında bir şey bilmiyorum, bilseydim bile söylemezdim. Öyle bir şahıs görmedim. Ablamı dün geceden beri görmedim! Hastanede nöbetçi olmalı, oraya baktınız mı?"

Celal, yalan söylenmesine sinirlendi, "Biliyor musunuz? Ben Mevlana'nın *'Dürüstlük pahalı bir mülktür, ucuz insanlarda bulunmaz'* sözünü çok doğru buluyorum. İnsanların neden yalan söylediklerini anlamıyorum," diyerek Aynur'un saçını sert bir şekilde kavrayıp kendisine çekti. "Kadın olman sana kaba kuvvet uygulamayacağımı düşündürmesin. Son defa soruyorum ablan ve kaçak şahıs nerede?"

Canı yanan Aynur her şeye rağmen yalan söylemeye devam etti, "Bilmiyorum dedim ya! Neden bunu yapıyorsunuz?"

"Peki bunu sen istedin," diyerek Aynur'a sert bir yumruk attı. Zavallı Aynur yere yığıldı. Avcının onu avlamasından korkan yere sinmiş bir tavşan gibi Aylin'de yediği yumruğun etkisiyle düştüğü yere sindi. Ayağa kalkıp karşılık vermek istedi ama bunu yapamadı, gözleri kapandı bayıldı.

Hasan ve Celal, ne yapacaklarını konuşmak için birbirine baktı, yapılacak şey belliydi.

Evdeki telefonu kullanıp 09 servisinden yıldırım olarak Can Bahadır'ı aradılar, hat geldikten sonra, "Efendim her ikisi de yok. Burada kız kardeşi var ama o da zor kullanmamıza rağmen bir şey söylemedi," dedi Hasan.

"Bakın bu olay çok önemli, Şimdiye kadar hallettiğiniz tüm olaylardan daha önemli."

"Evet efendim, şimdi ne yapalım?"

"Tahminime göre bu Dr. Zeynep onu memleketine götürüyordur. Sizde hiç zaman kaybetmeden yola çıkın!"

"Nereye efendim?"

"Diyarbakır'ın Gülpınar köyüne. Yusuf denen bu adamın karısı, evi oradaymış. Tek gideceği yer orası, başka nereye gidecek ki? Yolunuz uzun hemen yola çıkın."

Hasan, "Anlaşıldı efendim," diyerek telefonu kapattı.

"Ne yapıyoruz?" diye merakla sordu Celal.

"Uzun bir yolculuğa çıkıyoruz. Arabayı dönüşümlü kullanırız."

"Nereye?"

"Diyarbakır."

Can Bahadır, Yusuf'u ele geçiremediği için sinirliydi. Dr. Zeynep'in yardımcı olması sinirini katlamıştı, "Şu kadın doktor yardım ediyor. Milletin işi gücü yok da hiç tanımadığı bir adama yardım ediyor. Olacak şey değil!"

"Dr. Erol'dan haber var mı?"

"Evet, yarından sonra Esenboğa'ya iniyormuş. Şimdiden her şey hazır. Hastane ve ameliyathane hazır olmak üzere, tüm ekip hazırlanıyor."

"Güzel."

"Dün akşam Münevver'in tanıdığı bir yazarı eve misafir ettim. Adam uzaylılar hakkında derin araştırma yapmış, bunun üzerine kitap yazmış ama başarısız olmuş. Gerçi bunu önemsemiyor, onun için önemli olan uzaylıların varlığını bilmek, pardon uzaylı denmesini istemiyor, bizim de uzayda yaşadığımızı söylüyor, Dünya Dışı Akıllı Varlıklar diyecekmişiz."

"İlginç."

"Evet çok ilginçti. Anlattıkları insanı dehşete düşürse de gerçek olabilecek nitelikte," diyerek saatini kontrol etti. "Birazdan arayacak, ona güçlü bir yayınevi ayarladım, bu konuda yardım edeceğim. Aradığında aklımda kalmış bazı sorular var onları da soracağım."

"Böyle şeylerle vakit geçirmek zırvalığın daniskası..."

"Yok öyle söyleme, beni tanırsın. Duyduklarımı duysan kulaklarına inanamazdın," dedikten sonra sekreter hanımın telefonu geldi.

"Efendim beklediğiniz telefon geldi, Ethem Bey arıyor."

"Hemen bağlayın," diyerek Psikolog Tayfun'da duysun diye telefonu ona doğru çevirdi.

"Merhaba Ethem Bey, aramanız iyi oldu, size verdiğim sözü yerine getirmenin mutluluğu içindeyim."

"Merhaba Can Bey. Nasıl teşekkür edeceğimi bilemiyorum."

"Ne demek Ethem Bey, sekreterim size gerekli bilgileri verecek."

"Sonunda yılların çalışmasını sizin sayenizde daha çok insana ulaştıracağım. Bana bu mükafatı verdiğiniz için tekrar teşekkür ederim."

"Rica ederim Ethem Bey... Eğer vaktiniz varsa dün gece anlattıklarınızdan aklıma takılan birkaç soru daha var..."

"Ne demek efendim? Zevkle!"

"Aklıma takılan ilk şey bunların ışık hızıyla seyahat etmediği Ethem Bey. Eğer bunlar ışık hızıyla seyahat etseler bulundukları gezegenden buraya gelmeleri çok uzun zaman alırdı, ne dersiniz?"

"Evet haklısınız ışık hızıyla seyahat etmiyorlar. Dediğiniz gibi bu çok uzun zaman alırdı mesela Büyük Macellan Bulutu bizim galaksimize 163 bin ışık yılı uzaklıkta. Oraya varmak için 163 bin yıl gerekiyor, ışık hızı böyle yolculuklar için yavaş. Kozmosun içinde bir noktadan diğerine böyle seyahat edemezsin. Ayrıca ışık hızıyla seyahat etmenin bazı sakıncaları var... Bu soruyu neden sorduğunuzu biliyorum. Dün gece bunu size anlatmak istedim çünkü sizi sıkmak istemedim, zaten birazda geç olmuştu. Evet, ışık hızıyla seyahat etmenin sakıncası olabilir, şöyle izah edeyim; mesela hızınız arttıkça oransal olarak kütlenizde artar. Başka bir deyişle daha fazla enerji verdikçe bu kütleye dönüşecek ve bu da yavaşlamaya neden olabilir. Aşırı hızda yolculuk etmek, yön bulma konusunda sorun yaratabilir. Bu yüksek hızlarda gemilerini parçalayabilir. Her şey olabilir, çeşitli sorunlarla karşılaşabilirler, iletişimde sorun çıkabilir. Işık hızına erişmek için gereken enerji miktarı çok fazladır.

Uzay, zaman ve yerçekimi birbirine bağlıdır. Birbirinden etkilenerek hareket ederler. Yani yerçekimi uzayı büker, yerçekimi zamanı da büker. Biri değişince diğeri de değişir. Mesela bir gezegenin yüksek yerçekimi oluşturan kütlesi vardır. Çok fazla yerçekimi dalgası üretir. Bu uzayı büker, uzayı içine doğru büker. Uzayın bükülmesi sonuç olarak zamanı da yavaşlatır.

Bunu anlatmamın sebebi şu; dünya dışı varlıklar uzaydaki yerçekimsel alanı kısaltarak bir noktadan diğerine seyahat ediyorlar. Çünkü uzay, zaman ve yerçekimi birbiriyle bağlantılıdır. Bu dünya dışı varlıklar yerçekimini yapay olarak üretiyorlar, bu teknolojiye sahipler. Yaptıkları şey iki obje arasındaki mesafeyi bükerek iki yer arasındaki zamanı da azaltıyorlar. Yani onlar gezegenlerinden buraya seyahat etmiyorlar. Sadece modifiye ediyorlar. Mesafeyi büktükleri için mesafe kısalıyor, böyle seyahat ediyorlar. Şöyle düşünün, varmak istedikleri yeri kendilerine çekiyorlar. Sanırım sorunuza cevap vermişimdir."

"Kesinlikle, her ne kadar uzay fiziği ilgi alanıma girmese de söyledikleriniz çok mantıklı geldi. Onların ileri teknolojiye sahip olduklarını düşününce, bunu yapmaları kolay olmalı. Bizim asla anlayamayacağımız belki de yapamayacağımız bir teknoloji..."

"Size daha ilginç gelebilecek başka bir şey anlatmak isterim, aslında bu komplo teoricilerin söylediği ve inandığı bir şey..."

Can Bahadır, "Buyurun lütfen vaktim var ve bu konu gerçekten ilgimi çekiyor... Size dün akşam söylemek isterdim ama emin olamadım. Dün gece anlattıklarınız doğrultusunda, çocukken bir UFO gördüğüme inanıyorum. Pek emin değildim ama dün söyledikleriniz beni o anıma götürdü. Kesinlikle bir UFO olmalı," diye Ethem'i daha da teşvik etmek için yalan söyledi.

"Aslında Can Bey tahmin ettim ama size söyleyemedim. Bu konuya merakınız bundan kaynaklanıyor olabilir. Aslında sizin gibi birçok insan gördüklerini adlandıramıyor."

"Lütfen devam edin. Şu komplo teoricilerinin söylediklerini merak ettim doğrusu..."

"İkinci dünya savaşı sırasında Hitler'e ait bir bilim adamı ekibi Ağrı dağına geldi..."

"Ağrı mı dediniz?"

"Evet Can Bey, bizim Ağrı şehri."

"Enteresan!"

"Evet çok enteresan... Unutmayın komplo teoricilerinin inandığı bir olay bu. Neyse, köylülerin anlattığına göre bir uçan daire Ağrı dağına düşmüş. Ekip yaptıkları araştırma sonucunda enkazın nerede olabileceğini bulmuş ve uçan daireye ulaşmışlar. Uçan daireyi Almanya'ya götürüp burada bir kopyasını yapmışlar. Ama istedikleri sonuca ulaşamamışlar. Bu gemiyi savaşta kullanamamışlar. Allahtan kullanamamışlar, yoksa Hitler tüm dünyayı ele geçirirmiş. Dediğim gibi bu komplo teoricilerinin söylediği ve inandığı bir şey. Bunu kitabıma koymadım."

"İşte bu anlattığınız tam bir bilim kurgu filmi olur. Birileri bunu film yapsa şaşırmam. Keşke bu konuyu kitabınıza koysaydınız, insanlar böyle şeyler duymaya bayılıyorlar."

"Haklısınız dediğiniz gibi tam bir bilim kurgu filmi olurdu. Kitabımda sadece gerçeklere yer verdim."

"Bu alıkonma olaylarını genetik çalışmalar için yaptıklarını söylemiştiniz. Sizce insan ırkını onlar mı yarattı?"

"Dünya dışı varlıklar asırlardır genetiğimizi maniple ediyor. Genetik olarak onlarca defa müdahale edildikten sonra bu halimizi aldığımız söyleniyor, bende buna inanıyorum. Yıllar geçtikçe gerek gördüklerinde yine düzeltme veya ekleme yapacaklarından adım kadar eminim."

"Peki başka düşen UFO var mı?"

Ethem, Sovyetler Birliğinde Sverdlovsky'de düşen bir UFO'yu araştırdığını, onun da tıpkı Roswell'deki gibi bir olay olduğunu, Roswell'deki olayın doğal nedenlerle olup düştüğünü ama bu olayın hava kuvvetleri tarafından düşürüldüğünü, yaptığı araştırmalardan elde ettiği bilgiye göre 20 metre uzunluğunda puro şeklinde olduğunu, UFO'da bulunan radyasyondan dolayı inceleme ekibindeki bazı kişileri etkilemiş olduğunu, UFO'nun Mozdok Hava Üssüne götürülüp nükleer araştırmalar için yararlandıklarını, UFO'dan üç tane dünya dışı varlık çıktığını, bunlardan ikisinin ölü, diğerinin sağ kurtulmuş olduğunu, canlı olanı hayatta tutmak için bilim adamlarının çok uğraşmış olduğunu ama başaramadıklarını anlattı.

Can Bahadır'ın zamanı değerliydi bu konuşmayı sonlandırmak istiyordu ama bir yandan da duydukları karşısında daha da meraklanıyordu, "Anladığım kadar bunun gibi birçok örnek var. Bu da bana, dün gece söylediğiniz gibi dünyada uzun süredir olduklarını gösteriyor."

"Aslında hep buradaydılar. Bakın Can Bey size bu konuda kitabımdan bir alıntı yapmak istiyorum..."

Can Bahadır, ağzı açık bir şekilde konuşmayı dinleyen Psikolog Tayfun'a baktı, "Ne demek Ethem Bey, lütfen devam edin," dedi. Psikolog Tayfun, duydukları karşısında kendisine yeni bir araştırma konusu bulmuştu. Mutlaka bu dünya dışı varlıklar hakkında daha geniş bilgilere erişecekti.

"Milattan önce 40.000 yılına ait olduğu düşünülen ve Çin'in Hunan eyaletinde granit üzerine oyulmuş bazı figürlerde silindir şeklinde objelerde dünya dışı varlıklara benzeyen resimler bulunmuştur. Fransa ve İspanya'da bulunan mağaralarda 15.000 yıl öncesine ait çeşitli çizimler mağara resimleri bulunmuştur. Bu çizimlerde At, Geyik, Mamut, Bizon görülmektedir ancak bazı çizimler çok belirgin olarak bugünlerde tanımladığımız UFO'ları hatırlatır. Dediğim gibi bunlar 15.000 yıl öncesine aittir.

Brezilya'da bulunan mağara resimleriyse 8000 ila 12.000 yıllıktır. Resimlerde Güneş, Ay, Puro şeklinde bir UFO ve iki adet uçan daire vardır. İnkalar, Orjana'nın Venüs'ten geldiğine inanırdı. Mısırlılar Menfiste Firavunu ziyaret eden Ptah, güneş tanrısı Ra ve onlara birçok konuda öğreticilik yapmış Thot'a inanırdı. Sümerliler onlara kozmik öğretmenlik yapan Oannes'e inanıyordu. Mayaların dini kitabı Popol Vuh'da, Tibetlilerin kutsal kitabı Kandshur ve Tantshur'da uçan dairelerden açık bir şekilde bahsediyor. Kur'an, İncil ve Tevrat'ta da çeşitli ayetlerde açıkça bahsedilmese de bize çeşitli ip uçları vermektedir.

Gördüğünüz gibi onlar hep buradaydı, dün gece söylediğim gibi hep burada olacaklar. Aslında bu dünya bir nevi onlara ait. Fazla zamanınıza aldım, eğer başka bilgi vermemi isterseniz memnuniyet duyarım. Ayrıca umarım aklınıza takılan tüm soruları cevaplamışımdır."

"Kesinlikle Ethem Bey, kesinlikle. Vakit ayırdığınız için teşekkür ederim. Şimdi sizi sekreterime yönlendiriyorum," diyerek telefonu Sekreter Hanıma yönlendirdi, "Sekreter Hanım lütfen Ethem Beye gerekli bilgileri iletin."

"Anlaşıldı efendim."

"Ne diyorsun Tayfun?"

"Vay be!"

"Bu duyduklarımız doğru av üzerinde olduğumuzu gösteriyor."

"Evet abi, biliyorum şimdi Yusuf'u ele geçirip buraya getirmek kaldı."

"Gelecek be kardeşim. Üzerimdeki karamsarlığı bu duyduklarımdan sonra tamamen yok ettim. Bak göreceksin nasıl gelecek. Tüm imkanımı ve gücümü bu iş için kullanacağım. Şimdi çıkmam gerekiyor, önümde uzun bir gün var."

"Benimde abi, gelişmeler için tekrar konuşuruz.

YOLCULUK

Dr. Zeynep, arabayı gayet dikkatli kullanırken kız kardeşinin mutlu yüzünü aklından çıkartamıyordu. Kız kardeşi, o kadar çok sevinmişti ki sanki bir rüyadaymış gibi tepki vermişti. Uyanmaktan korktuğu mucize rüyanın hiç bitmesini istemeyen masum birisi gibiydi. Dr. Zeynep'in, yılların biriken ağır üzüntüsü omuzlarından kalkmış, yerine tarif edilemez bir hafiflik getirmişti, "Aynur çok güzel görünüyordu," dedi minnettar bir şekilde.

"Sevinç ve mutluluk insanı güzelleştirir Abla."

"Doğru söylüyorsun Yusuf Allah senden razı olsun. Sen olmasan böyle bir mucize gerçekleşmezdi. Onu ve beni çok mutlu ettin. Hayatımız hep bu şekilde olacak, mutsuz bir şekilde geçecek diye düşündüm... Tekrar, tekrar Allah senden razı olsun Yusuf."

"Mutsuz olduğumuz zaman başkasının mutsuzluğunu derinden hisseder ve anlarız. Bende mutsuzum abla halini çok iyi anladım."

Dr. Zeynep, ne pahasına olursa olsun ona bu mutluluğu yaşatan Yusuf'u sevdiğine kavuşturmak istiyordu.

Şehirler arası otobüs durağında kısa bir mola verdiler. Her ikisi de ihtiyaçlarını giderdi. Yusuf, yolda yemeleri için meyve almakta ısrar etti. Tekrar yola çıktılar. Muğla'yı geçip Kale'ye varmak üzereydiler.

"Yusuf, senden bir şey rica edeceğim."

"Söyle abla."

"Yolculuk boyunca düşüncelerimi gerekmedikçe okumana gerek yok. Normal iki insan gibi sohbet ederiz... Ne dersin?"

"Haklısın abla," dedi Yusuf. Dr. Zeynep'e baktığında ondaki mutluluğu gözlerinde görebiliyordu. Bir insanı mutlu etmek onu da mutlu etmişti. Birden gözünün önüne Hasan ve Celal bir fotoğraf gibi göründü.

"Zeynep abla!"

"Evet Yusuf."

"Bizi hastanedeki o iki adam takip ediyor."

"Neredeler?"

"Yoldalar."

"Ne yapmamı istersin?"

"Yolumuzu değiştirelim Antalya üzerinden gidebiliriz ayrıca biraz daha hızlı gidebilirsin. Merak etme abla, sana bir şey yapmalarına izin vermem ama istersen bir kız kardeşini arayalım..."

"Ne oldu? Yoksa ona kötü bir şey mi yaptılar?"

"Pek net göremiyorum! Ama iyi gibi en iyisi şu dinlenme tesisinden arayalım."

Dr. Zeynep, merak içinde evinin telefon numarasını 09 servisine vererek yıldırım bir arama yapmak istedi. Tesis sahibi artık ondan telefon etme taleplerinden bıkmıştı, bunun için telefon fiyatlarını üç katına çıkarmıştı. Hat gelip konuşmaya başladığında kardeşinin sesini duyunca rahatladı.

"Merak etme abla, her şey yolunda."

"Sana bir şey yaptılar mı?"

"Yaptıkları hiçbir şey sevincimi değiştiremez. Beni merak etme abla, siz sadece yolunuza devam edin. Bu adamlar çok ciddi ve acımasızlar, dikkatli olun."

Dr. Zeynep, "Tamam kardeşim, iyi olmana çok sevindim, görüşürüz... Seni sonra tekrar ararım," diyerek rahatlamış bir şekilde telefonu kapattı.

Dr. Zeynep, dikiz aynasından arkasını kontrol etti, kimse yoktu, "Antalya üzerinden gidersek çok zaman kaybederiz! Bundan emin misin?" diye sordu.

"Evet abla. Bu adamlar bizi yolda mutlaka yakalayacaktır. Onları nasıl etkisiz hale getiririm bilmiyorum aslında etkisiz hale getirebilir miyim diye de bilmiyorum."

"Ama sen hastanede yaptığın o şeyi tekrarlarsan... Yani herkesi dondurdun, unuttun mu?"

"Biliyorum abla ama tekrar böyle bir şey yapar mıyım bilmiyorum! O yüzden yolumuzu değiştirelim. Bunlar eninde sonunda yolumuza çıkacaktır, o zaman gücüm yerindeyse yapabileceklerimi uygularım. Ayrıca olsun en fazla yedi, sekiz saat geç varırız fark etmez. Zeynom kırk üç yıldır bekliyor."

Dr. Zeynep, söylediklerini mantıklı buldu zaten başka seçeneği yoktu, "Madem öyle söylüyorsun, Denizli'ye varmadan Antalya yoluna döneriz. Gece içinde müsait bir yerde konaklarız, ne dersin?" diye sordu.

Yusuf'un yüzünde gülümseme gördüğünde daha fazla konuşmak istemedi. Aracı biraz daha hızlandırdı.

Uzunca süre bir şey konuşmadan yola devam ettiler. Yusuf, Dr. Zeynep'in aklından geçenleri merak ediyordu ama ona aklını okumayacağı için söz vermişti.

"En çok üzüldüğüm şey Zeyno'mu görmemek veya onun bensiz geçirdiği yıllar değil. En çok üzüldüğüm şey beni ölmüş biliyor olması..."

"Ölmüş mü? Nasıl?"

"Uzun hikâye, canını sıkmak istemem..."

"Aman Yusuf söylediğin şeye bak!"

"Haklısın abla... Kısaca şöyle anlatayım o zaman; ben Zeyno'mla evlenmek için çok büyük bir şey yaptım. Değil Diyarbakır'ın Doğu Anadolu'nun en büyük ağalarından birine Mahmut Ağaya direndim ve aldım. Toprak ağalığında ün salmış olan bu adam zorla birçok insanın toprağını alıyordu..."

Dr. Zeynep, "Şimdilerde aynısı devam ediyor Yusuf, sanırım bu saçma Ağalık olayı yıllarca devam edecek," diye sinirlenmiş bir şekilde sözünü kesti.

"Evet olabilir... Neyse abla, bu Mahmut Ağa ve oğlu Halil köyümüze geldi ve masum köylülerin verimli topraklarına tehditle el koydu. Zeyno'mun babası İsmet Baba toprağını vermemek için direndi ama sonunda vermek zorunda kaldı çünkü Zeyno üzerinden tehdit yemişti. Kızını kaybetmeyi göze alamazdı. Ama Zeyno'ma göz koyan Halil'e kızı vermedi. Halil, durumu onuruna yediremedi. Ortadan kaybolmamı köylüler ve Zeyno'm, Halil'den bilmiştir... Sana garip bir şey söyleyeyim abla, istediğim anda istediğim yeri görebiliyorum. Mesela kardeşin Aynur'u görebiliyorum..."

"Sahi mi? Ne yapıyor?"

"Banyoda... Gözünde morluk var, bir torbaya koyduğu buzları gözüne bastırıyor..."

"Şerefsizler kardeşimi dövmüş!"

"Evet ama çok mutlu tahmin edersin... Hikmet abiyi de görüyorum o da mutlu ama endişeli, hastalarıyla ilgileniyor. Sanırım ona duracağımız ilk yerden telefon açsak iyi olacak. Süleyman Abiyi de görüyorum, o da yolda mutlu ama içinde bir boşluk var, nedenini bilmiyorum... Şu hipnozcuyu da görüyorum bir hastasıyla beraber ama aklı onda değil... Evet tüm bunları gözümün önündeymiş gibi net bir şekilde görebiliyorum ama Zeyno'mu, kuzenimi köyümü hiç birisini göremiyorum."

Dr. Zeynep, "Yani Zeyno yaşamıyor olabilir," dedi ve Yusuf'un üzüldüğünü gördü, "Yani öyle söylemek istemedim, insanlar sevdikleri için tüm hayatı boyunca bekleyebilir."

"Aslında doğru söylüyorsun abla, ölmüş olabilir. Onu görememenin nedeni bu olabilir."

Yusuf, kendini bu duruma alıştırması gerektiğini düşündü. Böyle bir ihtimal vardı ve bu ihtimal hiç de az değildi, "Onu göremesem de yaşadığına, beni beklediğine inanıyorum. Zeyno'mu tanırım..." dedi umutlu bir şekilde.

Dr. Zeynep, kırdığı pottan dolayı üzüldü. Yusuf'un bu zor halinde bile sevdiğine kavuşma isteği onun anlayacağı bir şey değildi. Adam Süpermen gibiydi, istese dünyalara sahip olabilecek güçleri vardı ama o sevdiğine kavuşmak için yollara düşmüştü, "Benim senin gibi bir sevgim olmadı Yusuf. Beni mutlu edeceğine inandığım bir aşkım olmadı!"

Arabanın içinde hüzünlü bir hava oluştu, Dr. Zeynep bu olumsuz havayı dağıtmak için radyoyu açtı. Radyo'da Cici kızlar grubundan "delisin" adlı eğlenceli şarkı çalmaya başladı. Şarkı bir nebze arabanın içinde oluşan olumsuz havayı dağıttı. Şarkı bitince haberler başladı, haberleri sunan soğuk ve kalın sesli spiker okuduğu olumsuz haberlerin hiç etkisinde değildi, haberlerde; *bazı Üniversitelerde can güvenliği olmadığı için öğretime ara verdiğini, Asala terör örgütünün işlediği suikastlarını, sağ ve sol çatışmaları yüzünden kardeş kardeşe düşman olduğundan, Devlet Güvenlik Mahkemelerinin kapanma meselesinden, PTT'de bazı işçilerin çalışmadığından, et fiyatlarının arttığını kolay et bulunamadığını,* söylüyordu.

Arabadaki olumsuz hava haberlerle daha da olumsuzlaştı. Dr. Zeynep, radyoyu kapattı. Tam bir şeyler söylemek isterken Yusuf, "Abla benim geldiğim zamanda dünyada bu kadar olumsuzluk yoktu," dedi.

"Senin zamanında savaştan çıkmıştık belki senin yaşadığın yerde farkında değildin ama dünya o zamanlar daha beter bir yerdi."

"Savaş... Evet haklısın abla. Şu uçsuz bucaksız toprağa baksana, bu topraklar gibi dünya üzerinde diğer topraklar için insanlar birbirini boğazlıyor. Bu topraklar binlerce yıldır Kralın mı? İmparatorun mu olacak? Sırf bu yüzden insanlar birbirini öldürüyor, hele oturduğu yerden binlerce insanın ölüm fermanını veren bu Krallar veya İmparatorlar bunu Tanrı adına yaptıklarını söylüyorlar," dedi ve sonra tuhaf bir şekilde trans haline geçti, "Bazen yaşadığımız bazı olaylardan dolayı mutsuz oluruz..."

Dr. Zeynep, değişen ses tonu nedeniyle gözlerini yoldan alıp Yusuf'a çevirdi, "Yusuf! İyi misin? Sesin bir tuhaf geliyor!"

Yusuf, "Mutsuz olmamızın başlıca nedeni belirsiz bir durumda olmamızdır. Aslında insan gerçekte mutsuz değil, mutlu da değildir. Bazen bir şeylerin doğru olmadığını, bir şeylerin eksik olduğunu ve tüm bu şeylerin ne olabileceğini bilmeden var oluyoruz. Bu belirsizlik durumuna rağmen mutsuz bir durumda olmamak lazım... Bizi mutlu edebilecek duyguları kendimizin dışında arıyoruz. Bilinmeli ki bunların hepsi geçicidir ve bulduğumuz iyi duyguların etkisi azaldığında bunu tekrar yapıp iyi duyguları kendimiz dışında aramaya devam ederiz. Mutluluğu hayatımızın sonuna kadar kovalamak zordur çünkü hepimiz kendi hayat deneyimlerimizde kalıcı bir mutluluk arıyoruz.

Eğer yüzleşmediğimiz korkular ve düşünceler varsa ruhsal olarak büyümediğimiz için mutsuz oluruz. Aslında doğa da bulunan her canlı hayatın doğal akışında seyretmektedir. İnsanlık hayatın akışına göre değil ters akıntıya karşı yüzmeye çalışmaktadır. Doğada gelişen her olay insanların kim olduğuna göre belirlenmez. İnsanların güçlerini kullanmaları kendilerini nasıl kabul ettiğimize göre değil, imkanlarına göre ortaya çıkacaktır.

Hayatta çoğu zaman stresliyiz, birçok şeyden bıkarız ve ne için özlem duyduğumuzu unuturuz. Sonra sessiz ve sakin bir yer ararız, hiçbir şey duymak veya görmek istemeyiz, yalnız kalmak sadece dinlenmek, rahatlamak ve uyumak isteriz. Sanırım hepimiz her şeyden bıkmış olma hissini yaşıyoruz. Hepimiz farklı türden mutluluğa sahibiz. Kimimiz heyecandan, kimimiz sakin ve huzurlu koşullardan kaynaklanan mutluluğu arıyor. Ama birçoğumuz sabahın erken saatlerinde sessiz, boş bir sahil boyunca yürüyüş yapmaktan, hafif güneş ışığının vücudumuza değmesinden, kuşları ve cırcır böceklerini dinleyerek muhteşem bir güne başlamaktan mutlu oluruz," dedi bilge bir Budha Rahibi edasıyla.

Dr. Zeynep, söylenenleri dikkatlice dinlemiş ve her kelimesine katılmıştı. Bu adama neler oluyordu? Öyle şeyler söylemişti ki bunu herkesin duyması gerektiğini düşündü. Eğer bir daha bu şekilde konuşacak olursa söylediklerini not almalıyım diye düşündü, "Söylediklerinin farkındasın değil mi Yusuf?"

"Evet abla, hepsinin farkındayım ama bunu gerçek ben mi söyledim yoksa içimde başka bir ben var da o mu söyledi kavrayamadım!"

"Ne demek istiyorsun?"

"Bilmiyorum abla! Bana neler olduğunu anlamıyorum..."

"Biraz durmak istiyorum, yol kenarına müsait bir yere arabayı çekeceğim. Temiz hava alıp biraz soluklanırsın iyi gelebilir."

Müsait yer ararlarken yemek yiyebilecekleri bir yol üstü lokantasına rastladılar. Yusuf, her zaman yaptığı gibi sadece salata yedi, biraz meyve yedi. Dr. Zeynep, lokantacıdan parasını fazlasıyla ödemek şartıyla rica ederek telefonunu kullanmak istedi, lokantacıda gayet insani bir şekilde bu isteğini yerine getirdi. 09 servisi arayarak telefon numarasını verdi, yıldırım olarak arama yapmak istediğini söyledi, biraz bekledikten sonra hat geldi.

"Hocam, ben Zeynep."

"Zeynep kızım ne oldu? Her şey yolunda mı?"

"Yolunda hocam, merak etmeyin. Size durumumuzu anlatmak için aramak istedim. Biz iyiyiz, Yusuf iyi. Yolumuzu değiştirmek istedi, ben Burdur, Konya üzerinden gitmek istemiştim ama, o bizi takip eden iki adam yüzünden yolumuzu değiştirmek istedi. Şimdi Antalya'ya doğru döneceğim oradan sahil yoluyla gideceğiz. Biraz daha uzun zaman alacak ama bunu o istedi."

"Sağlığı nasıl?"

"İyi hocam iyi, yalnız yine o trans hallerinden birine girdi ve sanki bilge bir insan gibi mutluluk mutsuzluk hakkında bir şeyler söyledi. Söylediklerinden çok etkilendim."

"Bir değişim geçiriyor olmalı."

"Evet hocam tüm bu olanların sonunda nasıl bir adam olacak çok merak ediyorum... Hocam biz yolumuza devam edelim, size selam söyledi... Hocam size tuhaf gelecek bir şey söylemek istiyorum; sizi, kardeşimi, Süleyman Bey'i hatta o Hipnozcu vardı ya, onu dahi sanki gözünün önündeymiş gibi gördüğünü söyledi. Sizi aramamı o istedi, sizi hastalarla ilgilenirken görmüş mutluymuşsunuz ama aklınızda biz varmışız."

"Vay be! Duruma bak... Çok etkilendim doğrusu. Dediğin gibi tüm bunların sonunda nasıl bir adam olacak bende merak ediyorum... Neyse siz yolunuza devam edin kızım yolunuz uzun."

Dr. Zeynep, "Tamam hocam, varınca sizi arayacağım," dedikten sonra telefonu kapattı, konuşmanın verdiği güvenle biraz rahatladı.

Yusuf, yola çıkmadan biraz yürümek istedi lokantanın arka bahçesindeki düzlükte yürüdü, etrafındaki doğaya baktı, köyünü düşündü hatırladığı kadar köyü de bu güzellikteydi. Esen rüzgârı dinledi, rüzgâr Kıbleden esiyordu, alıkonmadan önce tarlaya yürürken esen rüzgârı hatırladı Kıbleden esiyordu, belki rüzgâr Zeyno'nun kokusunu bana getirmiştir diye düşünerek içine çekti, Zeyno'suna ait hiçbir koku veya tat yoktu. Ağaçların yaprakları ona her şeyin yolunda olacağını söyledi, kuşlar merak etmemesini, olan ve olacak her şeyin bir nedeni olduğunu söyledi. Gözlerini kapatıp zihninde dolaşan yüzlerce soruyu silmek için derin nefes alıp verdi.

Denizli'ye varmadan Antalya yoluna saptılar. İkisi de konuşmuyordu, konuşmak istemiyorlardı. Yusuf, başını dışarı çevirerek gökyüzünü seyretmeye başladı, gökyüzüne bakarken birden arabayla paralel bir şekilde hareket eden bir UFO gördü. UFO renkli ışıklar yayarak onları takip ediyordu. Yusuf, ilk başta ne olduğunu anlamadı, daha da dikkatli baktı, "Bizi takip ediyorlar!" diye korkuyla bağırdı.

Dr. Zeynep, arabayı yavaşlatıp Yusuf'un baktığı yere baktı ama UFO çoktan gitmişti, "Ben bir şey görmüyorum!" dedi.

"Uyardılar, ikimizi de uyardılar, gitmememiz için bizi uyardılar," diye korku içinde bağırdı.

"Tamam geçti, sakin ol, sakin... Ben bir şey göremedim."

"Buradaydılar, hemen yanı başımızda."

"Sakin ol lütfen," diyerek arabayı yol kenarına çekti.

Yusuf, ağlamamak için kendisini zor tuttu. Biraz önceki bilge adamdan eser yoktu, yerine kötü bir kabustan uyanmış korku dolu küçük bir çocuk gelmişti. Dr. Zeynep, yanına geldi sıkıca kardeşine sarılır gibi sarıldı, "Geçecek Yusuf, geçecek! Bak göreceksin bu yaşadıkların bir gün bitecek. Sen sakin ol ve yolumuza devam edelim. Seni sevdiğine kavuşturmak istiyorum..."

"Zeyno'mun da yaşadığını bilmiyorum, bilmiyorum abla..." diyerek ağlamaya başladı. Ağlaması onu biraz rahatlattı, Dr. Zeynep'in sıcak kucağı onu kendine getirdi.

"Neden ben abla? Neden ben? Ben sade bir köylüydüm, Türkçe bile bilmiyordum. Bana neden bunu yapıyorlar?"

"Bilmiyorum Yusuf! Belki de doğru soruyu sormuyorsun!"

"Evet abla haklısın, belki de doğru soruyu sormuyorum! Hep neden ben diye sordum ama cevabını bulamadım."

"Cevabı bilmemek kötü bir şey değil ki! Böylece doğru soruyu sormaya başlarsın. Bazen duymak istediğimiz şeyler tam olarak duymak istediğimiz şeyler olmaz Yusuf."

"Hangi soru o?"

"Bende bilmiyorum, sanırım en iyisi bekleyip görelim bakalım ne olacak? Gerçekler her zaman istediğimiz gibi olmaz ama yavaşta olsa mutlaka gün yüzüne çıkarlar."

Hasan ve Celal, yorgundu. Ankara'dan beri direksiyon başındaydılar. Hasan, uzunca ağzını açarak esnedi. Uykusuzluk ikisini de daha gergin yapmıştı, "Sana bu işte biraz sıkıntı çekeceğimizi söylemiştim," dedi Celal.

"Lütfen başlama Celal, zaten uykusuzum başım ağrıyor bir de senin şikayetini dinlemek istemiyorum. Şimdi lütfen sus!"

"Hasan! Böyle kaba olmak zorunda mısın? Sadece bu işte bir ters durum olduğunu söylemeye çalışıyorum o kadar! Nedir bu şiddet yahu?"

"Sana sus dedim Celal, sus!"

Celal'in canı sıkıldı, arabayı durdurup Hasan'ı bir güzel dövmek istedi, onu rahatlıkla dövebileceğini biliyordu ama görev başındaydı, Hasan'ın sert tavrı kendisine haz veriyordu, bunu bildiği için ortamı sakinleştirmek istedi, "O zaman bir yerde duralım bir şeyler yeriz sonra da uyuruz... Üzerimizdeki bu gerginliği atmış oluruz," dedi barışçıl bir ses tonuyla.

Denizli yoluna girdiler, şehir merkezine varmadan bir dinlenme tesisi buldular. Yemeklerini yerlerken Celal şansını denemek istedi, "Buraya Muğla plakalı bir araba geldi mi?" diye garsona sordu.

"Muğla plakalı çok araba gelir buraya," dedi garson. "Arabanın markası nedir?"

"Tamam kardeşim, tamam. Sen işine bak," dedi Hasan sinirlenmiş bir şekilde. Sonra da Celal'in gözlerine dik-dik bakarak aptallığını yüzüne vurdu, "Gerçekten mi? Yani bu kadar profesyonelce hareket etmene hayran kaldım!" dedi.

Celal ya hep ya hiç derdi, "Şansımı denemek istedim, ne var bunda? Bana ne zaman güveneceksin?"

"Şansını denemek istedin ne var bunda! Bak Celal artık senin bu saçmalıklarına dayanamayacağım. Bu işi bitirir bitirmez seninle olan ortaklığımı da bitireceğim. Yeter artık ya, yeter!"

"Aman çok hevesliydim bende seninle çalışmaya, ilk defa seninle aynı fikirdeyim, bu işimiz bitsin bende istemiyorum, benden de yeter bu kadar! Beni soktuğun stresten bıktım artık, kesinlikle bu iş burada biter!" dedi Celal rahatlamış bir şekilde.

Yemeklerini bitirmeden kaktılar, arabayı park ettikleri yere geldiler, "Bak seninle yine tartışmak istemiyorum ama uyumamız gerekiyor. Birkaç saat uyumak iyi gelebilir. Zaten gidecekleri yeri biliyoruz er ya da geç onları yakalarız, ne dersin?" diye sordu Hasan sigarasını yakarken.

Celal, "Mantıklı zaten bu gerginliğimizin kaynağı uykusuzluk," diyerek arka koltuğa uzandı.

Hasan'da sigarasını bitirip ön koltuğa geçti ve gözlerini kapatır kapatmaz uykuya daldı.

Dr. Zeynep ve Yusuf, Korkuteli'ne vardıklarında bu güzel vadide biraz dinlenmek gerektiğini düşündüler. Serin hava ikisine de iyi gelecekti. Saat altı buçuk olmuştu ve Dr. Zeynep hem yorgun hem de açtı. Kendisini zorlamak istemiyordu, gece Antalya'ya vardıklarında yatacak bir otel bulabilirlerdi. Gördükleri ilk müsait yer olan bir kır lokantasının önüne park ettiler.

Yusuf, arabadan çıkıp biraz yürüdü. Aklındaki dağınıklığı bir araya toplayıp daha sakin kalmak istiyordu, kendisini zorluyor Zeyno'sunu diğerlerini gördüğü gibi görmeyi istiyordu ama bu bir türlü gerçekleşmiyordu, vadinin serin havası üşümesine neden oldu, Dr. Zeynep'in yanına geldi.

Dr. Zeynep, Yusuf'un yemek alışkanlığını bildiği için önden siparişi vermişti. Yusuf, masaya geldiğinde enerji için ihtiyaç duyduğu şeyler hazırdı. Dr. Zeynep, gerçekten açtı ve bu sefer Yusuf'a saygı olsun diye öyle sebze veya sadece meyve yemeğe niyetli değildi.

İyice dinlendikten ve enerjilerini topladıktan sonra yola çıktılar. Dr. Zeynep, Yusuf'un üzgün duran yüzünü görünce halini merak etti,

"Hayırdır Yusuf! Ters bir durum mu var? Yoksa kendini kötü mü hissediyordun?" diye sordu.

"Hayır abla her şey yolunda, merak etme! Yemekten önce lokantanın arka bahçesinde yürürken Zeyno'mu görmeyi denedim ama olmadı, onu diğerlerini gördüğüm gibi göremedim. Zaman Zeyno'yu benden çaldı. Kendimi çok zorladım herhalde, olmayınca olmuyor..."

"Haklısın, zorlamamak gerekiyor. Yakında nasıl olsa ona kavuşacaksın..."

"Evet abla, öyle ya da böyle kavuşacağım," dedikten sonra sesi yine değişti, adeta bir bilge Budha Rahibinin yumuşaklığında konuşmaya başladı. "İşte aşkın çeşitli güzelliklerinden biri de budur. Aşk ışıldar, gözleri kamaştıracak kadar parlaktır. Gerçeklikten ya da fazla kullanılmaktan hiç lekelenmez. Hâlâ ilk günkü gibi duru ve coşkuludur. Bu da aşkı çok güzel bir şey yapar. Aşk derken birini sevmekten değil bütünü sevmekten bahsediyorum. Eğer birini seviyor, diğerinden nefret ediyorsam gerçek anlamda aşk içinde değilimdir. Zeyno'mu çok seviyorum, sevdiğimi elimden almaya çalışan Mahmut Ağanın oğlu Halil'i de seviyorum. Gerçek budur. Hayatın gerçeği budur.

Gerçeği fark eden insan dünyadaki en mutlu varlıktır. Tüm karmaşık duygulardan ve takıntılardan, endişelerden ve sıkıntılardan uzaklaşır. Gerçeği fark eden insanın zihinsel sağlığı mükemmeldir. Geçmişte yaptıkları için tövbe etmez, geleceği de düşünmez, tamamen şimdiki zamanda yaşar. Bu yüzden izdüşümleri olmayan şeyleri en saf anlamda takdir eder ve bunları yaşamaktan hoşlanır. Neşeli, coşkulu bir şekilde saf anlamda takdir eder kaygısız, sakin ve huzurlu yaşar.

Gerçeği fark etmeyen insan bencilce bir arzu, nefret, korku, cehalet, kibir, gururlu bir hayat yaşar. Gerçeği fark etmediği için saf, nazik, evrensel sevgi, merhamet, şefkat, sempati, empati ve hoş görülü bir hayattan uzaklaşır."

"Peki gerçek dediğin bu şey nedir?"

"Başkalarına koşulsuz hizmet etmektir abla çünkü bu en saf olan duygudur. Örneğin sen, hasta birini iyileştirdiğinde bu en saf duygularla yıkanmıyor musun? Koşulsuz hizmet eden kimse hiçbir şey kazanmaz, hiçbir şey beklemez."

"Benim mesleğim bu, bunun karşılığında para alıyorum."

"Evet ama amacın para kazanmak için doktor olmak mıydı? Yoksa yardım edemediğin kız kardeşin gibi hasta insanlara yardım etmek için miydi? Bilinmeyenden korkmamak gerekir abla çünkü herkes istediği ve ihtiyaç duyduğu şeyi elde edebilir. Hayatımızı veya sahip olduğumuz değerli olduklarına inandığımız şeyleri kaybetmekten korkuyoruz. Ne tuhaftır ki, üzerinde yaşadığımız bu dünyanın da bir ruhu var ve bu ruh bunu hissediyor."

"Dünyanın ruhu mu var dedin?"

"Evet, evimiz yuvamız olan dünyamızın da bir ruhu var ve üzerinde yaşayan tüm canlıların mutluluğu, mutsuzluğuyla besleniyor. Daha sakin ve daha huzurlu yaşama ihtimalimiz, zaman zaman yaptığımız şeylere dikkat etmek, günlük yaşamlarımızda dikkat geliştirmek gerekiyor. Bazı insanlar, olayları iyi veya kötü olarak görüyor. Olaylar bizi sevindiriyor veya üzüyor ama doğa öyle değil. Doğadaki tüm yaşam biçimleri, bir yönü diğer yönüyle aynı değere sahip ve mükemmel bir denge üzerine kurulmuştur. Doğa hiçbir şey için veya hiçbir şeye karşı değildir, ama insanlar böyle değildir. Bu da insanlar için zorlukları yaratır. Sevdiğimiz veya sevmediğimiz durumların belirli bir şekilde olmasını istiyoruz, olmayınca da karşılığında gerginlik, korku, öfke, saldırganlık yaşıyoruz. Bunları yaşamamak için insanoğlu olarak bazı duyguları anlamamız gerekiyor..." derken konuşmayı kesti.

"Ne oldu? Niye konuşmayı kestin?"

Yusuf, kararmaya başlayan gökyüzüne baktı ve yine aynı UFO'yu gördü. UFO, rengarenk ışıklarıyla onları takip ediyordu.

"Bunun için kestim. Bizi takip ediyorlar!"

Dr. Zeynep, Yusuf'un gösterdiği yere baktı, evet gökyüzünde rengarenk ışıklar saçan bir nesne vardı, "Bu ne böyle?"

"Sadece bizi takip ediyorlar."

"Vay be hayatımda ilk defa böyle bir şey görüyorum! Ne yapalım? Ne dersin Yusuf?" diye endişeyle sordu.

"Bazen olacaklara müdahale etmemek gerekiyor. Kenara çek abla, bakalım ne yapacaklar?"

Dr. Zeynep, arabayı yol kenarına müsait bir yere çekti, ikisi de arabadan inip onları takip eden UFO'ya baktı. Yusuf, iki kolunu yukarı kaldırarak, "Ne var? Benden ne istiyorsunuz? Neden ben?" diye avazı çıktığı kadar bağırdı.

Tuhaf bir şekilde UFO sanki Yusuf'un feryadını duymuş gibi bir anda gözden kayboldu. İkisi de ağzı açık bir şekilde birbirine baktı, ne olmuştu da böyle olmuştu? Yusuf, alamadığı cevabın üzgünlüğüyle, "Dediğin gibi abla zamanla sorduğum soruların cevabını öğreneceğim. Baksana nasıl kaçtılar?" dedi.

"Ne diyeceğimi bilemedim Yusuf. Hayatımda böyle bir şey görmedim, görmeyeceğim de herhalde! Sana ne diyebilirim? Bilmiyorum! Gel yolumuza devam edelim. İkimizde yorulduk, yatacak bir otel bulalım sabah yolumuza devam ederiz. Ne dersin?"

"Haklısın abla, dediğin gibi yapalım."

Yusuf, yol boyunca gökyüzüne bakmaya devam etti. Dr. Zeynep'te onun gibi gökyüzüne baktı ama bir şey görmedi, "Yani daha önce uzaylıların varlığına inanmıyordum, daha doğrusu böyle konuların farkında değildim. Sadece mesleğime odaklanmış, kardeşimi nasıl iyileştiririm diye düşünüp bazen de hayaller kurardım. Uzaylılar! Peki neden sen? Belki de sendeki biyolojik, ne biliyim belki kanındaki bir özellikle veya DNA'nın yapısıyla ilgili bir durumdan kaynaklanıyor olabilir," dedi kafası karışık bir şekilde.

Yusuf, yine aynı yumuşaklıktaki konuşma tarzına geçti, bir nevi trans haliydi bu, söyledikleri sanki başka bir kanaldan aktarılıyordu, "Evrende zeki olan veya zeki olmayan dünya dışı varlıklar gerçektir. Onlarla çeşitli şekillerde temas edildi, edilmeye devam edilecek çünkü insanların değişim ve dönüşüm süreci bir şekilde buna bağlı," dedi.

"Ne demek istiyorsun Yusuf? İnsan olarak gelişimimizle bu uzaylıların ne ilgisi var?"

"Şöyle açıklayayım abla... Buna en yakın örnek benim. İkimizde beni alıkoyduklarını ve tekrar dünyaya getirdiklerini ve beynime yerleştirdikleri bir şeyle insanlara yardımcı olduğumu biliyoruz. Şuna inan abla, benim gibi birçok insan var ve olacak. Evrende diğer zeki yaşamların gerçeği açığa çıkmaya başlaması, birçok dünya dışı varlıkla olan temaslar insanlığı farklı bir noktaya getirecek..."

"Tüm bunları nasıl biliyorsun?" diye sözünü merakla sorarak kesti.

"Kimse geleceği göremez sadece hisseder. Bu bilgiler, bu söylediklerim nasıl oluyor da gerçekleşiyor bilmiyorum, sanırım hissediyorum. Sanki bu söylediklerimi onların ağzından söylüyorum... Özellikle gelecekle ilgili gözümün önüne tuhaf fotoğraflar geliyor. Belki de aradığım sorunun cevabını bana bu şekilde gösteriyorlar."

"Yani söylediklerin senin bilgin değil!"

"Nasıl benim bilgim olsun abla, ben okuma yazma bilmeyen birisiydim. Sadece Kürtçe konuşuyordum, şimdiyse istediğim dilde konuşacak ve her türlü kitabı ezberleyecek hafızaya sahibim. Bu söylediğim uzay, dünya dışı varlıklar, hayatın amacı, insanın yapısı gibi söylemler benim söylemim olamaz. Bunlar onların vasıtasıyla söylediğim şeyler olmalı."

"Peki gelecek dedin! Gelecekle ilgili fotoğrafların gözünün önüne geldiğini söyledin, biraz bahsetsene... Gelecekte neler olacak?"

"Büyük bir yıkım var, bir başlangıç ve hayatın devamı..."

"Nasıl? Beni korkutuyorsun! Ne demek istiyorsun?"

"Korkma abla, dünya dışı varlıklar bizi kozmik bilinç formuna sokuyorlar..."

"Kozmik ne?"

"İnsan uygarlığı binlerce yıldır senin de şahit olduğun dünya dışı varlıkların varlığına inanmadı veya inanmak istemedi. Özellikle 21. Yüzyılla beraber birçok değişim olacak çünkü insanlık tarihinin bu önemli evresinde dünya dışı varlıklarla yapılacak olan temaslar, yeni bir insan formunu ortaya çıkartacak. Buna kozmik bilinç formu demek uygun olabilir. Bu insan formu Spiritüel olarak yüksek güçlere sahip olmak demek."

"Senin gibi yani! Anlattığına göre sende bu kozmik bilinçli insan formuna uyuyorsun."

"Evet, benim gibi binlerce hatta ilerleyen yıllarda milyonlarca insan gibi. Şöyle anlatayım; 21. Yüzyılda gökyüzünde fiziksel olarak çeşitli uçan gemiler sıklıkla görülecek ve sıklıkla alıkonma olayları gerçekleşecek. Paranormal veya Parapsikolojik fenomen olarak adlandırabileceğim temaslar olacak. Aynen bende olduğu gibi. Ben bu ilerde olacakların bir denemesiyim. Eğer benim üzerimde yaptıkları bu deney başarılı olursa ilerde fiziksel ve fizik ötesi birçok deney yapılacak.

Gelecekte 1990 yıllardan itibaren melez çocuklar doğmaya başlayacak. İlk doğan melezler, yavaş adımlarla insan ırkının yerine geçecek. İnsanlık böylece ruhsal gelişimi yoluyla Kozmik bilinç olmaya doğru ilerleyecek."

"Bu söylediklerin korkunç bir şey Yusuf!"

"Korkunç değil abla gerçek!"

"Peki Yusuf, hala anlamış değilim neden şu kristali beynine taktılar?"

"Beynimin salgılayacağı kimyasal maddeleri incelemek, elde edecekleri verileri toplamak, bilinçaltı ve bilinçüstü verileri toplamak, bunları analiz ederek gelecek melez nesillere nasıl uygulanacağını bulmak için yapıldı. Benim gibi birçok alıkonma olaylarında aynı durum söz konusu. Diğer alıkonulan insanlar, alıkonduklarının farkında olmuyor. Bazı insanlar bu alıkonma olaylarını kaldıramıyor. Bunun farkına vardıklarında o anısını siliyorlar. Çünkü bu kişilerin psikolojik durumunu değerlendirdiklerinde böyle bir deneyimin alıkonulan o insana hiçbir şekilde yardımcı olmayacağını gördüler. Yaptıkları gözlemlerde alıkoydukları insanların sosyal, aile ve iş yaşamlarına tekrar adapte olmakta travmalar yaşadıklarını gördüler. Buna sebep olmak istemiyorlar..."

"Tamam Yusuf, söylediklerin mantıklı ama amaç nedir?"

"Anlattım ya abla, sonuçta Kozmik bilince sahip yeni bir insan türü yaratmak istiyorlar. Toplumun istediği enerjiyi harekete geçirmek ve toplumdaki ortak bilinçte evrensel bir süreci başlatmak, yani yükselişle ilgililer. Genetik olarak yok olmaktan kurtulmak ve melezler üzerine yaptıkları deneyler sayesinde genetik sorunlarını halletmek, yeni bir ırk yaratarak türlerinin devamını da sağlamak istiyorlar."

"Bu söylediklerin inanılmaz bir şey. Eğer bu duyduklarımı birisine anlatsam aklımı kaçırdığımı düşünür."

"Biraz hızlı gidelim sakıncası yoksa."

"Tabii ki Yusuf," diyerek arabayı hızlı kullanmaya başladı. "Böyle iyi mi?" diye sordu.

Yusuf, olumlu anlamda gülümsedi ve camdan dışarıyı seyretmeye başladı. Söylediklerini aklında hızla geçirdi, o da bu deneylerden birisiydi ve bu dünyada fark yaratması için programlanmıştı. Aslında onlara kızgındı, onu sevdiğinden ayırmışlardı. Dünya dışı varlıkların ondan beklediği gibi hareket etmeyecekti, Zeyno'suyla sade bir hayat yaşayacaktı.

Antalya'ya girdiler, uygun bir otel buldular, arabayı park ederek otele girdiler. Resepsiyondaki görevliler lobide TRT'deki Öztürk Serengil'in sunduğu, Gülünüz Güldürünüz Programını seyrediyorlardı.

Resepsiyon görevlisi tek oda olduğunu, başka odalarının olmadığını söylerken gözü hala televizyondaydı. Yapacak bir şey yoktu, belki de bu iyi olmuştu. Dr. Zeynep, onu yalnız bırakmak istemiyordu. Başına bir şey gelmesinden, yaratıkların onu tekrar almasından korkuyordu.

Odaları genişti, ikisi de aldıkları duş sonrasında elbiseleriyle yatağa uzandılar, istemedikleri bir olay olursa oradan uzaklaşmak için hazır olmak istediler. İkisi de çok yorgundu, yorgunlukları aldıkları yoldan kaynaklanmıyordu, duygusal olarak yorgunlardı. Düşünceler, korkular, beklentiler onları yormuştu. Dünya dışı varlıklar tarafından takip edilmiş, her an başlarına istemedikleri bir olay gelir korkusuyla tetikte durmuşlardı. Tedirgin bir şekilde olsa da uykuya daldılar.

Gece yarısı odaya tenis topu büyüklüğünde eflatun renkte bir ışık topu girdi, yaydığı ışık sayesinde oda eflatun renkte aydınlandı. Işık topu önce Dr. Zeynep'in üzerinde dolaştı, vücudunu temas etmeden taradı. Sonra Yusuf'un üzerine geldi onun da vücudunu tarar gibi üzerinde dolaşmaya başladı, ışık topu tam Yusuf'un kafasından içeriye girecekken Dr. Zeynep uyandı, gördüğü manzara karşısında korkudan damarlarından kan çekildi, kalbinin atışından beyni zonklamaya başladı, avazı çıktığı kadar çığlık attı.

"Ne oldu abla?" diye dehşet içinde uyanan Yusuf ışık topunu görünce hipnoz olmuş gibi dona kaldı, sanki onların niyetini anlamış gibiydi.

Dr. Zeynep, sehpanın üzerinde duran dergileri aldı ve ışık topuna vurdu, dergiler ışık topunun içinden geçti, ışık topuna hiçbir şey olmadı, ışık topu çok hızlı hareket etmeye başladı. Odadaki eşyalar korku filmlerindeki gibi hareket etmeye başladı. Yusuf, hala hipnoz olmuş gibi donuk duruyordu. Dr. Zeynep, ne yaparsa yapsın işe yaramayacağını bildiği için bir süre hareketsiz durdu, Yusuf'a baktı, Yusuf'u savunmasız görünce onu korumak için önüne geldi. Hareketli eşyalar ışık topunun pencereden hızlı bir şekilde çıkıp gitmesiyle durdular. Yusuf, hipnoz olmuş halinden çıktı, kendine geldi. Odada sessizlik oldu birden telefon çaldı, ikisi de telefonun sesiyle irkildi, Dr. Zeynep çıkmış gürültü yüzünden resepsiyondan arandığını düşünerek telefonu açtı, "Alo, kusura bakmayın..." demesiyle metalik bir ses onu, "*Bu... yap-tı-ğın yar-dı-mı... he-men... son-lan-dır... yok-sa... so-nuç-la-rı-na... kat-lan-mak... zo-run-da... ka-la-cak-sın!*" diye tehdit etti.

Yusuf, "Ne oldu abla? Kimdi o?" diye sordu korkudan dona kalmış Dr. Zeynep'in yüzüne bakarak.

"Metalik bir ses beni tehdit etti Yusuf... Bana, sana yardım etmeyi sürdürürsem sonuçlarına katlanmam gerektiğini söyledi," diyerek hala elinde tuttuğu telefonu yerine bıraktı. "Ne yapacağız Yusuf, ben korkmaya başladım."

"Evet abla belki senin dönme vaktin geldi. Ben buradan bir otobüse biner giderim, sana bir şey olmasına izin vermem."

"Hayır Yusuf, seni böyle bırakmak istemiyorum, ya sana bir şey olursa!"

Yusuf, "Benim yüzümden sana bir şey olmasını istemiyorum..." derken bir anda gözleri bir noktaya kilitlendi, sanki sihirli bir cam küreye bakıyormuş gibiydi, "Abla seni rahatlatmak için söylemiyorum ama hislerim bana, bize bir şey olmayacağını söylüyor..."

"Öyle mi?"

"Evet abla, bana bu konuda güvenmeni istiyorum..."

"Güvenmediğim sen değilsin Yusuf!"

Odadan ayrıldılar, lobiden geçerken kimsenin olmadığını gördüler, muhtemelen görevliler uyuyordu. Arabaya bindiler ve hızla oradan uzaklaştılar. Arabayı otelden uzak bir yerde durdurup park ettiler, Yusuf ve Dr. Zeynep arabadan çıktı. Gökyüzüne baktılar ne bir UFO ne de bir eflatun renginde top vardı. Samanyolunun kolunu ve binlerce yıldızı gördüler. Dr. Zeynep gördüğü manzara karşısında etkilendi, "Daha önce de gökyüzünü bu şekilde görmüştüm ama bu yaşadıklarımdan sonra aynı yıldızlara başka gözle bakıyorum. Muhteşem bir manzara," dedi etkilenmiş olarak.

"Evet Abla haklısın," dedi yumuşak bir ses tonuyla. Yine aynı moda girdi, konuşmaya başladı, "Bu gördüğümüz her şey aslında tek bir şey. Evrendeki her şey tektir. Buna bizde dahiliz. Bizde bu tekliğin içinde yaşayan evrim geçiren canlılarız. Evren sensin, evren benim, evren herkes. Evrendeki her şey enerjidir, evreni anlamak istersek onu enerji, frekans ve titreşim olarak görmeliyiz. Evrende her şey evrim geçirir, evren daima bir dönüşüm içindedir, kimseye ayrıcalık yapmaz. Bu gördüğümüz evrenin küçücük bir parçası, bütününü düşündüğümüz zaman aklımızın alamayacağı kadar bir sonsuzluk görürüz.

Bu gördüğümüz her bir yıldız kendi zamanını yaşıyor. Bu yıldızların ömürleri milyarlarca yıldır zaman akışının sınırlarını oluşturuyor. Evrene şekil veren zamandır. Hiçbir şey sonsuza kadar sürmez abla. Bu, zamanın en önemli ve ağır özelliğidir.

Evrenin bir parçası olmak ne müthiş bir şey! Bu gördüğümüz evrenin bir ruhu var. Bu ruhu hissetmek ve onunla konuşmasını bilmek gerekir. Eğer evrenin ruhunu anlayıp konuşursak dünya üzerindeki her canlının -buna evrendeki varlıklarda dahil- dilini anlayıp konuşabiliriz. Böylece her canlının ruhunu görebiliriz. Evren herkesin anlayacağı bir dille konuşur ama insanlar bu dili anlamayı bilmiyorlar..."

"Hangi dil bu?"

"Sevgi... Sevdiğimiz zaman evrenin içinde oluruz. Sevginin gücüne inanıyorsan evrenin ruhuna da bilirsin, çünkü evren sevgiden yaratılmıştır. Tanrı ilk olarak ışığı yaratmıştır. Işık... Işık tüm güzelliğiyle şu gördüğümüz evrenin harikalarını ortaya çıkartıyor. Işık, bize çok uzaklardan gelen haberci gibidir. İçinde evrenin kaderini iletir."

"Ne güzel söyledin. Bu yolculuk bana çok şey öğretti, belki de çok şey daha öğretecek, hayal gibi geliyor bana. Hele bu yıldızlara senin baktığın gibi bakınca anlamaya başlıyorum. Evrenin ruhu olduğunu söyledin. Ruhu olan her şey gibi onun da bir gün sonu gelecek değil mi?"

"Evet, bu gördüğümüz her şey bir gün yok olacak... Sana hatırlatayım abla, yolda olmak insana hayal kurdurur, rüyalar gördürür, eğer rüyalara inanıyorsan da onları yorumlayabilirsin. Yaşam ölümle son bulmaz..."

"Tanrı evreni sevgiden yarattı dedin. Madem bu evren bir gün sona erecek o zaman Tanrı niçin bu evreni yarattı?"

"Evreni anlamak istiyorsan 'Niçin?' diye değil, 'Nasıl' diye sormalısın. Bu sorduğun sorunun cevabını, sen nasıl doğduysan evrende o yüzden doğdu diye cevaplayacağım. Yani anlayacağın bu sorunun cevabını Tanrıdan başka kimse bilemez."

"Sen bir nevi gelecek uykusuna yatmışsın Yusuf. Bu anlattıkların gelecekten gelen bir rüya gibi."

İkisi de konuşmayı bırakıp gökyüzünü seyretmeye devam ettiler. Dr. Zeynep, kendi yaşamının anlamını anlamaya başladı. Hayat yolunda bu macerayı yaşaması gerekiyordu.

"Yaşadığımız muhteşem günün aydınlığına, şu gördüğümüz sonsuzluk içindeki yıldızların mükemmelliğine bakıp nasıl korkuyla, endişeyle, öfkeyle yaşıyoruz?" diye sordu Dr. Zeynep.

"Çünkü insanlar baskıyla, zorbalıkla çevrelenmiş bir sistemde yaşıyor. Nasıl ki; mutlu birisi, mutsuz bir insanın yanında çekilmez, katlanmaz oluyorsa, korkuyla, endişeyle, öfkeyle yaşamak hayatın normal bir düzeni olarak görülüyor."

Hasan ve Celal, uyandıktan sonra gece boyunca yola devam ettiler. Burdur, Isparta'yı geçip, sabahın ilk ışıklarıyla Konya'da mola verdiler, yol kenarında şehirler arası otobüs terminalinde durmayı tercih ettiler ama kalabalık onları rahatsız etti. Benzin deposunu doldurduktan sonra yola devam ettiler ve çok geçmeden bir kır lokantası buldular, arabayı park edip lokantaya girdiler.

Geçen tüm bu yolculuk boyunca hiç konuşmadılar. Konuşma vakti gelmişti çünkü Can Bahadır'ı aramak gerekiyordu, "Ben Can Beyi arayıp durumumuzu anlatayım," dedi Hasan, bir sigara yakarak lokanta sahibinin yanına gitti.

Celal, yalnız kalmanın verdiği rahatlıkla yanına gelen garsona siparişini verdi. O da bu yolculuğun bir an önce bitmesini ve Ankara'ya döner dönmez Hasan'dan ayrılmayı hatta belki de bu işi bitirip bir karate spor salonu açmayı düşündü. Bu iyi bir fikirdi ve uzun süredir bu fikri hayata geçirmek için fırsat kolluyordu, bu fırsat şimdi gelmişti bunu hissedebiliyordu.

Hasan, lokantanın telefonu kullanarak Can Bahadır'ı aradı, "Can Bey, efendim biz Konya'dayız ve yolumuza devam ediyoruz. Anladığım kadarıyla onları yol üstünde bulmamız imkânsız gibi. Muhtemelen şahsın evinde onu alacağız, durumumuz budur," dedi kendinden emin bir şekilde rapor vererek.

Can Bahadır, "Tamam Hasan, sakın Yusuf'u almadan buraya geleyim deme! Bunda çok ciddiyim. Anlaşıldı mı?" diye sert bir şekilde tehdit etti.

Hasan, telefonu kapatıp Celal'in yanına geldi. Celal, Hasan'ın patronla konuşmasının yüzüne düşen gerginliğini gördü, "Anlaşılan azar işittik!" dedi.

Hasan, "Yusuf'u almadan dönmeyin dedi... Tipik!" diyerek sinirli bir şekilde sipariş ettikleri yemekleri yemeye başladı.

Yusuf ve Dr. Zeynep, yaşadıkları olay sonunda arabanın içinde uyuya kalmışlardı. Uyandıklarında saat 07:00 olmak üzereydi. İstem dışı ikisi de gökyüzüne bakarak UFO aradılar ama bulamadılar, "Yusuf, şu halimize bak, gören olsa onlara ne açıklarız, 'Şey efendim bizi bir UFO takip ediyor da ona bakıyoruz!' mu deriz?" diye gülerek sordu Dr. Zeynep.

İstikamet Adana'ydı, sonra Adıyaman üzerinden Diyarbakır'a ulaşacaklardı, "Akşam evine varmış oluruz Yusuf, yolda müsait bir yerde durup öğle yemeğimizi yeriz, ne dersin?" diye nazikçe sordu Dr. Zeynep.

"Kaptan sensin abla, sen ne dersen o olur," diye Dr. Zeynep'in nezaketine karşılık verdi.

Yusuf, hayatında ilk defa denizi bu kadar yakından görüyordu. Fethiye'den çıkarken uzak mesafeden görmüştü ama Adana yolu üzerinde denize yakın bir yolda devam ederlerken ilk defa bu kadar yakındı. Güneşin ışığı denize vurmuş, gözlerini almaktaydı. Kendisini zorlayarak Zeyno'sunu görmeye çalıştı ama yine olmadı.

Dr. Zeynep, gece yaşadığı olayı hatırlayınca, irkildi, "Bu nasıl oldu anlamadım?" diye istem dışı mırıldandı. Bunu duyan Yusuf kendisine soruluyor olarak algıladı.

"Ne nasıl oluyor abla? Anlamadığın nedir?"

"Aslında sana sormamıştım, birden geceki olay aklıma takıldı. Onu anlamaya çalışıyordum. Yani nasıl oldu da telefondaki o metalik ses benimle konuştu. Aklım bunu almıyor..."

Yusuf, yine bir bilge edasıyla konuşmaya başladı, "Aklımız gördüğümüz şeyi analiz eder, tanımlar ve düşünce üretme görevini üstlenir. Akıl, algılar aracılığıyla topladığı bilgileri analiz ederek değerlendirme yaparken, geçmiş yaşamlarımız, bilinçaltımız ve bu yaşamda elde ettiğimiz deneyimlerimizin veri tabanlarından faydalanır..." derken Dr. Zeynep'in onu anlamadığını hissetti. "Böyle bir deneyimin olmadığı için aklın bunu algılamadı abla bunun farkındayım. Şöyle izah etmeye çalışayım; insanlar aradıkları cevapları kendi özlerinde bulmalı. Kendi dışında bir şey bulamaz ama bulamayacak diye de bazı durumları görmemezlikten gelmemek gerekir. Gözlem yaparak gördüklerimizi kendi özümüzde gerçekleştirmeliyiz. Dışımızda gelişen her olay, içimizde olanın bir yansımasıdır. İyi olmasını istediğimiz hayatı dönüştürmek içimizde başlar. Dışarıda hiçbir olay bizi değiştirecek güce sahip değildir. Değişimi içimizde aramalıyız. Böyle yaparsak düşüncelerimiz, söylemlerimiz, hislerimiz, bilgimiz ve eylemlerimiz bizi bilinçli ve farkında olan bireyler yapacaktır. Önce iç dünyanı değiştir, dış dünyan değişecektir. Böylece kalbimiz açık, aklımız berrak su gibi, ruhumuz yıkılmaz bir kale gibi güçlü olacaktır.

İç dünyamızı değiştirmenin en önemli başlangıcı 'ben' dememektir. 'Ben' diyerek başlanan hiçbir söz gerçek değildir."

"Ben demeden kendimi nasıl ifade ederim ki?"

"Bırak seni başkaları ifade etsin."

"Bir başkası benim adıma beni nasıl ifade edebilir?"

"Senin için kötü insan veya iyi insan diyebilir. Bunu sen belirleyeceksin."

"Kimine iyilik kötülükmüş gibi kimine de tam tersi gelir."

"Sen bildiğin, doğruluğuna inandığın şeyleri yapmaktan vaz geçme. Doğruluk en kıymetli hazinedir. Şunu sakın unutma abla, insan ruhu kendini hayat okulunda yetiştirir, geliştirir ve mezun olur. Eğer özgür ve iyi bir ruh olmak istiyorsan hayat okulunda bilge olmalısın. Ruhun bilge olması seni iyileştirir ve özgürleştirir."

"O zaman tüm bu hayat tarzından vaz geçelim, bize bağımlılık yapan alışkanlık yapan tüm bu hayat tarzından vaz geçelim!"

"Maddeyi araç değil amaç kabul eder ona göre yaşarsan hiçbir şeyden vaz geçmek zorunda kalmazsın. Bak abla insanlar yaşama nedenlerini pek kolay öğrenemiyorlar. Çoğu zaten bilmiyor, bir yaşama nedenleri olduğunun farkında değiller. Oysa yaşam insanın güzel bir hayat yaşamasını ister."

"Bende dahil birçok insan hayatından memnun değil. Yaşam kötü, yaşamaktan zorlanıyordum senin sayende kardeşim iyileşti. Sen olmasaydın bu yükün altından daha fazla ne kadar kalkardım bilmiyordum. Yaşam beni çok zorluyordu, kaderim bu şekilde yazılmış diyordum sonra sen çıktın her şeyi değiştirdin. Sen olmasan ne olurdu bilmiyorum."

"Allah'a inanır mısın abla?"

"Evet, elbette inanıyorum."

"Allah, takip etmemiz için hepimizin kaderini bu dünya üzerine çizdi ve yazdı. Bizim yapmamız gereken yazdıklarını okumak ve çizdiği yolda ilerlemek. Bak benim başıma gelenlere. Yaşadığım, yaşayacağım birçok şey için bunu böyle kabul ediyorum."

"Peki nasıl mutlu olmamız gerekiyor. Birçoğumuzun kaderi kusura bakma ama boktan. Boktan bir hayata sahipken nasıl mutlu olmalıyız?"

"Mutluluğun gizemi etrafımızdaki güzelliklerde gizli. Ev sahibi olmak için, araba sahibi olmak için, kariyer sahibi olmak için verdiğimiz mücadelenin hiçbir anlamı yok. Boktan olan yaşam değil. Boktan olduğunu düşündüğün yaşamdan büyük şeyler bekleyip yapamamaktır. Yaşam akıp gider ve hiçbirimiz yaşamın akıp gitmesini engelleyemeyiz. Dünyadaki her şey zaman içinde değişecek, sende değişeceksin bende değişeceğim, değişmeyecek tek şey isimlerimiz olacak. İsmimizle iyi veya kötü insan olarak hatırlanacağız.

Hayatta her şey mümkün olabilir çünkü bunun için gerekli koşullar var. Doğuyoruz ve var olmaya devam ediyoruz çünkü koşullar var olmaya uygun. Nefes alıyoruz çünkü nefes almak için hava var ve yemek yiyoruz doğa bize yiyecek veriyor. Bunlardan birini almazsak hayatta olamayız. Acı çekiyoruz çünkü acıların yaşanması için koşullar var. İnsanın kendini yanıltması acı çekmenin en önemli nedeni. Kendimizi yanıltmayı yaşamımızdan çıkartırsak hayat boktan olmayacak, bu kadar basit. Eğer bunu yapmazsak yaşamımız boyunca acıyı kendimize çekmeyi sürdürür ve hayatımız boyunca bundan kurtulmak için çalışır, hayat ne boktan deriz."

"Kendimizi yanıltmak derken!"

"Yaptığımız bir hatadan sonra annemiz ve babamızın bizi affettiği gibi başkalarının da bizi yaptığımız bir hatadan sonra affetmesini bekleyemeyiz. Kendimizi affetmeyi öğrenmeliyiz. Kendimizi affedersek, kendimizi yanıltmaktan kurtuluruz. Bir de iyilik yapmak gerekiyor. Karşılık beklemeden iyilik yapmak gerekiyor. O zaman kendimizi yanıltma payı tamamen ortadan kalkıyor."

Dr. Zeynep, "Vay be Yusuf, söylediğin şeyler çok etkileyici," dedi hayranlık içinde.

"Ne söylediğimin farkındayım ama nasıl söylediğimi bilmiyorum!"

"Yusuf zaten sana olanların neden olduğunu bilmiyoruz, bu durumları kabullenelim, kabullenmek sana yardımcı olacaktır."

Yusuf, tüm bunları aşmaya başladığını göstermek için Dr. Zeynep'in gözlerine derin bir şekilde baktı, "Abla ben bunları aştım, kabullendim, olacak tüm olayların olması gerektiği için olacağını biliyorum, buna karşı hazırlıklıyım," dedi kendisinden emin bir şekilde.

Tekrar yola koyuldular, uzun bir süre sessizliğe büründüler. Antalya'dan çıkmak üzereydiler, saat öğle bir buçuk olmak üzereydi, "Bir şeyler yemek ister misin? Hem biraz dinlenirim, ne dersin?" diye kibarca sordu Dr. Zeynep.

"Duralım abla," dedi yumuşak bir tonla.

"Bu hızla gidersek gece yarısına varmadan evinde olabiliriz."

"Tamam abla. Biraz duralım ayrıca sen yorgunsun," dedi mahcup bir şekilde.

Gazipaşa'nın çıkışında durdular. Yemek ve ihtiyaç molası verdiler. Dr. Zeynep, bacaklarını açmak için yürümeyi tercih etti. Şişmeye başlayan bacaklarındaki kan dolaşımı için biraz yürümenin iyi geleceğini düşünerek mola verdikleri lokantanın yan tarafında bulunan düzlükte yürüdü, vücudunu gerdirdi, spor hareketleri yaparak kan dolaşımını hızlandırmaya çalıştı.

Yusuf, yemek yedikten sonra Dr. Zeynep'i görebileceği bir yere gelip onu seyretmeye başladı. Bir anda birkaç düşünce geçti aklından Yusuf'un. Ne tuhaftı, düşünce denen elektrik bilinen tüm zamanlardan daha hızlı hareket ediyordu. Zavallı kadını bu maceranın içine sokmuş gibi hissetti. Ama biliyordu ki ne pahasına olursa olsun ona bir şey olmasını engelleyecekti.

Yola tekrar koyuldular. Yusuf, eve olan mesafe kısaldıkça heyecanlanıyordu, son bir defa Zeyno'sunu zihninde görmeye çalıştı ama olmadı, bir kere daha denedi yine olmadı.

Yolun karşısından gelen bir araba hızını yavaşlatmadan yan yola sapmak istedi ama yola sapamadan araba gözlerinin önünde yoldan çıkarak taklalar attı. Manzara korkunçtu. Bu korkunç manzarayı gören Dr. Zeynep arabayı hemen durdurdu. Dr. Zeynep, bir doktor olarak yardım etmek istedi ama Yusuf'un durumunu düşününce bir an durakladı, "Yusuf! Bırak önce ben müdahale edeyim. Sen gücünü sakla, gerekmedikçe bir şey yapma!"

"Nasıl yapmam abla?"

"Unuttun herhalde ben bir doktorum!"

Dr. Zeynep arabayı yol kenarına çekti, kazayı gören başka bir araba yardım etmek için durdu, içinden çıkan genç bir adam kaza yapan arabanın yanına gitti. Aynı şekilde iki araba durdu, içlerinden çıkan bir çift ve tek bir adam kaza yapan arabanın yanına geldi, içindeki adamı dışarı çıkarmaya çalıştılar. Dr. Zeynep ve Yusuf, kalabalığın yanına geldiler, geldiklerinde yaralı adamı dışarı çıkartmışlardı, "Durun açılın ben doktorum, açılın lütfen," dedi Dr. Zeynep.

Yardıma gelmiş insanlar kenara çekildi. Yusuf adamı taradı, iç kanaması olduğunu, çeşitli kemiklerinin kırık olduğunu ve beyin travması geçirdiğini gördü. Dr. Zeynep ilk yardımı yapmasına rağmen ağır yaralı adama yapılacak bir şey olmadığını anladı, acilen hastaneye yetişmesi gerekiyordu. Yusuf'a baktı, telepatik iletişime geçmesi için gözlerine anlamlı bir şekilde baktı.

Yusuf, Dr. Zeynep'in niyetini anladı, *'Evet abla, ne yapmak istiyorsun?'* diye sordu zihninde.

Dr. Zeynep, *'Acilen hastaneye gitmesi gerekiyor, adam ölmek üzere,'* dedi.

Yusuf, yardım etmek için gelmiş insanlara baktı, *'Yaptıklarımı görünce bu insanlar korkacak!'* dedi.

'Karar senin Yusuf!'

'Tamam abla sen arabanın arka kapısını açık bırak, gerisini ben halledeceğim.'

Yusuf, insanlara baktı içlerinden birisine telepatik bir şekilde konsantre oldu, *'Benim yere düştüğümü görünce arabanın arka kapısından içeriye sokun,'* diye talimat verdi.

Talimatı alan adam tuhaf bir şekilde hipnoz olmuş gibi ayağa kalktı ve Yusuf'a bakmaya, beklemeye başladı, diğer insanlar durumun farkında değildi.

Dr. Zeynep, arabanın yanına giderken yardım için gelen insanlardan biri, "Nereye gidiyorsunuz doktor hanım?" diye merakla sordu.

"Arabadan alacaklarım var..." diyerek arabaya hızla yöneldi, Yusuf'a telepatik olarak *'Haydi başla Yusuf!'* dedi.

Yusuf, kanlar içinde yatan adamın yanına eğildi, ellerini adamın üzerinde gezdirdi. Elinden yine aynı eflatun renginde ışık çıktı, insanların ürkek bakışları arasında, ışık yaralı adamın tüm vücuduna yayıldı. İnsanlar olaya bir anlam vermeye çalıştı, Yusuf'a baktılar, "Ne oluyor böyle? Aman Allah'ım ne oluyor?" diye söylenmeye başladılar.

Dr. Zeynep, arabayı olay yerine getirdi. Arabadan çıkıp steyşın kapıyı açtı ve yine sürücü koltuğuna geçerek hazır beklemeye başladı.

İnsanlar ona donakalmış bir vaziyette baktılar. Sanki bir tanrı gibi parlıyor, etrafına eflatun ışık yayıyordu. Yusuf'un yaralı adamı iyileştirdiğini görenler şaşkınlık içinde bir mucizeye tanıklık ediyorlardı. Adamın tüm yaraları iyileşti, yaralı adam gözlerini açtı, "Ne oluyor?" diye şaşkınlıkla sordu.

Yusuf, kullandığı enerjinin yoğunluğundan her zaman olduğu gibi yine bayıldı. Düşer düşmez hipnoz olmuş adam ona söylendiği gibi Yusuf'u yerden kaldırarak beklemekte olan arabanın steyşın bagajından içeriye yerleştirdi, kapıyı kapattı. İnsanların şaşkın bakışları arasında araba yanlarından hızla uzaklaştı. İnsanlar iyileşen yaralı adama baktı, adam ayağa kalkıp giden arabanın arkasından baka kaldı, "Neler oldu?" diye sordu.

Hasan ve Celal, küskün iki kişi gibi tüm yolculuk boyunca hiç konuşmadılar. Konuşmaya kalksalar birbirlerine girecekler gibi gerginlerdi. Niğde ve Kahramanmaraş'ı geçmişlerdi. Hasan, Adıyaman'a vardıklarında mola vermek istiyordu hem bir şeyler yemek hem de sigara satın almak istiyordu. Hasan için Celal'le yolculuk yapmanın sıkıntılarından birinin de yanında sigara tüttürememek vardı. Ne sıkıcı bir adamdı bu, ona karşı olan nefreti yolculuk boyunca giderek artacaktı. Arabayı sürme sırası Celal'deydi ama o bunu umursamıyordu, "Adıyaman'da mola vereceğim, bir şeyler yeriz, sonra arabayı sen kullanırsın," dedi imalı bir şekilde Hasan.

"Bakarız, benim karnım acıkmadı ama sen istiyorsun diye dururuz."

"Gıcıklık yapmaya başladın yine Celal!"

"Gıcıklık mı? Hasan asıl gıcık olan sensin! Ağzından doğru düzgün bir laf çıkmıyor. Her lafının altında mutlaka bir olumsuzluk yatıyor, sonra da beni suçluyorsun! Çok tuhaf..."

"Tamam Celal, kapat çeneni... Seninle araba sürerken tartışmak istemiyorum. Mola vereceğim istersen yemeğini yersin istersen yemezsin, bu sana kalmış."

Celal, durumu değiştiremeyeceğini anladı, susmayı, tartışmamayı tercih etti. Nasıl olsa bu yolculuk, bu görev bitecekti ve tüm bunların sonunda işini bırakacaktı. Biraz daha dişini sıkması gerekiyordu. Kahta yakınlarında yol kenarında bir dinlenme tesisi olduğunu gördü, arabayı oraya yöneltti ve sert bir şekilde tozlar arasında park etti.

Hasan, sigarasını tüttürürken sinirleri yatıştı, yedek sigaralarını arabanın torpidosuna koydu. Celal, söylediği yemeği yavaş bir şekilde yerken Hasan yanına geldi, "Bak Celal, aramızdaki bu gerginliği halletmemiz gerekiyor. Ben bu şekilde yolculuk yapmak istemiyorum," dedi.

"Sigarana kavuşunca kendine gelmişsin!"

"Yapma Celal, lütfen yapma! Belli gıcıklığa devam edeceksin. Seninle konuşarak hata yaptım."

"Tamam uzatmayalım. Yolumuza devam edelim, işimizi bitirelim, tek istediğim bu. Ne seninle dalaşmak ne de konuşmak istiyorum, sadece işimize odaklanmak istiyorum."

"Tamam bana da uyar. Ankara'ya dönene kadar bu şekilde devam edelim."

Aralarındaki bu anlaşma ikisini de rahatlatmıştı. Şimdi ikisi de daha net önünü görüyordu. Yemeklerini bitirip yola koyuldular. Arabayı kullanma sırası Celal'deydi, Hasan penceresini açıp sigarasını içmeye başladı. Celal, sigara içilmesine kızdı ama tatsızlık çıkacağı için susmayı yeğledi.

Kahta'nın çıkışında Jandarmanın kontrol noktasına denk geldiler. Arabayı Jandarma çavuşun yanında durdurdular. Hasan pencereyi açtı, "Buyurun çavuş!" diye sert bir şekilde azarladı.

Jandarma Çavuş, "Kimlik kontrolü yapıyoruz," dedi.

Hasan, "Görevdeyiz çavuş," diyerek kimliğini gösterdi. "Buradan Muğla plakalı bir araba geçti mi?" diye sordu.

"Muğla plakalı... Hayır geçmedi... Biz kontrole başladığımız zamandan beri hayır... Bir durum mu var?" diye merakla sordu.

"Yok! Sizlik bir durum yok! Bizim meselemiz..."

Jandarma Çavuş, "Anlaşıldı, iyi yolculuklar," diyerek asker selamı vererek geçmelerine izin verdi.

Siyah Ford Thinderbird hızlı bir şekilde çevirme noktasından ayrıldı, yoluna emin bir şekilde devam etti. Celal, Hasan'ın gereksiz bir şekilde bilgi verdiğini düşündü ama bir şey söylemedi. Aralarındaki anlaşmayı bozmak istemiyordu. Hasan'da, Celal'in bu huzursuzluğunu hissetti ama hiç tepki vermedi.

Evet yaptıkları anlaşma işe yaramıştı ve hiç konuşmadan Diyarbakır'a, oradan da Gülpınar köyüne vardılar. Saat akşam sekiz kırk beş olmuştu köyde meydanda kimse yoktu, Camii'nin yanına park ettiler. Camii'nin kapısından İmam Abdullah'ın oğlu Muhammed çıktı, karşısında iki tuhaf yabancıyı görünce merakla, "Buyurun birisine mi baktınız?" diye sordu.

"Birisine baktığımızı nereden anladın?" diye sordu Hasan.

"Devletten geldiğiniz belli, mutlaka birisine bakıyorsunuz!"

"Evet, birisini arıyoruz... Buraya Muğla plakalı bir araba geldi mi?"

"Görmedim!"

"Peki bu köyde Yusuf adında birisi yaşıyor mu?"

"Yusuf mu? Soyadı nedir?"

"Soyadı Duman... Muğla plakalı bir arabayla buraya gelmiş olmalı."

Muhammed, Yusuf'u soyadından tanıdı ama bu nasıl olurdu? Yusuf, yıllar önce ölmüştü. Bu iki adam neden şimdi onu soruyor diye merak etti. Tanımadığını belli etmek istedi, "Köyümüzde Yusuf adında birisi yok!" diyerek evine yöneldi.

Celal, İmamın yalan söylediğini düşündü, "O zaman neden soyadını sordun?" diye merakla sordu.

Muhammed, onlardan uzaklaşırken, "Soyadından tanırım diye sordum," dedi.

Hasan bir sigara yaktı, "İmam doğru söylüyor olabilir, daha gelmemişlerdir. Muhtemelen başka yoldan geliyorlar, o yüzden yolda onları yakalayamadık. Şehre inelim Can Beyi arayıp durumu anlatalım," dedi.

Celal, "Buradan telefon etsek! Muhtarda akülü santral vardır," dedi, söylediği şeyin saçma olduğunu düşündü. "Haklısın şehre inmek daha mantıklı."

Şehre inerken düştükleri pozisyonu düşündüler. İlk defa bu kadar bilgisizce bir durum içindeydiler. Sahip oldukları tecrübeyle ne olursa olsun bu durumdan çıkacaklardı. Şehrin girişinde bir dinlenme tesisinde durdular, tesisin telefonunu kullanarak Can Bahadır'ı aradılar, kısa süre sonra Can Bahadır telefona çıktı, "Buyurun..." dedi.

"Merhaba Can Bey, benim Hasan."

"Söyle Hasan, vardınız mı? Şahsı buldunuz mu?"

"Efendim köye geldik ama köyde Yusuf adında birisini tanımıyorlar... Sizden biraz daha bilgi alabilir miyiz?"

Can Bahadır, ne diyeceğine dikkat ederek, "Anladım... Şimdi Hasan söyleyeceklerim sana saçma gelebilir ama bilmende bir sakınca görmüyorum... Şahıs bu köyden 1935 yılında kaybolmuş... Tanımlayamadığımız güçler..."

"Tanımlanamayan güç nedir? Efendim bize olayı açık bir şekilde söylemelisiniz."

"Şey... Tamam. Şahız 1935 yılında dünya dışı varlıklar, uzaylılar tarafından alıkonmuş..."

"Uzaylılar mı? Doğru duydum değil mi efendim?" diye lafını kesti.

"Evet... Bu şahıs hiç yaşlanmamış, uzaylılar onu tekrar buraya getirdiklerinde yine aynı yaştaymış. Bu söylediklerim olağan üstü şeyler farkındayım ama gerçek. Bu çok gizli bir bilgi... Şimdi neredesiniz?"

"Şehre geldik efendim."

"Tamam, şimdi köye tekrar dönün. Muhtarı bulun ve duruma göre hareket ederek nerede yaşadığını öğrenin. Eğer gelmediyse bekleyin... Bak Hasan, yarın büyük bir operasyon için İngiltere'den çok önemli bir doktor gelecek, sırf bu olay için. Yusuf'u almadan gelmeyin çok önemli, şimdi dediklerimi yapın... Anlaşıldı mı?"

"Anlaşıldı efendim," diyerek telefonu kapattı, ona merakla bakan Celal'e döndü, "Köye dönüyoruz, bilgileri yolda paylaşacağım," dedi.

Hasan ve Celal, Gülpınar köyüne tekrar geldiğinde saat gece on bir olmak üzereydi. Hiçbir evde ışık yoktu. Muhtarın evini nasıl bulacaklardı, "Bunu bu gece yapmak zorunda mıyız?" diye sordu Celal.

"Ne demek istiyorsun?"

"Sabahı bekleyelim adam geldiyse mutlaka etraftan duyulur. Can Beyin anlattığına göre adam yıllar sonra tekrar dünyaya geliyor. Bu köyde büyük bir şaşkınlık yaratacaktır. Nerede olduğunu bulmakta zorlanmayız. Şimdi muhtarı bul sonra evi bul sonra adamı bul, çok görgü tanığı olacaktır..."

"Anladım, ne demek istediğini anladım. Haklı olabilirsin... O zaman yiyecek bir şeyler alalım, köye dönelim, geceyi orada geçiririz. Bu köylüler sabah çok erken kalkar sonra da işimize bakarız," diye Celal'i onayladı.

İkisi de uzun süre sonra ilk defa anlaşmıştı. Anlaşmalarını sağlayan şey Can Bahadır'ın gaddar isteğiydi. Onlar yeterince sahada bulunmuş, her türlü tehlikeye düşmüş ve her birinden ustalıkla sıyrılmayı başarmışlardı. Şimdide aynısını yapacaklardı. Köye döndüler, köyün girişine yakın bir yerde, bir çalıların arkasına park ettiler ve beklemeye başladılar.

"Hayaller uçsuz bucaksız engin denizler gibidir abla."

"Öyledir ama hayale dalmak, hayal kurmak her zaman güzel bir şey değildir. Olması imkânsız şeylerin hayallerini kurmak zaman kaybından başka bir şey değildir. Ayrıca çok fazla hayal kurarsan, o kurduğun hayaller yavaş yavaş kaybolur gider."

"Acı çeken insanların çoğu hayal kurmadıkları için acı çekerler abla."

"Yani diyorsun ki; dünyadaki tüm bu acılı insanların ilacı hayal kurmaktır."

"Evet."

"Peki hayalini gerçekleştiremeyen insanlar!"

"Senin dediğin gibi, olması imkânsız şeylerin hayallerini kurmak zaman kaybından başka bir şey değildir. Eğer insan kendini mutlu edecek olan şeyin ne olduğunu biliyorsa ve onu elde etmenin hayalini kuruyorsa bir sorun yoktur. Bunun dışında bir hayal kurarsa yine senin dediğin gibi, o kurduğu hayaller yavaş yavaş kaybolur gider. Tıpkı benim gibi, Zeyno'm hayalimdeki geleceğin tek kadınıydı ama şimdi onu tekrar görmenin hayalini kuruyorum," dedi hüzünlü bir şekilde.

"Yolculuk sırasında bir şey fark ettim Yusuf."

"Nedir abla?"

"Zaman araba yolculuğu gibidir, geriye bakınca geçen zamanı görürsün. Yanlara bakınca şimdiki zamanı, ileri bakınca geleceği görürsün."

"Çok haklısın abla, sana katılıyorum."

"İnsanları iyileştirme olayını bırakmalısın! Bu senin sonun olabilir! Bu dediğime kulak ver, tamam mı Yusuf?"

"Kendime hâkim olamıyorum abla. Söylediğinde haklı olabilirsin ama kendime hâkim olamıyorum. Gönlünde huzur olan, aşk olan neden başka duyguların peşinde koşsun abla?"

"Unutma sen tanrı değilsin, bir melek değilsin... Kaderin çizdiği olayları değiştirmeye hakkın yok..."

"Ama bir insan olarak elimden geleni yapmalıyım, öyle değil mi abla? Yoksa bizi biz yapan insanlığımızı unutmak zorunda kalacağız, kötü olan insanın huyudur. Allah kötü diye bir şey yaratmamıştır."

"Şimdi uyuyalım Yusuf, ben çok yoruldum, gözlerim kapanmak üzere... Eğer o adama yardım etmeseydin bu gece evine varmış olacaktık."

Kaldıkları bakımsız otelde yatakları pek rahat değildi. Yastık kılıfı yıkanmamıştı, üzerinde hala geçen müşteriden kalan koku vardı. Yusuf, gözlerini kapatırken yarın Zeyno'suna kavuşacağını hayal ederek uyumaya başladı. Bu doğa üstü adam mucizevi bir şekilde insanları iyileştiriyor, insanların zihinlerini yönlendirebiliyor, insanları uzaktan görebiliyordu ama bir türlü biricik aşkını göremiyordu, sanki bir şekilde bu engelleniyordu.

Dr. Zeynep, gözlerini kapatırken sabah kardeşini ve Baş Hekim Hikmet hocayı aramayı düşündü, bu düşünceler içinde uykuya daldı. Yusuf'la yaptığı zihin okumama anlaşması işe yaramıştı çünkü Yusuf'un Zeyno'yla olacak karşılaşmasının çok dramatik olacağını düşünüyordu. Adana'dan çıkmadan bu bakımsız oteli bulmuşlardı, uyumanın ikisine de iyi geleceğini düşünmüştü ama yastığın kokusundan uyuyamıyordu. Sonunda sinirlenerek yastığı yere fırlattı, kolunu yastık gibi kıvırıp başını üzerine koydu çok geçmeden uykuya daldı.

Gece yarısı eflatun rengindeki ışık topu odalarına tekrar girdi. Sanki işini tamamlayamamış gibi inatçı bir şekilde önce Dr. Zeynep'in yatağının üstünde uçtu, sonra Yusuf'un üzerinde uçtu, son olarak ışık topu Yusuf'un başından içeriye girdi. Yusuf'un önce tüm başı sonra tüm vücudu eflatun renge büründü. Işık topu işini halletmiş bir şekilde Yusuf'un başından çıktı, vücudunun üzerinde kısa bir tur attıktan sonra odadan ayrıldı, oda tekrar karanlığa büründü. Yusuf, kötü bir rüyadan uyanır gibi gözlerini açtı etrafına bakındı, nerede olduğunu anlamaya çalıştı, "Neredeyim ben?" diye mırıldandı.

Yanındaki tekli yatağa baktı birisi yatıyordu, bir kadındı bu, yatağından kalkıp onu uyandırmadan yanına geldi, kadına dikkatle baktı tanımaya çalıştı, tanıyamadı, pencereden dışarıya bakarak nerede olduğunu anlamaya çalıştı. Gün aydınlanmaya başlıyordu, pencereden etrafa bakındı ama nerede olduğunu anlayamadı. Kadını uyandırmak için yanına geldi, tam uyandıracakken onu tanıdı, bu kadın Dr. Zeynep'ti. Onu yaşadığı bu olumsuz kaderde yalnız bırakmayan cefakâr kadın. Dr. Zeynep uyandı ve ona endişe içinde baktı, "Yusuf! İyi misin? Ne oldu?" diye sordu.

"Bilmiyorum abla, tuhaf bir duyguyla uyandım, ne olduğunu bilmiyorum. Uyanınca seni tanıyamadım. Sanki bir boşluğun içinde debelenerek nerede ve kim olduğumu hatırlamaya çalıştım."

"Şimdi iyisin değil mi?"

"Evet ama biraz önce..."

"Anlıyorum yaşadığın travma yüzünden geçici hafıza kaybı yaşamış olabilirsin. Bunda endişe edecek bir durum yok!"

"Belki dün gece yapamadıklarını bu gece yapmışlardır."

"Dün gece?"

"Hatırlasana abla odamıza giren o ışık topunu..."

"Evet hatırladım tabii ki, ne olmuş ona?"

"Bilmiyorum! Neyse abla istersen hazırlanalım kahvaltımızı yapıp yola çıkalım, ne dersin?"

"Benim banyo yapmam gerekiyor."

"Tamam abla ben seni aşağıda beklerim."

Kahvaltı yaptıktan sonra saat sekiz gibi yola çıktılar. Dr. Zeynep, araba kullanmaktan yorulmuştu, az yolları kalmıştı son bir gayretle biraz daha hızlı giderlerse bu akşam evde olabileceklerini planladı.

Yusuf birden, "ANEM... NA... ME... NEAM... MAEN... DE... NA... KIR... ELATUM... IGAN... KIR... A... E... AS... AE... KEAM... SUGA... A... A... E... AS... ZEG... GA," diye yüksek metalik bir ses tonuyla konuştu.

Dr. Zeynep, durum karşısında arabayı hemen yol kenarına çekmek istedi ama araba tuhaf bir şekilde kendi kendine durdu. Kontak anahtarını çevirdi ama araba çalışmadı. Yusuf, aralıksız bir şekilde aynı şeyleri söylemeye devam etti.

Yusuf, kendinden geçerek bayıldı. Tam o anda araba kendi kendine çalışmaya başladı. Dr. Zeynep, bir an irkilse de arabayı yol kenarına çekti. Arabadan çıkarak derin nefesler alıp vermeye başladı, yaşadıkları fazla gelmeye başlamıştı, bir yandan korkuyor bir yandan da Yusuf'a acıyordu. Aklına Yusuf geldi, ona baktı baygın bir şekilde kendinden geçmişti, yanına geldi ayılmasını sağlamak için yüzüne birkaç tane minik tokat attı.

Yusuf uyandı, "Yine ne oldu abla?" diye yaşadığı şeyleri hatırlamadığını belli eden bir tonla sordu.

"Tamam Yusuf her şey yolunda sadece kendinden geçtin. Hani Ankara'ya giderken ve Ankara'da Psikolog Tayfun'un orada söylediğin anlamsız şeyler vardı ya, işte onları söyledin."

"Ne zaman bitecek bu işkence? Ne zaman?" diye isyan ederek kapıyı açıp dışarı çıktı, gökyüzüne bakarak iki elini yalvarır gibi yukarı kaldırdı. "Her şeyimi aldınız, her şeyimi aldınız! Daha ne istiyorsunuz? Beni rahat bırakın!" diye avazı çıktığı kadar bağırarak yalvardı.

Dr. Zeynep, Yusuf'un durumunu öyle üzüldü ki göz yaşlarına hâkim olamadı. Yusuf, Dr. Zeynep'in ağladığını görünce, "Abla seni de buralara kadar yordum... Seni de kaderimin bir parçası yaptım. Lütfen beni bağışla! Sana nasıl bunu yaptım! Lütfen abla ağlama," diyerek yanına geldi ve sarıldı. Her ikisi de kardeş gibi birbirine sarılmış bir şekilde ağladı.

Hasan ve Celal, tüm gece beklemişler bir sonuç elde edememişlerdi. Hasan'ın sigarası bitmek üzereydi bu da onu agresif yapmıştı. Celal, tuvalet ihtiyacını gidermek ve bir şeyler yemek istiyordu, "Şehre inmeye ne dersin?" diye sordu. "İhtiyaçlarımızı karşılarız, tekrar buraya döneriz. Belki o arada Can Beye telefon açıp durumu söyleriz. Bizden haber alamadığı için rahat değildir."

"Olabilir, benim de sigaram bitmek üzere."

Şehir merkezine geldiler. Bir esnaf lokantasında yemek yerlerken, etraftaki insanların dikkatini çektiler. Hasan etrafında onlara bakan insanlara çatık kaşlarla bakarak, onlara çevrili tüm gözleri geri çevirdi.

"Can Beyi aramak gerekiyor..."

"Bence adamı ele geçirince arayalım, şimdi arayıp daha gelmedi vs. diyeceğiz, o da işimizi bize öğretecek, yok uzaylılar diyecek, mutlaka bulmalıyız diyecek... Ne dersin?" diye sordu Celal.

Hasan, kısa bir süre düşündükten sonra gözleriyle onaylayan bir bakış attı. Kararlaştırdıkları gibi yaptılar, köyün girişine gece bekledikleri yere gelip beklemeye başladılar.

Psikolog Tayfun, abisinin ofisine geldiğinde çok heyecanlı bir şekilde hayatlarının dönüm noktası olacak gün için hazırdı. Can Bahadır, tam aksine panik haldeydi. Sabırsızlıkla Sekreter Hanıma verdiği emirlerin yerine gelmesini bekliyordu, "Daha aramadılar! Ne olabilir? Başlarına bir şey gelmiş olabilir mi?" diye hem kendi kendine söylendi hem de kardeşi Tayfun'a ne kadar panikte olduğunu belli etti.

"Abi, biraz sakin olsana ya!"

"Sakin mi? Ne sakini? Ben her şeyi hazırladım, ekip hazır, hastane hazır, ameliyathane hazır tüm randevularımı iptal ettim ama bizimkilerden haber yok. Bir de üstüne üstlük bu öğleden sonra Dr. Erol geliyor... Sonumun ne olacağını bilmiyorum! Nasıl sakin olmamı bekleyebilirsin? Sakin ol diyorsun!"

"Güçlü olmalısın abi! Sakin olmalısın, sakin kalmalısın... Çok önemli bir dönemin başlangıcındasın, bu panik halinle hiçbir şeyi kontrolün altında tutamazsın... Lütfen abi!"

"Böyle bir fikri sen aklıma soktun şimdi bana sakin ol diyorsun. Bu değerli lütuf bir felakete neden olacak. Politikada bulunduğum konumu tehlikeye atıyorum. Sana güvenerek olma ihtimalinin düşük olacağı bir fikre kapıldım, sen bana sakin ol diyorsun! Söylediklerimi anlıyor musun?"

Kimse kendi yüreğinden kaçamaz. Orada hile varsa, korku varsa, ne varsa onu yaşayacaktır. Psikolog Tayfun, abisinin gergin halini yatıştırmak için, "Tamam abi, sakin! Bağırmana gerek yok! Doktor Erol gelmiyor mu? Geliyor! Bak göreceksin her şey yolunda gidecek."

Can Bahadır, "Sekreter Hanım daha bir ses yok mu bunlardan?" diye bağırdı.

Sekreter Hanım, "Yok Efendim," dedi titrek ve tedirgin bir şekilde ofisin kapısını aralayıp.

Adıyaman Kahta'dan çıkmak üzerelerdi. Yorgunlardı ve saat öğle bir buçuk olmak üzereydi. İkisi de yolculuğun sonuna yaklaştıklarını biliyordu, ikisi de belki bir daha birbirlerini göremeyeceklerini biliyordu, "Gel abla seninle yolculuk sırasında son bir yemek yiyelim," dedi Yusuf.

"Öyle söyleme Yusuf, üzücü oluyor."

"Muhtemelen abla, eve varacağız sen dinlenecek ve bir gece misafirim olacaksın sonra da geri evine döneceksin," dedi sanki geleceği görür gibi.

Yol kenarında dinlenme tesislerinde durdular. Burası Hasan ve Celal'in dinlendikleri yerdi. Radyo'da Zeki Müren'den, Bir Dost Bulamadım adlı şarkı çalıyordu. Celal'in Muğla plakalı birileri geldi mi diye sordukları garson yemeklerini verirken şüphelendi. Yusuf, garsonun meraklı bakışlarını okudu, Hasan ve Celal'in bu tesislerde dinlendiğini anladı ama Dr. Zeynep'e bir şey söylemedi. Telepatik olarak garsona telkinde bulundu ve onları unutmasını söyledi. Garson sanki hiçbir şey olmamış gibi görevine devam etti.

Yola devam ettiler, Jandarma çevirme noktasına denk geldiler. Sağ-sol çatışması yüzünden yollarda asayiş için sıklıkla kontrol vardı. Jandarma Çavuş aracın plakasına baktı ve hatırladı. Muğla plakalı şüpheli araba kenara çekti, evet içinde söylendiği gibi bir bayan ve gençten bir erkek vardı. Jandarma Çavuş, meraklı bir şekilde Dr. Zeynep'in yanına geldi, "Arabadan çıkın arama yapacağız! Kimlikleri de çıkartın!" diye emir verdi.

"Tamam," dedi Dr. Zeynep, endişeli bir şekilde Yusuf'a baktı.

Yusuf ve Dr. Zeynep, arabadan çıktılar. Askerler arabayı aramaya başladı, Dr. Zeynep kimliğini çıkartıp Jandarma Çavuşa uzattı, "Buyurun. Ben Doktorum hasta akrabamızı ziyarete gidiyoruz," diye yalan uydurdu. Sonra Yusuf'a telepatik duysun diye iç sesini kullanarak, *'Yusuf, Yusuf! Beni duyuyor musun?'* dedi.

'Evet abla, duyuyorum.'

'Şimdi tam sırası bir şeyler yap! Kimliğin olmadığı için seni alırlar!'

'Merak etme, sen sakin kal. Ben hallederim.'

"Yolculuk nereye Doktor Hanım?" diye sordu Jandarma Çavuş.

"Diyarbakır'a..."

Yusuf, telepatik gücünü kullanarak Jandarma Çavuşa, *'Bizi bırakacaksın, bizi unutacaksın,'* dedi.

Jandarma Çavuş, "Tamam, gidebilirsiniz. Geçmiş olsun, İnşallah hastanız tez zamanda iyileşir," dedi telkinin etkisi altında.

Arabaya binerken, *'Sağ olasın Yusuf, bir an için korktum,'* dedi Dr. Zeynep.

'Korkma abla, sana bir şey olmasına asla izin vermem!'

Dr. Zeynep arabayı çalıştırdı, tekrar yola koyuldular. Jandarma Çavuş arkalarından onlarla ilgili hiçbir şey hatırlamadan boş gözlerle baktı.

"Bir an için yaptığımız tüm yolculuğun boşa geçeceğini düşündüm. Aptalca senin yaptıklarını -yapabileceklerini- unuttum," dedi Dr. Zeynep rahatlamış bir şekilde.

"Farkındayım abla, senin iyi niyetinin farkındayım, çektiğin vicdan azabının da farkındayım... Kardeşini iyileştirdiğim için bana borçlu olduğunu düşünme. Bunu ben istedim..."

"Tamam Yusuf anladım. Bunu isteyerek yaptığını anladım."

"Sana söylemem gerek bir şey var, biraz önce öğrendim," dedi Yusuf konuyu değiştirmek için.

"O Jandarma Çavuştan mı?"

"Evet abla... Hani bizi takip eden o kişi vardı ya."

"Evet!"

"Dün buradan geçmişler. Jandarma Çavuş bizi zaten durduracaktı ama o iki adam bizi ona sormuş, o yüzden meraklıydı. Bize bir şey yapmayacaktı ama bizim kim olduğumuzu ve neden yolculuk yaptığımızı falan öğrenmek istiyordu."

"Bence onlar senin evine varmıştır. Muhtemelen bizi bekliyorlardır. Yolculuğa başladığımızda onlara bir şey yapıp yapamayacağından emin değildin... Şimdi! Şimdi nasıl hissediyorsun? Onları etkisiz hale getirebilecek misin?"

Yusuf, cevap vermeden penceresinin camını açtı, içeriye temiz hava girmesini sağladı, "Doğduğum toprakların kokusunu hissediyorum abla, Doğu Anadolu'nun toprakları başkadır, burada güneş bile farklı ısıtır, köyümü hissedebiliyorum ama hala Zeyno'mu göremiyorum," dedi derin nefesler çekerek. "Evet onları etkisiz hale getirebilirim. Belki bunu daha önce de yapabilirdim ama yeri ve zamanı gelmemişti. Yeri ve zamanı geldiğinde onları etkisiz hale getireceğim. Bundan şüphen olmasın. Mühim olan onlara bu işi yaptıran adam..."

"Hipnozcu mu?"

"Evet, sadece o değil. O ve abisi, adını bilmiyorum ama kötü birisi. Öyle kötü birisi ki bulunduğu konumu kötüye kullanarak dünya üzerinde cehennem ıstırabı yaşıyor. Tüm bu kötülükleri oğlunun hastalığı yüzünden yapıyor. Beynimdeki kristale sahip olmak istiyor. O kristale sahip olunca güce sahip olacağını düşünüyor. Beni alıkoyan yaratıkların böyle bir şeye izin vermeyeceğini hiç düşünmüyor... Zaten böyle bir şeyde olamayacak," dedi ona şaşkın ve korkmuş gözlerle ona bakan Dr. Zeynep'e döndü. "Evet tüm bunları bilmek ürkütücü farkındayım, merak etme o iki adamı yeri ve zamanı geldiğinde etkisiz hale getireceğim," dedi yüzüne güven veren bir gülümseme oturtarak.

"Tüm bunları bilmekten korkmuyor musun Yusuf?"

"Sende şahitsin abla, başta çok korktum ama sonra kabul ettim. Kabul edince korkulacak bir şey olmadığını gördüm. Zaten en fazla ölürdüm, o da olmadığına göre..." dedikten sonra ses tonu yine yumuşadı ve trans halinde konuşmaya başladı.

Dr. Zeynep, söyleyeceklerini yazmak için arabayı yol kenarına çekmek istedi. Yusuf, arabanın direksiyonunu tutarak yola devam etmesini istedi. Dr. Zeynep yola devam etti ama hızını azalttı, "Emin misin?" diye sordu.

"Evet abla... Uçsuz bucaksız bir denizden bu bilgileri söylüyorum abla..."

"Bu söylediklerini yazmak istiyorum öncekileri yazmıştım, bu bilgileri insanların öğrenmesi gerekiyor."

"Gerek yok abla. Söylediğim şeyleri insanların anlamasına bu zamanda imkân yok. Bu söylediklerim birçok insana hatta bilim insanlarına bile, bilim kurgu ve fantezi olarak gelecektir.

2000'li yıllarda insanlar net bir şekilde değişikliklerin farkına varmaya başlayacak. Değişiklikler kendini evrenle, yaşamla ve varoluşla gösterecek. Bunu ilk fark edenler bilinçli insanlar olacak. Hayatın sadece doğmak, büyümek, çoğalmak ve ölmek olmadığını fark edecekler. Bu büyük bir güç olarak ortaya çıkacak ama bunu bir tek bilincini kullanan insanlar fark edecekler.

Değişim insanoğlunun tekâmül yolculuğunda çok önemli bir basamaktır. İnsanlığın bir sonraki boyuta geçmesi için çok önemli olan değişim sayesinde, bu dünyanın sanal bir dünya olduğunu anlayacak olan bilinçli insanlar, öz bilincini derinleştirecek, derinleştirdikleri öz bilinçlerden keşfedecekleri bilgi ve duygularla bir üst boyuta yükselecek, yükseldikleri o üst boyutlarda varoluşları deneyimleyecekler. Bu bilincin farkında olan insanlar, yaşamın sınırsız bir yolculuk olduğunun farkına varacaklar. Bu çok önemli çünkü bu tip insanların söylemleri gelecekteki insanlığa ışık tutacak. Bu tip insanları kıskanacaklar, onlarla çatışmaya girecek ve onları suçlayacaklar ama değişimin farkında olan insanlar, onlara her türlü kötülüğü yapmaya çalışan bu insanlara sonunda daha iyi bir insan olmayı öğretecek.

Aslında insan olarak güçlü varlıklarız. Ama bunun farkına varıp bu gücün açığa çıkmasını istemeyen bir sistem tarafından yönetiliyoruz. İnsanoğlu aslında evrenler arası yolculuk yapacak, boyutlar arası yolculuk yapacak şekilde programlanmıştır. Sonsuz genişleyen bu evrende her şey enerjiden ibarettir. Her şeyin özü yıldızların, gezegenlerin işleyen tüm mükemmel yapının öz kaynağı enerjidir. İnsan olarak bizlerde bu enerjinin bir parçasıyız. Bizler atomlar ve bu enerjinin titreşim frekanslarından oluşuyoruz. Var oluşumuzun temel yapısı düşüncemizdir, gördüğümüz her şey düşünce gücümüzle yaratılmış holografik bir yansımadır.

İnsanoğlu 21. Yüzyılda göstereceği değişimle yükselişe geçecek. Değişimi hem hücresel yapısında hem molekül yapısında hissedecek ve keşfedecek. Bu farkındalıkla insanoğlu değişim içinde olacak. Spiritüel bilgilerin düşünce gücümüzle programlanabileceğini keşfedecekler. Bu bilimsel olarak 21. Yüzyılda kanıtlanacak ve insanlar Spiritüel bilgilerle programlanacak. Uzaktan şifa, telepati ve uzaktan duyu gibi metafizik güçler bu programlar sonunda daha çok kendini gösterecek.

Bu söylediklerim tamamen biz insanlara bağlı. Bu yükselişler insanların bireysel ruhlar olarak hangi bilinç ve duygu seviyesinde, ruhsal seviyede olduğuna bağlı olacak. Dünyaya her an akmakta olan bilgiyi alma kapasitesine hazır olmalıyız. Bireysel ruhlar olarak gelmekte olan bu güçlü enerji dalgalarını alıp öğrenmek için fiziksel ve ruhsal olarak çalışmalıyız. Hayat insanlara, özellikle 2000'li yıllardan sonra zor deneyimler, değişiklikler, doğal afetler, savaşlar, virüs tehditleri sonunda seçimler getirecek. Bu seçimler ve değişimler kimlikleri, kültürleri birleştirecek ve yeni bir dünya düzeni oluşacak. Bu kaos ve karmaşalar değişecek yeni dünya düzenini daha güçlü yapacak.

Bu dönemlerde sakin kalıp, her şeyin üstü olan sevginin gücüyle tüm olumsuzlukları aşacak olan bilinçli insanlar, gelişen bu tür zorlukların bir nedeni olduğunu ve aslında daha yüksek bir amacı olduğunu, her an farkında ve bilincinde olduğunu kavrayacak. Korkularımız ve hayal kırıklığımız olduğu zaman bu durumu hatırlamalıyız. Eğer istediğimiz şeyler olmuyorsa bunun bir nedeni vardır ve daha derindir, diye düşünmeliyiz.

Telepati, duru görü, uzaktan şifa gibi daha farklı metafiziksek ruhsal durumlar artacak, biyolojik ve enerjik bedenlerimizin frekansı yükselecek. Bu yükselen frekans enerjiyi köklendirecek ve çoğaltacak.

İnsanlar biraz önce bahsettiğim kaos ve yıkımların sonunda daha iyi beslenecek. Daha az, doğal ve hafif yiyecekler tüketecek. Hayvanları yemeyecek, onları seviyorum deyip yemenin mantıksızlığından kurtulacak. İnsanların böylece şu andaki kapasitesinin çok ötesinde yetenekleri olacak. Aslında bunlar genetik olarak bizlere zaten kodlanmış ama şu andaki dünya sistemi bu gücümüzü göstermeye engel olmaktadır.

Hücresel yapı olarak değişmek insanları bir üst boyuta çıkartacak. İnsanlığın unutmaması gereken en önemli nokta, üçüncü boyut dediğimiz bu dünyada yaşam seviyesine razı kalmak, yüksek potansiyellerinin farkına varmadan bu dünyada sıkışıp kalmak, bizi evrende tekamüle uğratmayacak. Üçüncü boyuttan kurtulmak seçimlere ve eylemlere bağlıdır. Yalnızlık, korku, acı çekmek, mutsuzluk dolu bir yaşam dünyada olmanın yüksek amacını henüz fark edememiş bir insan hayatıdır. Bunun farkına varıldığında yeni dünya düzeniyle beraber gerçek gücümüzü kullanmaya başlayacağız. Bu şekilde asla yalnızlık çekmeyeceğiz, korku dolu bir yaşam ve acı çeken bir yaşam biçiminden kurtulacağız.

Gücün bizim elimizde olduğunu bilmeliyiz, bunu görmeliyiz. İnsanların gerçek gücünün farkında olması gerekiyor. Bu sayede kendi simyacımız olacağız, merkez kendimiz olacağız, bu farkında olan her bir kişinin kalbinde oluşacak. Kendi içimize yönelip kendi ışık elçimiz olacağız. İnsanoğlu içindeki merkeze yönelerek sezgilerine güvenecek ve hayat bilinçli insanlar için çok daha rahat olacak. Önümüzde zorlu geçecek elli yıl var. Bu elli yılın sonunda insanlık güçlenecek, yüzyıllardır sürdürdüğü hayata devam etme deneyimi daha da güçlenecek. Korku, ayrılık, bölünme gibi bir merkezde sabitlenmiş insanlık, 21. Yüzyılla beraber korkusuz, ayrıcalıksız ve bölünmemiş kolektif bir hayat yaşamaya başlayacak..." dedi ve Dr. Zeynep'in hayranlıkla ona bakan gözlerine baktı. "Evet abla, sana gelecekten hissettiğim bazı şeyler söyledim. Bu hissettiklerim insanlığın geleceği noktayı ve daha sonrasını gösteriyor..."

Prof. Dr. Erol Kayahanoğlu, Havalimanının çıkış kapısından çıktığında bir tabelada ismini gördü, tehditle çıktığı yolculuğunun en sinir bozucu kısmına geldiğini hissetti. Ona bakan şoförün yanına geldi, "Benim, Doktor Erol benim," dedi.

En azından ismini doğru yazmışlardı. Yıllardır profesör doktor olarak kariyerini devam ettirmekteydi ama bu haddini bilmez tehditkâr insanlar profesörlük ünvanını bir kenara bırakmış ona saygısızca davranmıştı.

Prof. Dr. Erol Kayahanoğlu, 58 yaşında gayet dinç görüntülü birisiydi. Kır saçlı, kır keçi sakallıydı ve gözlüklüydü. Onu buralara sürüklemesine neden olan olay kadınlara karşı dayanılmaz bir zaafı olmasıydı. Tatlı ve iyi karısını bir kez değil defalarca aldatmıştı. Her defasında bir daha yapmayacağım, neden bunu yaptım, karım çok iyi ve tatlı bir insan ona bu kötülüğü yapmayacağım diyordu ama, yine yapıyordu. Karşısına orta yaşlı uzun süredir bir erkekle ilişkisi olmamış kadınlar çıkıyordu o da bu fırsatları kaçırmıyordu. Bu pis işten bir an önce kurtulmalıydı, "Daha çok var mı?" diye sordu.

"Yok efendim, on beş dakikamız var," dedi şoför çok nazik bir tonda.

"Nereye gidiyoruz?"

"Can Beyin ofisine efendim, sizi orada bekliyorlar," dedi nazikliğine devam ederek.

Can Bahadır'a bir kez daha sinirlendi. Onun ayağına gitmek asabını bozdu, "Hastaneye gitmiyor muyuz?"

"Hastane! Bilmiyorum efendim... Bana sizi havalimanından almam söylendi."

"Tamam," dedi şoförün bir şey bilmediğini anlayarak.

Her şeye olumlu yaklaşmalıydı, ondan istenen her şeyi yapmalı ve ellerinde bulunan fotoğraflarla negatifleri almalıydı. Ondan yapmasını istedikleri şeyin illegal olduğu kesindi eğer fotoğrafları ve negatifleri vermezlerse eline bir koz geçirmiş olacaktı.

Nazik şoförün söylediği gibi on beş dakika sonra Can Bahadır'ın ofisine vardılar. Tanışma faslında Prof.Dr. Erol, Can Bahadır ve Psikolog Tayfun'un enerjisinden bir şeylerin ters gittiğini hissetti. Belli etmemeye çalışsalar da onu oyalıyor gibiydiler. Bunu Can Bahadır'ın sıklıkla saatini kontrol etmesinden daha net anlamıştı. İnsanlar aşağılık olan davranışların hemen farkına varır.

"Yolculuğunuz iyi geçmiştir umarım," dedi Can Bahadır.

"Aktarmalı geldiğim Atina'da üç saat rötar yaptık ama sonunda geldim... Sizin için önemli olan gelmem değil mi?" dedi iğneleyici bir şekilde.

"Evet, size misafirperver olmaya gayret gösterdiğim için kusura bakmayın, sevsen de sevmesen de misafirini iyi ağırlamak zorundasın," dedi sert bir şekilde Can Bahadır.

"Kötüsünüz!" dedi Dr. Erol.

"Kötülük insanlığın doğal özelliklerinden biridir Erol Bey!" diye karşılık verdi Can Bahadır.

"Beni tehdit ederek buralara kadar sürüklediniz, acil hastalarımı ertelememe neden oldunuz! Şimdi de bana misafirperverlikten bahsediyorsunuz... Lütfen hiç lafı uzatmayalım, tartışmayalım. Benden ne istiyorsanız hemen başlayalım. Çünkü yarın öğlen dönüş biletim var. Tahmin edeceğiniz gibi İstanbul, Atina, Londra uçuşum uzun sürecek," dedi kendinden emin ve kesin bir şekilde.

Psikolog Tayfun, abisinin sinirini yatıştırmak için dizginleri eline alıp gerçekleri söylemenin zamanı geldiğini hissetti, "Lütfen abimin kusuruna bakmayın, o da sizin gibi yorucu bir gün geçiriyor. Tahmin edeceğiniz gibi kendisi danışman ve Sayın Demirel'in yanında danışman olarak bulunmak hiç kolay olmuyor... Bir de üstüne şirketin işleri gelince biraz gerginlik yaşıyor. Lütfen kusura bakmayın," dedi ortamdaki gerginliği yatıştırmak için. "Ayrıca sizi buraya çağırma nedenimizi size..."

Can Bahadır, "Evet, kardeşimin dediği gibi çok yoğun bir gün geçiriyorum... Kusura bakmayın," diye sözünü kesti kardeşinin gerçeği açıklayacağını anlayarak.

Prof.Dr. Erol, "Bakın anlamamakta ısrar ediyorsunuz herhalde, bir an önce bana ne yaptırmak istiyorsanız başlayalım," diyerek ters bir şeyler olduğunu iyice anlamak için ısrarla üstlerine gitti.

"Bakın üstelemenize gerek yok..."

"Neden?" diye sinirlerine hâkim olmaya çalışan Psikolog Tayfun'un siniri bozmak için sordu.

Can Bahadır'ın sinirine dokunsa da gerçekleri söylemek için biraz daha beklemeyi, Hasan ve Celal'den bir haber çıkmasını beklemenin daha mantıklı olacağını düşündü, "Ben sadece yorucu yolculuk sonunda sizi ağırlamak istedim... Biliyorum sizi buraya tehditle getirdim, ahlaklı bir davranış değil ama gerekli bir davranıştı, bunu yakında anlayacaksınız," dedi sinirini toplamış bir şekilde, "İçecek veya yiyecek bir şeyler ister misiniz?" diye nazikçe ilave etti.

"Evet, sade bir Türk kahvesi almak isterim," dedi artık dalaşmanın bir anlam ifade etmeyeceğini düşünerek.

Can Bahadır, hemen bu isteği yerine getirdi. Sekreter Hanım kahveleri servis yaptıktan sonra odadan çıkarken Can Bahadır'a bakarak daha bir arama olmadığını gözleriyle ima etti. Can Bahadır ve Psikolog Tayfun, birbirine bakarak organize etmeye çalıştıkları operasyonun başarısız olmak üzere olduğunu düşündüler. Dr. Erol, ikisindeki bu tedirginliği gördü, "Lütfen açık konuşalım, neler oluyor? Söyler misiniz? Ben neden buradayım?" diye kesin ve net bir şekilde sordu.

Can Bahadır ve Psikolog Tayfun yine birbirine baktı, artık gerçekleri söylemenin zamanı geldiğini düşündüler, dudaklarında kötü bir gülümseme belirdi, "Bakın Erol Bey olayı anlatmadan önce sizi misafir olarak kalacağınız bir otel ayarladık, şoförüm sizi oraya bırakacak. Otele geçmeden sizden..."

"Ben devam edeyim," diyerek abisinin lafını kesti Psikolog Tayfun, "Bu olay benim muayeneme gelen bir hastayla başladı. Ben bir psikolog doktorum. Eski bir tanıdığım Sosyolog bir arkadaşım olağan üstü bu durum yüzünden randevu almadan ofisime geldi. Yanında iki doktor ve sizden operasyon yapmanızı istediğimiz Yusuf adında bir gençle... Şimdi nasıl söylesem..." gerisini getiremedi duraksadı.

"Lütfen devam edin. Bu saatten sonra benden bir şey saklamanız yersiz. Öyle ya da böyle bu operasyonu gerçekleştireceğim... Lütfen devam edin."

"Öyleyse direk söylemek istiyorum. Bu Yusuf denilen genci Uzaylılar alıkoymuş ve beynine kristal bir madde koymuşlar. Sizden bu maddeyi zarar vermeden çıkartmanızı isteyeceğiz," dedi ve Prof.Dr. Erol'un şaşkın bakışlarına bir umutla baktı.

Dr. Erol, duydukları karşısında nerdeyse şoka girmişti, "Yanlış anlamadıysam genç bir erkeğin uzaylılar tarafından alıkonulup beynine yerleştirdikleri bir maddeyi ameliyatla çıkartmamı istiyorsunuz!" dedi.

"Evet Erol Bey, aynen anladığınız gibi."

"Siz salak mısınız? Böyle bir şey mümkün olabilir mi? Sizin gibi bilgili insanların bunu biliyor olması gerekir! Takılmış o madde ne ise bir amaç için takılmıştır. Çıkarttığımız anda işlevini yitirebilir."

"Böyle bir şey mümkün değil mi yani?" diye merakla sordu Can Bahadır.

"Nasıl olsun Can Bey... Bakın ben bu uzaylı hikayelerine inanıyorum. Aramızda kalsın buna benzer bir olay yakın arkadaşım tarafından gerçekleştirilen bir operasyona davet edildim. Uzaylılar tarafından alıkonulduğunu söyleyen bir kadının yapılan taramalar sonunda baldırında bir implanta rastlandı. Bu implant çıkarma operasyonuna katıldım ve olaya şahit oldum. Yapılan incelemeler sonunda kadının baldırından çıkan implantın maddesi dünyamızda bulunan hiçbir elemente benzemiyordu. O günden sonra şüpheyle yaklaştığım bu uzaylı olaylarına, hele alıkonulduğunu söyleyen kadının ifadelerini dinledikten sonra iyice inandım.

Şimdi siz benden hiç olmayacak bir şey istiyorsunuz. Bu kristal dediğiniz madde oraya bir amaç için konulmuştur ve ayrıca muhtemelen sayısını bilemeyeceğim kadar sinirsel bağlantıları içeren birtakım kabloları da mevcuttur. Bu istediğiniz şey imkânsız.

Operasyonla o maddeyi istediğiniz şekilde çıkartsam bile o genç dediğiniz adamı kaybedebiliriz, böyle bir risk var ve ben böyle bir şey yapmak istemem. Ben insanları iyileştirmek için ameliyat ederim öldürmek için değil!"

"Sizi çok net anladık. Söylediğiniz bazı şeyleri düşünemedik ama o maddeyi Yusuf'un beyninden çıkarmanızı isteyeceğiz. Bu durumu sayın Demirel'e anlatmamız gerekecek ama tanıdığım Demirel o maddeyi isteyecektir," diye bir anda yalan uydurdu Can Bahadır.

"Sayın Demirel! Gerçekten mi? Sayın Demirel o maddeyi adamın beyninden çıkartmamı mı istiyor? Lütfen gerçekçi olalım!" dedi azarlar bir tonda.

"Siz onu tanımıyorsunuz! Sizden neler isteyeceğini hayal bile edemezsiniz," diye yalanına devam etti.

"Edemem herhalde... Peki bu Yusuf denen adam nerede?" diye konuyu değiştirdi daha fazla yalan duymamak için.

"İşte sorun bu! Her an ona ulaşmak üzereyiz. Bu iş için iki tecrübeli adamı görevlendirdim. Her an haber gelebilir. Sizden otelinize geçip dinlenmenizi isteyeceğim. Adamı hazır hale getirir getirmez sizi alacağız ve operasyona başlayacaksınız."

"Anlamadınız herhalde! Adam ölebilir diyorum..."

"Çok iyi anladım, asıl siz anlamadınız! Adamın ölme ihtimali pek umurumuzda değil. Önemli olan o kristali ele geçirmek... Ayrıca sizin gibi çok başarılı bir doktorun adamı yaşatacağına eminim... Son olarak da fotoğraflarınızı aldıktan sonra bizi şikâyet etmeniz halinde durumunuz değişecek," diye tehdit etti Can Bahadır.

"Pardon, anlamadım!"

"Belki bir trafik kazasında hayatınızı kaybedersiniz, bu durumda fotoğrafların bir önemi olmaz! Değil mi?" dedi sert bir şekilde.

Ortam bir anda buz kesti. Prof.Dr. Erol, ona dehşet dolu gözlerle bakan Can Bahadır'ın ne kadar ciddi olduğunu anladı. Psikolog Tayfun'a baktı, o da en az abisi gibi sert bir şekilde ona bakıyordu. Tehditle geldiği bu yerde ölümle burun buruna gelmişti, istemese de adama ameliyat yapacaktı. Yerinden kalktı, "Anladım, söylemek istediğiniz her şeyi çok net anladım. Ben şimdi otele geçiyorum. Her şey hazır olduğunda beni aldırırsınız. Bende sizin isteğinizi yerine getirir, trafik kazasında hayatımı kaybetmeden, fotoğrafları ve negatiflerini alarak Londra'ya dönerim," diyerek ofisten ayrıldı.

Can Bahadır ve Psikolog Tayfun, girdikleri bu yolda yapacakları her şeyi mubah sayarak tüm tehlikeyi göze almışlardı, "O kristal madde bizim olacak!" dedi Psikolog Tayfun.

"Bu işin bu kadar karmaşık olacağını düşünemedik."

"Olabilir abi, olabilir. Bizimki bir hayaldi. Bu işin bu kadar karmaşık olacağını ikimizde bilemezdik. O kristale bağlı sinir kabloları olabileceğini biliyordum. Yusuf ölse de fark etmez o kristal bizim olacak!"

"Ya fonksiyonunu kaybederse!"

"Niye kaybetsin?"

"Doktorun dediği gibi..."

"Sorumluluk almamak için, Yusuf'un ölmesinden sorumlu olmak istemediği için öyle söyledi. Hem öyle bile olsa, fonksiyonunu kaybetse bile o madde elimizde olacak!"

"Cengiz'i iyileştirme şansım kalmayacak!"

"Hayır abi böyle karamsarlığa kapılma! Ne dedik? Önce Cengiz sonra operasyon."

"Bence öyle değil Tayfun, bence gücün etkisinden gözümüz döndü, gözümüz dönünce detaylı düşünemedik."

Psikolog Tayfun, "Önemli olan sonunda bu maddeye sahip olmak," dedi, dedi ama söylediğine kendisi de inanmadı.

Can Bahadır ve Psikolog Tayfun çaresiz bir şekilde telefon gelmesini bekledi. Can Bahadır, bir şeylerin ters gittiğini ve istediklerini alamayacağını hissetti. Oğlunu iyileştiremeyecekti, istediği güce sahip olamayacaktı. Bu karamsarlığı gözlerinde gören Psikolog Tayfun, "Abi yapma yahu! Bu kadar karamsar olma!" dedi.

"Oğlumu iyileştiremeyeceğim," dedi bir umutsuzca.

Prof.Dr. Erol, gururuna yeterli değeri vermediğini düşündü. Otele giderken hala olayın etkisinde şok bir şekilde kendisiyle fısıltı halinde konuşuyordu, "Bu işi halledebilirim. Yapacak bir şey yok. Ameliyatı başarısız olmuş birçok hastam oldu, bunu da öyle sayarım. Buradan sağ çıkmam buna bağlı," diye mırıldandı çaresizce.

Otel odasına yerleşip sıcak bir duş aldı, buharlanmış aynayı eliyle temizleyip aynada kendisine baktı, "Günahlarının cezasını bu dünyada çekiyorsun. Uçkurun seni buralara kadar getirdi. Eğer bir daha karını aldatırsan bu senin sonun olacak," diye kendisine çok yakın bir dostuna nasihat verir gibi konuştu. Yatağa uzanır uzanmaz yorgunluktan uyumaya başladı.

KAVUŞMA

Uzun ve yorucu yolculuk sonunda Gülpınar köyüne vardılar. Köy büyümüştü o zamanlar olmayan bir ilkokul yapılmıştı. 1935 yılında okul yoktu bu yüzden Türkçeleştirme zor olmuştu. 1978 yılında okul vardı ama hala Türkçeleştirme zor oluyordu. Saat akşam sekiz buçuk olmak üzereydi. Köy halkı namazını kılmış, Camiden çıkmış evlere dağılmak üzereydi. Yusuf, gücünü kullanıp Zeyno'sunu ve evini görmeye çalıştı ama göremedi. Kendisini fazla zorlamadı, gücüne ihtiyacı olacaktı. Dr. Zeynep'te bir heyecan içindeydi. Sonuna gelmişlerdi, umuyordu ki tüm bu yaşanan olaylara değmiş olsun. İçinden, *İnşallah Zeyno yaşıyordur,* diye geçirdi. "Şimdi ne yapıyoruz Yusuf? Senin evin ne tarafta?" diye sordu.

"Eve gitmeden önce yapmamız gereken bir şey var... Birazdan olacaklar karşısında senden sakin kalmanı istiyorum. Arabayı şuradaki ağacı geçtikten sonra yavaş kullan," dedi serin kanlı bir şekilde.

Dr. Zeynep, ona gösterilen ağaca baktı, daha vardı ama istemeden arabayı yavaşlattı, "İstemeden oldu," dedi ve arabayı tekrar hızlandırdı. Ondan istenildiği gibi ağacın yanına vardığında arabayı yavaşlattı, ağacın yan tarafındaki çalılık arkasına saklanmış siyah Thunderbird arabayı gördü, "Bunlar... Yoksa bunlar şu iki MİT adamı mı?" diye panikle sordu.

"Evet abla... Senden istediğim gibi sakin ol. Bana güven, gücüm yerinde, durumu halledeceğim."

"Tamam Yusuf," dedi ve sakin bir şekilde arabayı sürmeye devam etti.

Hasan ve Celal, Muğla plakalı arabayı gördü. Celal, "Budur, beklediğimiz araba bu!" dedi heyecanlı bir şekilde.

Hasan, "Yolunu keseceğim," diyerek arabayı çalıştırdı, hızlı bir şekilde Dr. Zeynep'in aracını geçerek arabayı yanlamasına bir şekilde önlerinde durdurdu. Arabadan hışımla çıkarak Dr. Zeynep ve Yusuf'un yanına geldiler.

Hasan, "Arabadan çıkın!" diye sert bir şekilde emretti.

"Neler oluyor? Siz kimsiniz?" diye bilmiyormuş gibi sordu Dr. Zeynep.

Yusuf, sakin ve kendinden emin bir şekilde arabadan çıktı. Hasan, Yusuf'un yanına geldi, kolundan sertçe kavrayarak, "Seni arabaya alalım!" dedi. Yusuf, olayı kabul etmiş bir şekilde arabaya doğru yürüdü.

Celal, Dr. Zeynep'in kapısını açıp kolundan tutarak arabadan çıkardı, yolun kenarına götürdü. Dr. Zeynep, Yusuf'un teslim olmasına anlam veremedi, bildiği vardır diye düşünerek ondan istenenleri yapmaya devam etti. Çalının arkasına geldiklerinde korkmaya başladı, onu öldüreceklerini bir an aklından geçirdi, tam bu korkusunu yaşarken zihninde Yusuf'un sesini duydu, *'Senden ne isterlerse yap abla. Unutma sana bir şey yapmalarına asla izin vermeyeceğim. Bu işi farklı bir şekilde halledeceğim. Bu yüzden teslim olmuş gibi davranıyorum.'*

'Tamam Yusuf, dediğin gibi yapacağım,' dedi iç sesiyle, sonra da sinirlenmiş gibi yaptı, "Beni nereye götürüyorsun? Bizden ne istiyorsunuz?" diye sorular sordu.

"Merak etme biraz sonra bu soruların hiçbir önemi kalmayacak," diyerek tabancasını çıkardı Celal.

"Ben bir şey yapmadım ki! Niye bunu yapıyorsunuz?" diye sordu, Celal'in tabancasını görünce korkuya kapıldı, *'Ne yapacaksan şimdi yap! Adam tabancasını çıkardı, beni öldürecek!'* diye korku içinde Yusuf'a iç sesiyle seslendi.

Yusuf, arka koltukta laf dinleyen uslu çocuk gibi oturdu. Zamanı gelmişti o hipnoz edici telkinde bulunan iç sesini kullandı, *'Celal, silahını çalının içine at! Ondan kurtul!'* dedi. Celal, Yusuf'un telkini altına girdi, ona söylendiği gibi tabancasını çalının içine attı. Dr. Zeynep, Celal'in tabancasını attığını ve adamın trans halinde olduğunu gördü, tamamdı. Yusuf duruma el koymuştu, onun dediği gibi istenilen her şeyi yapacaktı.

'Celal, Dr. Zeynep'i arabasına götür, sonra buraya gel.'

Celal, Dr. Zeynep'i arabanın yanına götürdü, şoför kapısını açtı, Dr. Zeynep içeri girdi olacakları bekledi. Celal, kapıyı kapattı, siyah Thunderbird'ün yanına doğru yürüdü. Hasan, Celal'in hareketlerini meraklı ve sinirli bir şekilde seyretti, "Ne yapıyor bu salak?" diye sinirli bir şekilde söylendi.

Celal, arabaya bindi. Hasan, kızgın bir şekilde ona baktı, "Sen ne yaptığını zannediyorsun? Neden kadını bıraktın? Silahını neden attın?" diye sinirli bir şekilde sorular sordu. Celal'in tepkisiz gözlerini ilerde belirsiz bir noktaya diktiğini görünce daha da sinirlendi, tam sıktığı yumruğunu çenesine yapıştıracaktı ki, zihninde onu telkin altına alan Yusuf'un sesini duydu, *'Hasan, tabancanı pencereden dışarıya at!'*

Hasan, tabancasını pencereden dışarıya bir çalının arkasına attı. O da Celal gibi Yusuf'un etkisi altına girdi, gözlerini ilerde belirsiz bir noktaya dikti, gelecek talimatı dinledi.

'İkinize de aynı şeyi söylüyorum. Bu andan itibaren işinizi bırakıyorsunuz. Çalıp biriktirdiğiniz paraları, şimdiye kadar canlarını yaktığınız insanlara dağıtıyorsunuz. Hepsinden af diliyorsunuz. Patronunuzdan gizlediğiniz tüm belgeleri ve ses bantlarını Polis Teşkilatına teslim ediyorsunuz. Patronunuzun yaptığı tüm yasa dışı işleri Polis Teşkilatına anlatıyorsunuz. Sen Celal, tüm bunları yaptıktan sonra hapisten çıkınca hayalini kurduğun salonu açacaksın, parası olmayandan para almayacaksın. Sen Hasan, hapisten çıktıktan sonra Hindistan'a

gidecek ve Budist rahibi olacaksın. Zamanı geldiğini anlayınca Türkiye'ye dönüp öğrendiklerini bir merkez açıp insanlara öğreteceksin.

Son olarak patronunuza, iyi bir insan olarak oğluna yardım etmemi isteseydi bunu severek yapacağımı ama gücün verdiği kötülükle boyunu aşan işlere kalkıştığını, bulunduğu konumun, gücün mahkûmu olduğunu, o kristale asla sahip olamayacağını söyleyin. Hasan, bunu sen yapacaksın! Bizi takip edin. Dr. Zeynep Hanım'dan özür dileyeceksiniz, yolunuza devam edeceksiniz. Köydeki muhtarlıktan patronunuzu arayıp söylediklerimi aktaracaksınız. Ankara'ya varır varmaz söylediklerimi yapacaksınız,' dedi arabadan çıktı, onu bekleyen Dr. Zeynep'in yanına yürüdü.

Dr. Zeynep, merak içindeydi ama Yusuf'un onları etkisiz hale getirdiğinden emindi, Yusuf'un arabaya girmesiyle bunu net olarak hissetti, "Şimdi ne yapıyoruz Yusuf?" diye sordu.

"Şimdi meydana gidelim abla. Orada biraz zaman geçireceğiz. Eve varmak için biraz erken, her şeyin yolunda gitmesi gerekiyor."

"Beklemek mi dedin? Bu kadar yol geldik, sevdiğine kavuşmak üzeresin beklemekten bahsediyorsun?"

"Kalbimde aşkımı kaybetmenin korkusu var. Her ne kadar kalbim korku yaşamak istemese de kalbimde korku var abla!"

"Umutsuzluğa teslim olma Yusuf."

Siyah Thunderbird yanlarında durdu. Hasan ve Celal, arabadan çıkarak Dr. Zeynep'in tarafına geldiler. Her ikisi de aynı ağızla, "Senden özür dileriz Zeynep Hanım, bizi bağışlayın lütfen!" dediler içtenlikle.

Dr. Zeynep, "Beni çok korkuttunuz, ayrıca kardeşime yaptığınızı... Neyse, tamam sizi affediyorum," dedi şaşkınlıkla.

Dr. Zeynep, arabayı çalıştırıp köy meydanına doğru sürmeye başladı, aynadan geri baktı, siyah Thunderbird'ün onları takip ettiğini gördü, "Merak etme abla, her şey yolunda ve kontrol altında," dedi endişeyle dikiz aynasına bakan Dr. Zeynep'e.

Köy meydanına geldiler. Yusuf, "Abla arabayı Caminin önüne park eder misin?" diye sordu.

Dr. Zeynep, söylendiği gibi arabayı Caminin önüne park etti, ikisi de arabadan çıktı. Hasan'da arabayı yanlarına park etti, onlarda arabadan çıktı. Yusuf, eliyle Muhtarlığı gösterdi, *'Muhtarlık orada, söylediklerimi orada yapacaksınız!'* diye telkinde bulundu. Hasan ve Celal, Muhtarlığa yürüdü.

Muhtar, Camiden yeni gelmişti. Neden tekrar Muhtarlığa geldiğini bilmiyordu, genelde akşam namazını kılmadan işini bitirir, akşam namazından sonra evine giderdi. Ama bu akşam muhtarlığı açmıştı. Celal kapıda bekledi, Hasan içeri girdi, "Telefonu kullanmalıyım Muhtar!" dedi.

Muhtar sanki böyle bir olayı bekliyormuş gibiydi, karşısındaki adamın konuşması devletten birisi olduğunu gösteriyordu yoksa akşamın bu saatinde kendinden emin bir şekilde kim böyle bir istekte bulunabilirdi ki, "Buyurun açın," dedi.

Hasan, manyetolu akü ile çalışan telefondan 09 servisini arayarak yıldırım bir şekilde numarayı verdi, hattın gelmesiyle beraber onun aramasını sabırsızlıkla bekleyen Can Bahadır'ın sabırsız sesini duydu, "Hasan sen misin?"

"Evet Can Bey, ben Hasan."

"Ne oldu? Şahsı aldınız mı?" diye merakla sordu.

"Size söylememi istedi..."

"Ne diyorsun? Ne söylemesi?" diye lafını kesti merak içinde.

"Yusuf, iyi insan olarak oğluna yardım etmemi isteseydi bunu severek yapacağını ama gücün verdiği kötülükle boyunu aşan işlere kalkıştığını, bulunduğun konumun, gücünün mahkûmu olduğunu, o kristale asla sahip olamayacağını, söylememi istedi."

Can Bahadır, şok olmuş bir vaziyette, "Biliyordum, bir şeylerin ters gideceğini biliyordum," dedi.

"Ben ve Celal artık sizler için çalışmıyoruz," diyerek telefonu kapattı. Muhtarlıktan çıkıp Celal'le beraber onları bekleyen Dr. Zeynep ve Yusuf'un yanına geldiler.

Hasan ve Celal bir ağızdan, "Özür dilerim Doktor Hanım, lütfen beni bağışlayın," dediler. Dr. Zeynep'e gülümseyerek arabaya bindiler. Siyah Thunderbird hızla patinaj çekerek etrafa toz havalandırarak uzaklaştı.

Caminin kapısında İmam Abdullah'ın oğlu Muhammed belirdi. Ona Yusuf'u soran yabancıların arabasını gördü, gidiyordu. Toz bulutu dağılırken iki yabancı gördü. Caminin kapısını kapatırken dağılan toz buluntunda beliren yabancılara gülümseyerek baktı. Dr. Zeynep, gülümsemeye gülümsemeyle cevap verdi. Muhammed, Yusuf'u gördüğünde onu bir yerlerden tanıyor olabileceğini düşündü, yüzü pek tanıdıktı. Bir anda gözünün önüne yıllar önceki haliyle Yusuf geldi, "Bu imkânsız," diye hayretler içinde mırıldandı.

"Demek baban Rahmetli Abdullah abinin ayak izlerini takip etmişsin!" dedi Yusuf.

"Yusuf! Bu sen misin?"

"Evet. Ben Yusuf, bir zamanlar yalakalık yapacaksın diye Ağa oğluna şikâyet ettiğin Yusuf..."

"Bismillahirahmanirrahim," diyerek bayıldı.

Yusuf, "Şimdi eve gidebiliriz abla," dedi.

"Neler oluyor diye çok merak ediyorum," dedi şaşkınlıkla, Yusuf'u takip ederek arabaya bindi. "Ne tarafa gidiyoruz?"

"Beni Ağa oğluna gammazlayan namussuzdu o... Şu tarafa doğru gidelim abla evim orada."

Dr. Zeynep, Yusuf'un gösterdiği yöne doğru arabayı heyecan içinde sürmeye başladı. Artık yolculuğun sonuna gelmişlerdi. Dr. Zeynep bu yolculuğun sonunun iyi bitmesini istiyordu. Tüm bu yolculuğa güzel bir son yakışırdı. Yusuf, Gündoğan'la yürüdüğü yollara baktı, tarlasına giden düzlüğü gördü, sanki başladığı yere tekrar gelmiş gibiydi. Gözünün önüne alıkonduğu o gün geldi, zavallı Gündoğan ne çok korkmuştu, korkudan çıkardığı sesleri duyar gibi oldu. Dr. Zeynep, yolun sonunda iki katlı bir ev gördü, "Burası mı?" diye sordu.

Yusuf, evinin zamanla değiştiğini düşündü, "Evet, burası abla," dedi.

"Tamam, şu arabanın yanına park ediyorum," diyerek arabayı park etti.

İkisi de tedirginlikle arabadan çıktı. Yusuf, evinin yeni haline ve etrafına bakındı, bekçilik yapması için beslenen iki çoban köpeği dikkatli bir şekilde onlara bakıyordu ama hiç tedirgin olup havlamadılar, sanki köpekler onların buraya ait olduğunu biliyordu. Yusuf, Dr. Zeynep'e ne yapacağını bilemiyormuş gibi kararsız bir şekilde baktı, "Şu kapının arkasını göremiyorum. Yaşanacak ne varsa gördüm, gereksiz bile olsa gördüm. Şimdi hayatımın en önemli anında, bana verilen tüm gücü kullanmaya çalışsam da olmuyor abla."

Dr. Zeynep, Yusuf'un çocuksu çaresiz haline üzüldü, yapılacak bir şey kalmamıştı, "Senin için hayırlısı olsun kardeşim," diyerek kapıyı çaldı.

Kapıyı Pınar adında dokuz yaşında küçük bir kız çocuğu açtı, "Buyurun abla babama mı baktınız?" diye sordu meraktan zümrüte çalan gözlerini kırparak, pembe yanakları ve eksik dişleriyle çok sevimli görünüyordu.

"Evet kızım," dedi Dr. Zeynep.

"İçeride çağırayım gelsin," diyerek içeri koşarak girdi, "Baba, baba seni arıyorlar," diye bağırarak oturma odasına gitti.

Yusuf, sevimli kız çocuğunun torunu olduğunu hissetti. Heyecan içinde beklediler, çok geçmeden kimin gelmiş olduğunu merak eden Mehmet geldi, "Buyurun kime baktınız?" diye sordu.

Dr. Zeynep, "Merhaba, benim adım Zeynep. Bu da Yusuf... Şimdi size burada söyleyeceklerimiz sıra dışı gelebilir. Bu yüzden sizden ricam bu iki yorgun yolcuyu misafir olarak kabul etmeniz ve size söyleyeceklerimizi daha müsait bir yerde duymanız," diye nazikçe kendilerini tanıtmaya çalıştı ama Yusuf, ondan beklenmeyen bir hareketle içeri girdi.

"Zeyno! Zeynom!" diye seslenerek evin içine bakındı.

Mehmet, olan bitenin ne olduğunu anlamaya çalıştı. Adamın biri annesinin adını söyleyerek evine girmişti, "Ne oluyor? Siz kimsiniz?" diye kızgın bir tonla sorular sorarak adamı dışarı çıkartmak için içeri girdi, "Çıkın gidin evimden!" diye sert bir şekilde bağırdı.

Dr. Zeynep'te içeri girdi, Mehmet'in karısı Berze'yi iki kız çocuğunu korumak için sarılmış korku içinde gördü, "Korkmayın, buraya kötü bir niyetle gelmedik. Yanlış anlamayın lütfen," diyerek ortamı sakinleştirmeye çalıştı.

Yusuf, Zeyno'sunu bulamamıştı. Çağrısına karşılık gelmemişti. Belki bu yüzden onu görememişti. Onu kaybettiğini anladı, üzüntüden odanın ortasına dizleri üzerine düştü, ağlamaya başladı. O kadar içten ağladı ki, ailesini koruma hissiyatında olan Mehmet bile üzüldü. Kapıyı onlar için açan kız çocuğu Pınar Yusuf'a acıdı, yanına geldi, "Ağlama abi!" diyerek ona sarıldı.

Dr. Zeynep, hayal kırıklığı yaşıyordu, *'Allah'ım neden? Neden bu zavallı adama böyle bir kader verdin?'* diye isyankâr bir düşünceye girdi. "Yusuf, kendini topla, bak insanlar senden korkuyor! Onlara kendini açıklaman gerekiyor... Lütfen kendini toparla!"

Yusuf, ona sevgi ve acımayla sarılan torununa sarıldı, "Sağ olasın kızım. Tamam ağlamayacağım artık," diyerek ayağa kalktı, ona korku ve üzüntüyle bakan evin hanımını Berze'yi gördü ona Kürtçe, "Kusura bakmayım sizi tedirgin ettiğim için. Niyetim bu değildi," dedi korku içindeki gelinini ve diğer torunu Gülizar'ı rahatlatmak için.

Ona verilen gücü kullanarak korku içindeki insanları telepatik telkinle rahatlatmak istedi ama o gücü kullanamadı. Dr. Zeynep'e telepati yoluyla bir şeyler söylemek istedi o da olmadı. Ona merak ve endişe içinde bakan, kendinden yaşça büyük oğlu Mehmet'e gülümseyerek özür belirtmek istedi, ona nasıl *'Ben senin babanım'* diyerek başından geçenleri anlatabilirdi.

Birden üst kattan bir ses duyuldu Kürtçe, "Mehmet! Mehmet neler oluyor?" dedi.

Bu sesi tanıyordu acaba doğru mu diye düşündü? "Hüseyin! Hüseyin bu sen misin?" diye sesin geldiği yere Kürtçe seslendi.

Mehmet, bu yabancının ilk önce annesinin adını söyleyerek aramasını ve Hüseyin amcasını tanımasını kafasında netleştiremedi. Evine zorla giren bu adamın zararsız birisi olduğunu tam o anda hissetti.

"Hüseyin mi o?" diye Mehmet'e umutla Türkçe sordu, "Hüseyin! Hüseyin sen misin?" diye üst kata Kürtçe seslendi.

Yukarıdan bir ses gelmedi, kısa bir süre sonra, "Kim o? Kimsin?" diye Kürtçe meraklı sorular geldi.

Yusuf, evden hızla çıktı evin yanındaki merdivenleri kullanarak üst kata geldi. Arkasından Mehmet ve Dr. Zeynep'te çıktı. Yusuf, kapıyı açarak içeri girdi. İçerde bir döşeğin üstünde Hüseyin'i gördü. Evet yaşlanmış yatalak Hüseyin ona bakıyordu, koşarak ona sarıldı.

Hüseyin, neler olduğunu anlayamadı, "Kimsin sen?" diye Kürtçe sordu ve aralarında Kürtçe konuşmaya devam ettiler. Hüseyin, geçen yıllara inat Türkçeyi öğrenmemiş, öğrenmek istememişti.

"Benim Hüseyin, ben Yusuf! Amca oğlun, kardeşin."

"Yusuf!"

"Evet benim Yusuf, amca oğlun kardeşin..."

Hüseyin, dikkatle Yusuf'a baktı, "Yusuf! Kardeşim Yusuf öldü! Sen kimsin?"

"Hüseyin, benim ben Yusuf! Zeyno'nun kocası, Gündoğan'ın sahibi... Hani bana derdin ya *'Biz kardeşten öteyiz'* diye. Zeyno'mu kaçıracaktım, sen bana yardım ettin," dedi umutsuzca başını öne eğdi, göz yaşlarına hâkim olamadı, "Kardeş... Zeynom... Gündoğan," diyerek ağlamaya başladı.

Hüseyin, bir yabancıya baktı sonra Mehmet'e baktı, "Yusuf! Sen misin?" diye şaşkınlıkla sordu.

"Evet benim, ben Yusuf," dedi umutla.

"Ne oldu sana? Sen ölmedin mi? Neden hala gençsin?"

"Anlatacağım Hüseyin, anlatacağım... Zeyno, Zeyno'ma ne oldu?"

Hüseyin'in kuru ve feri gitmiş gözlerine yaş toplandı, "Senin yanına geldi... İki yıl önce onu kaybettik. Seni beklemeye daha fazla dayanamadı, gelmeyeceğini anlayınca o senin yanına gelmek istedi," dedi titreyen dudaklarıyla. "Nasıl oluyor? Sana ne oldu? Zeyno sana gelmedi mi?"

Yusuf, hıçkırıklar içinde ağlamaya başladı, "Gelmedi Hüseyin, gelmedi! Ben geldim ama geç geldim!"

"Neredeydin? Ne oldu sana?" diye meraklı sorular sormaya devam etti, onlara hayretler içinde bakan Mehmet'e, "Mehmet'im bu adam senin baban Yusuf. Melekler onu geri getirmiş, bak bu senin baban!" dedi.

"Siz ne diyorsunuz? Söylediklerinizin farkında mısınız? Bu ne saçmalık böyle?"

Dr. Zeynep, konuşulanları anlamamıştı ama duyduğu isimlerden ve vücut dilinden olanları tahmin etmişti. Mehmet'in sinirli halini yatıştırmak için ve durumu açıklamak için, "Lütfen benimle gelin," diyerek onun kolundan tuttu, kapı dışına getirdi, "Evet Mehmet Bey. Neler konuştular bilmiyorum. Kürtçe bilmiyorum ama bildiğim bir şey var, bütün bu olayı, yeri ve zamanı geldiğinde baban yani Yusuf sana anlatacaktır. Bu imkânsız olayın nasıl olduğunu ondan duyman daha uygun olacaktır, ama şunu bilmeni istiyorum... Ben bir doktorum. Muğla, Fethiye'de bir hastanede görevliyim. Yusuf'u bizim oralarda bir dağın eteğinde yabancı uyruklu bir fotoğrafçı buldu. Sonra bizim hastaneye geldi. Hastanede gözlerini açtığı ilk andan itibaren hep Zeyno, Zeynom diye sayıkladı. Sonra hastanenin baş hekimi ve İzmir'den çağırıp acilen gelen başka bir uzmanla onu inceledik. Sonra kısa bir Ankara yolculuğu ve macerası yaşadıktan sonra söylediklerinin doğru olduğunu anladık. Bize geçmişi ve yaşadıklarıyla ilgili anlattığı her şeyin gerçek olduğuna karar verdik. Ayrıca..." devamını getiremedi sustu.

"Ayrıca ne?"

"Ayrıca, ilk başlarda Yusuf'un açıklayamadığımız bir şekilde bazı inanılmaz güçlere sahip olduğunu gördük."

"Güçler mi? Ne gücü? Siz aklınızı mı kaybettiniz?"

"Biliyorum, farkındayım böyle şeyler duymak hiç akıllıca değil ama söylediğim her şey gerçek... Bakın Mehmet Bey, uzun bir yolculuk yaptık. Buraya gelmek hiç kolay olmadı. Gelirken bir sürü kötü ve ilginç olay yaşadık... Şimdi bana güvenmenizi istiyorum. Sizi ve ailenizi tehlikeye atacak hiçbir olay yok burada," diyerek daha da güven vermek için Mehmet'in kolundan tutarak kendisine bakmasını sağladı, "Gözlerime bakın Mehmet Bey. Bu gözler nelere şahit oldu size anlatamam. Babanız mucizelerle dolu birisi, onu yakından tanıdıktan sonra çok iyi anlayacaksınız. O sevdiği, anneniz olan kadına, Zeyno'suna doyamadan bu dünyada cehennemi yaşayan bir insan. Size şunu temin ederim ki; o senin gerçek baban. Tüm bu yaşanılanı sana onun anlatması, başından nelerin geçtiğini anlatması daha doğru olacak," dedi gözlerinin içine şaşkınlıkla bakan Mehmet'e.

Yusuf, konuşmanın üzerine geldi, "Evet Mehmet. Zeynep ablanın söyledikleri doğru. Ben senin babanım. Tüm bu olayı sana anlatacağım ama önce dinlenmemiz gerekiyor. Ailene şimdilik bir şey söyleme, zamanı gelince gerçekleri öğrenirler..."

"Saçmalamayı kesin, evimi bir an önce terk edin yoksa sizi fena benzeteceğim!" diye bağırarak lafını kesti. "Yok babammış! Güçleri varmış! Doktormuş! Siz aklınızı yemişsiniz! Hemen evimi terk edin, hemen!"

Yusuf ve Dr. Zeynep, tatsızlık çıkmaması için seslerini çıkarmadı, merdivenlerden indiler. Hüseyin, neler olduğunu tam olarak kestiremiyordu. Arabanın yanına yürüdüler, birbirlerine ne yapmaları gerektiğini bilmeden baktılar, istem dışı Dr. Zeynep iç sesiyle Yusuf'a, *'Yapacak bir şey yok! Şehre inip yatacak bir yer bulalım yarın gelir tekrar konuşuruz'* dedi.

Yusuf, telepatik Dr. Zeynep'i duydu, *'Seni duyuyorum abla! Bir dakika bekle, arabaya binme. Mehmet'i kontrol edeyim,'* dedi. Mehmet'e baktı, ona kızgın bir şekilde bakıyordu, umursamadı, *'Mehmet, şimdi bizi misafir edeceksin! Söylediğimiz her şeye inanacaksın! Ben senin babanım, bunu ailene şimdilik söylemeyeceksin!'* dedi.

Mehmet, ona telkinde bulunan Yusuf'a, *'Size inanıyorum, sen benim babamsın, aileme söylemeyeceğim,'* dedi.

Mehmet, telepatik telkinin etkisiyle ona doğru gelen Yusuf ve Dr. Zeynep'e, "Doktor Hanım siz alt katta karım ve çocuklarla yatarsınız," dedi, olanları kapının ağzından gizlice seyreden Pınar'a, "Doktor Hanım sizinle yatacak. Oda da ona yer ayırın, temiz kıyafetler verin," dedi. "Bizde yukarı çıkıp Hüseyin amcanın yanında yatalım."

Dr. Zeynep, yer döşeğinde uyuyacaktı. Çok yorgundu, yorgunluktan ne kız kardeşini ne de Baş Hekim Hikmet'i aramak aklına geldi. Kız kardeşinin bakımı ve hastane arasında koşturduğu kadar yorgundu. Uzun yolculuk onu yormuştu ama herhalde en çok yoransa son bir saatte yaşadıkları olmuştu, "Yazık oldu!" diye kendi kendine döşeğe uzanırken mırıldandı.

Berze, Dr. Zeynep'in söylediğini duydu ama Türkçe bilmediği için anlamadı, Pınar'a bakarak kaş göz işaretleri yaparak ne dediğini öğrenmeye çalıştı, Pınar Kürtçe annesine, "Yazık oldu dedi," dedi.

Berze, doktor kadının *'Yazık oldu!'* demekle ne demek istediğini anlamadı. Pınar'dan kadının doktor olduğunu öğrenmişti. Nasıl oluyordu da bir kadın doktor olabiliyor diye hayretler içindeydi. Giyim tarzı ve açık saçları kadını daha ilginç yapmıştı, *'Keşke Türkçe bilseydim de onunla konuşsaydım,'* diye düşündü.

Dr. Zeynep, normalde asla uyumayacağı bu ortamda yorgunluktan huzur içinde ona serilen yer döşeğine uzandı, ona merakla bakan Berze'ye gülümseyerek, "Her şey için teşekkür ederim, çok güzel kızların var," dedi.

Berze, Pınar'a baktı. Pınar, kıkırdayarak güldü, "Annem ve ablam Gülizar Türkçe bilmiyor! Söylediklerinizden bir şey anlamadı."

"Öyle mi? Sen nasıl öğrendin?"

"Okuldan!"

"Anladım... Annene benim adımda teşekkür eder misin?"

"Neden teşekkür edeyim?"

"Beni misafir ettiğiniz için, bana temiz gecelik verip yatağınızda yer açtığınız için."

"Ama bunu babam istedi!"

"Doğru ama sen yine de teşekkür et."

Pınar, Berze'ye durumu, aralarındaki konuşmayı anlattı. İlk defa bir insan ona teşekkür ediyordu, bu durum onun da kıkırdamasına yol açtı. Aynı şekilde sessizce her şeyi takip eden Gülizar ve sonunda Pınar'da kıkırdamaya başladı. Kıkırdamalar Dr. Zeynep'in gülmesine neden oldu, Dr. Zeynep'in gülmesiyle diğerleri de gülmeye başladı.

Dr. Zeynep, Fethiye'deki hayatının güzelliklerinden bahsetti. Kadın olarak güzel elbiseler giydiklerinden özellikle çocukların neşe içinde büyüdüğünden, lokantalarda lezzetli birçok güzel yemek yediklerinden, sinemaya, tiyatroya gittiklerinden bahsetti. Berze, yaşadığı hayatı Dr. Zeynep'in hayatıyla değiştirmeyeceğini, sade bir hayat yaşadığını, bundan memnun olduğunu, endişelerinin olmadığını söyledi, "Bizden daha iyi yaşıyorsunuz gibi görünüyor evet bu görünüşte doğru. İhtiyacınızın fazlasını kazanmanıza rağmen hala hayatta eksiklikler yaşıyorsunuz. Benim endişe duyduğum tek şey tarlamızın küçük olması. Eğer tarlamız büyük olsa hiçbir endişem olmazdı. Çünkü çocuklarıma bu dünya üzerindeki en değerli şeyi bırakırdım. Toprağı bırakırdım," diye ilave etti.

Yusuf, Hüseyin'in elinden tutmuş geçmişlerini hatırlayarak ona ve Mehmet'e başından geçenleri anlatmak istedi. Hüseyin'in karışmış aklını daha da karıştırmak istemedi. Hüseyin'in durumuna üzüldü, bundan kendisini sorumlu tuttu, "Ah be kardeşim, sana ne yapmışlar böyle?" dedi.

"Ben ölümü göze almıştım Yusuf. Kardeşimin kanını nasıl yerde bırakırdım? Çaktım alnına, Valla olduğu yere yığıldı," dedi gururla yaptığı şeyin gerçekleştiği anı hatırlayarak.

"Sen kaybolduğunda, Zeyno tarlada Halil'in tüfeğini buldu. Halil, soruşturmada tarlaya geldiğini söyledi, söyledi ama tam senden intikam alacaklarken dev bir kuşun ışıklar saçarak seni alıp götürdüğünü söyledi. Umumi Müfettişlikten Yüzbaşı Kenan Koçak, söylediği palavraya inanmadı onu içeri tıktı ama Mahmut Ağa nüfusunu kullanarak oğlunu içerden çıkarttı, Yüzbaşı Kenan Koçak'ı da sürgün ettirdi... Kanıma dokundu be kardeşim. Kaldıramadım Yusuf. Zeyno ağlamaktan kurumuştu. Sağolsun beni bırakmadı, komşular ve o bana baktı. Yemek yemiyor, konuşmuyordu. Zaten senden sonra bir daha hiç kimseyle konuşmadı. Ağzından bir kelime bile çıkmadı. Sadece ilk torunu Gülizar doğduğunda gülümsedi o kadar. Zeyno'yu öyle görünce dayanamadım. Tüfeğimi kaptığım gibi evinin önüne vardım. Kaçıyordu, babasının ayarladığı bir yolculuğa çıkıyordu. Çaktım alnına oraya yığıldı. Tam babasına çakacaktım o benden hızlı davrandı, tabancasını üstüme boşalttı. Öldüğümü düşündü, adamları beni köyün yakınlarına bıraktı. Yaşadım, yaşadım ama gördüğün gibi yarım yaşadım.

Mahmut Ağanın yaşadığımdan haberi oldu, İmam Abdullah'ın oğlu Muhammed yalakalık yaptı, söyledi. Köyümüzün İmamı oldu ama babasına anasına yaptıklarından sonra onu Allah bile affetmeyecek. İstediği kadar İmam olsun. Beni ne öldürdü ne de adalete teslim etti. Mahmut Ağa canı sıkıldıkça bize geldi ve işkence yaptı. İntikamını böyle aldı. Yıllarca bu şekilde canımızı yaktı. O zaman Mehmet yeni doğmuş 3 yaşındaydı, artık gelmez oldu. Duyduk ki kalbi oğlunun yokluğuna dayanamadı, yatağa düştü. Kimse hastalığına bir çare ve anlam veremedi, çok geçmeden de ölüp cehennemi boyladı.

İşte böyle Yusuf... Ne oldu sana? Nereye kayboldun? Yoksa Halil'in dediği o uçan kuş seni alıp götürdü mü?"

Hüseyin'in sorusunu nasıl cevaplayacağını bilemedi, "Evet Hüseyin... O namussuz doğru söylüyordu," dedi.

Mehmet, duydukları karşısında şoke olmuştu. Daha önce yaşanan olayları duymuştu ama asla bu kadar detaylı duymamıştı. Telepatik olarak Yusuf tarafından telkin altındaydı, Yusuf'a sorular sormak istiyordu ama üzerine tarif edemeyeceği bir ağırlık çöktü. Hazırladığı döşeğe uzanarak gözlerini kapattı.

Hüseyin'de yorulmuştu. Felçli vücudu artık daha fazla dayanamadı, "Yusuf kardeşim sonra tekrar konuşuruz, ben çok yoruldum... Geri dönmeyeceksin değil mi? Döndün artık! Burada kalacaksın..." diye lafını tamamlayamadan gözleri kapandı.

Yusuf, ikisinin birden uykuya dalmalarının bir sinyal olduğunu düşündü. Evden çıkıp merdivenlerden indi, eski tarlasının yoluna girerek yürümeye başladı. Etrafa bakındı, Gündoğan'la yürüdükleri yolu ve ona doğacak kız çocuğuyla ilgili anlattığı hayali düşündü. Kız çocuğu olmamıştı bir oğlu olmuştu ama oğlundan iki tane kız torunu olmuştu. *'Keşke Gündoğan burada olsaydı da onunla hasret gidersem,'* diye düşündü.

Eski tarlasının olduğu yere geldi, her şey burada bitmişti, şimdiyse her şey yeniden burada başlıyordu, ama büyük bir eksiklikle aşkı, sevdiği, biricik karısı olmadan. Hayaller kurarak bellediği tarlasını hüzünlü gözlerle seyretti. O hüzünlü gözlerini uzay aracının onu aldığı yere diktiğinde aynı uzay aracını sanki onun gelmesini senaryolaştırmış gibi orada gördü. İçinde hiçbir korku olmadan araca yaklaştı. Yusuf'ta onu alıkoyanlarla büyük buluşma gerçekleştirmek için hazırdı, uzay aracının yanına geldi, araca dokundu, dokunur dokunmaz yanında iki tane Gri dünya dışı varlık belirdi.

Yusuf, iletişime geçmelerini bekledi, geçmediler. Yusuf, iletişime geçmek için telepati yolunu kullandı ama yine geçmediler, o siyah ve hiçbir ifadesi olmayan gözlerle ona baktılar. Yusuf sinirlendi, *'Neden cevap vermiyorsunuz?'* diye sordu iç sesiyle, sonra, "Neden? Neden? Bana bunu neden yapıyorsunuz?" diye sesli bir şekilde sinirle bağırdı.

Dünya dışı Gri varlıklar cevap vermedi ama bir anda insanımsı başka bir varlık yanlarında ışınlanmış gibi belirdi. Bu insanımsı varlığın vücudu transparan şeklindeydi, bir melek gibi ışıklar saçıyordu. Yusuf, onu tanıdı. Ona yerleştirilen eflatun kristal operasyonunda bu varlıkta vardı, kendisini göstermemek için önüne sis perdesi çekmişti. Bu varlığın onunla temasa geçmek için geldiğini anladı, tam yanına geldi, *'Neden beni bu hale getirdiniz?'* diye telepati yoluyla sordu.

'Seni dünyada farklılık yaratman için bu hale getirdik,' dedi varlık.

'Ama sevdiğimi elimden aldınız!'

'Biz sevdiğini elinden almadık.'

'Beni yanlış zamanda dünyaya getirdiniz. Zeynom burada değil... Yaratmamı istediğiniz farkındalık umurumda değil!'

'Üzüntünü görüyoruz.'

'Umurumda değil... Beni yaşadığım zamana geri götürün! Siz ne cüretle böyle bir şey yaptınız? Kendinizi Tanrı mı sanıyorsunuz?'

'Biz yaratıcı değiliz. Biz Tanrı değiliz.'

'Beni onsuz bıraktınız, beni aşksız yalnız bıraktınız!'

'Kendini izole edilmiş gibi hissedeceksin. İzole edilmiş halin senin kaderin değil. İçinde senin de bulunduğun özel insanlar sayesinde dünyada farkındalık yaratacaksın. Zamanla birçok şeyin farkına daha net varacaksın. Güzel eylemler yapacaksın. Sana verdiğimiz gücü, zamanı geldiğinde bilim insanlarıyla paylaşacaksın. Bedeninde gelişecek gücü insanlara yarar sağlamak için kullanacaksın. Seni seçmemizin nedeni buydu. Sen bu gücü kötüye kullanmayacak yapıda bir insansın. Bundan sonra vereceğin ve seçeceğin kararlar geleceğini değiştirecek. Vereceğin kararlardan ve seçimlerden biz sorumlu olmayacağız,' dedi ve geldiği gibi ışınlanarak yok oldu.

Gri varlıklar, uzay aracına hareket etmek üzereyken Yusuf, önlerine geçti onları durdurmak istedi, "Durun! Gidemezsiniz!" dedi sert bir şekilde, ama Griler onu etkisiz hale getirdi, gözleri karardı olduğu yere yığıldı.

Yusuf, gözlerini açtığında onun için açılmış yer döşeğinde olduğunu gördü. Sabah olmuştu, yanındaki yatağa baktı, Hüseyin ona hayret eden gözlerle bakıyordu, "Bu sensin değil mi kardeşim? Seni bir daha almayacaklar değil mi?" dedi.

"Almayacaklar Hüseyin, kaldım burada. Merak etme bundan sonra beraber olacağız," dedi kaderine razı olmuş bir şekilde.

Onu alıkoyan dünya dışı zeki varlıkları görmüş, onlara derdini anlatmış ama istediği sonucu alamamıştı. Yapacak bir şey olmadığını biliyordu. Zeyno'su olmadan yaşayacaktı, Zeyno'su ona bir oğul ve iki torun bırakmıştı. Zeyno'su olmadan ailesiyle sessiz, sakin bir şekilde yaşayacak ondan beklenen farkındalık yaratma olayını yapmayacaktı. Onu sevdiğinden ayırmış olmalarına karşılık eylemsiz bir hayat yaşayacak, gücünü asla kullanmayacaktı. Gerekirse sadece ailesi için kullanacaktı.

"Bugün Zeyno'yu ziyarete gideceğim. Onu bu şekilde görmek içimi yakacak ama onu görmeliyim Hüseyin," dedi üzgün bir şekilde.

Hüseyin, cansız gözlerinde acıma duygusuyla ona baktı, "Beni de götür kardeşim, ağlarken yanında olurum," dedi.

"Yalnız ağlayacağım Hüseyin. Ona söyleyeceklerim var, ona anlatacaklarım var."

Dr. Zeynep uyandı, kendi yatağında bulamadığı huzurlu uykuyu burada yaşadığını düşündü, gerinerek üzerindeki son yorgunluk kırıntısını da attı. Ev halkının uyandığını, kahvaltılık hazırlandığını kokan bazlamadan, peynirden, tereyağından anlamıştı. Hemen döşeğinden kalkarak vedalaşacağı son saatleri için hazırlandı. Hızlı bir şekilde üzerini değiştirerek dışarı çıktı.

Bahçede güneşin günü yeni aydınlattığı ve ısıttığı aile onu bekliyordu. Berze ve Gülizar, yer sofrası için hazırladıkları siniyi getirdiler. Hüseyin için hazırladıkları yiyecekleri Pınar yukarıya çıkarttı, hemen koşarak geri geldi. Dr. Zeynep'in doktor olması onun ve annesinin çok ilgisini çekiyordu. Herkes sininin etrafına oturdu ve yemeye başladı. Dr. Zeynep, uzun süre sonra Yusuf için endişe duymadan mutlu bir şekilde lezzetli yiyecekleri tadıyordu.

"Bende senin gibi doktor olabilir miyim doktor abla?" diye merakla sordu Pınar.

"Neden olmasın? Sen ne olmak istiyordun?"

"Senin gibi doktor?"

"Yok beni tanımadan önce..."

Pınar, bir süre düşündü, "Öğretmen olmak istiyordum ama seni görünce doktor olmaya karar verdim... Zaten annemde öyle istiyor," dedi.

"Güzel, tamam... Zaten deden, şey Yusuf sana yardım edecektir," dedi pot kırdığını düşündü. "Öyle değil mi Yusuf?"

Yusuf, ağzındaki lokmanın bitmesi için daha hızlı çiğnedi, Pınar'a baktı, Zeyno'nun çocuk yaştaki haline benzetti. Zeyno'yu çocukluğundan beri tanıyordu. Bu küçük torunu ona benziyordu, "Evet Zeynom... Kusura bakma kızım Pınar diyecektim. Sana doktor olman için yardım edeceğim. Seni dünyanın en iyi doktoru yapacağım."

Sofrada bir sessizlik oldu. Dr. Zeynep durumu toparlamak gereğini duydu, "Annene benim adıma teşekkür eder misin Pınar kızım?" diye sordu.

Pınar annesine Kürtçe Dr. Zeynep'in söylediğini tercüme etti. Berze, bir bohçaya koyduğu iki adet baş dolaması, üç adet puşiyi ve dokuma kuşaktan yapılmış bir gömleği hediye olarak verdi. Dr. Zeynep, bohçayı açıp içindekileri görünce çok mutlu oldu ve Berze'ye içten bir şekilde sarıldı, "Ne kadar iyi bir kadınsın Berze. Çok teşekkür ederim... Sana verecek bir hediyem yok, yok ama..." dedi, boynundaki aynısından kız kardeşi Aynur'da olan yunus kolyesini çıkardı, "Bunu takmanı istiyorum. Aynısından kız kardeşimde var. Pek değerli değil ama beni hep hatırlaman için almanı istiyorum," diyerek Berze'nin boynuna taktı, aynı anda Pınar tercüme etti annesi için.

"Bunu hep takacağım, benden sonra takmaları için hatıran olan bu kolyeyi torunlarıma vereceğim," dedi aynı anda Pınar Dr. Zeynep için tercüme etti.

Dr. Zeynep, Berze'ye tekrar sarıldı. Bu sevgi onu duygulandırdı, göz yaşlarına hâkim olamadı, "Mutluluktan ağlıyorum. Benim hasta bir kız kardeşim vardı. Sağolsun Yusuf sayesinde iyileşti şimdi yine onun sayesinde başka bir kardeşim oldu," dedi aynı anda Pınar tercüme etti.

Artık Dr. Zeynep'in gitme vakti gelmişti. Araba kullanacak olması ona hayran olan Pınar ve Berze'yi daha da etkiledi. Berze, Dr. Zeynep için yolluk peynir ve bazlamayı bir beze sarıp ona verdi, "Bizi unutma Doktor Zeynep! Biz seni unutmayacağız," dedi aynı anda Pınar tercüme etti.

"Hoşça kal Pınar," diyerek ona sarıldı. Sonra herkese teker teker sarılarak vedalaştı. Yusuf ile arabanın yanında vedalaştı.

"Evet Yusuf, ayrılık vakti geldi."

"Samimiyetine, sıcaklığına, bana ablam gibi yaklaşmana teşekkür ederim. Sana bir şey söylemek istiyorum; ben yaşıyorum ama ruhum duyduğu acılar ve kayıp yüzünden ölü sayılırım. Aşkım olmadan hayatta kalmam çok zor. Zeynom yanımda olmadığı için nefessiz kalmış gibi hissediyorum. Eğer oğlum Mehmet ve ailesi olmasaydı Zeyno'mun yanına gitmek için kendimi öldürmekten bir an bile şüphe duymazdım. Nasıl bir sevgi kaybettiğimi düşününce kendimi bir kat daha yok olmuş olarak görüyorum. Hayatın bundan sonra benim için ne kıymeti var abla? Onsuz bir hayatı ne yapacağım? Yaralanmış kalbimin damarlarından kan damlıyor."

"Yapma Yusuf, böyle düşünme! İstediğin şeyler gerektiği gibi olmadı biliyorum ama Zeyno senin kendini öldürmeni istemezdi, bunu bir düşün. Her şeye yeniden başlaman gerekecek. Ben hayatta olduğum süre boyunca senin yaşadığını biliyor olmaktan mutlu olacağım. Şöyle düşün; insan her duygusunun hesabını vermek zorunda değil. Sende öyle yap ve gerçekle yüzleşmekten korkma. Sessizliğine gömülme."

"Evet abla. Bir daha birbirimizi görmeyeceğiz ama senin mutlu bir yaşam yaşayacağını, kız kardeşinle yaşayamadığın güzel anıları yaşayacağını görüyorum. Beni merak etme. Dün gece beni alıkoydukları yere gittim onlarla konuştum. Benden ne istediklerini öğrendim. Bana bunu neden yaptıklarını öğrendim. Onlara doğru soruyu sordum. Hiçbir gücümün şu anda sahip olduğum ailemle yaşayacağım sakin ve mutlu hayata eş değer olmadığını öğrendim.

Dediğim gibi abla beni merak etme, bende seni merak etmeyeceğim…
Kız kardeşine ve Hikmet abiye selamlarımı ilet."

Dr. Zeynep, hiç olmamış erkek kardeşine sarılır gibi sıkı bir şekilde
sarıldı, alnının ortasından içtenlikle öptü, "Hoşça kal kardeşim, hoşça
kal Yusuf. Her şey için teşekkür ederim," dedi göz yaşları içinde.

"Sende abla, hoşça kal."

Dr. Zeynep, arabaya binmeden ona el sallayan ev ahalisine karşılık
verdi. Üst katın penceresinden Hüseyin'in de ona el salladığını gördü,
ona da el salladı, arabaya bindi. Pencereden son kez ona bakanlara
baktı, arabayı çalıştırıp korna çalarak yola çıktı. Giderken hıçkırıklar
içinde ağladı. Döktüğü her göz yaşında rahatladığını hissetti, "Sağol
Yusuf benim kardeşim olduğun için, yüksek güçlere sahip olup da bana
abla diyecek saflığa sahip olduğun için, sağol, sağol," diye kendi kendine
konuştu.

Yusuf, Dr. Zeynep'in onun için söylediği güzel sözleri uzakta
olmasına rağmen duydu. Yüzüne gülümseme oturdu. Sıra Zeyno'suna
ziyarete gelmişti, "Mehmet ben anneni ziyarete gidiyorum.
Döndüğümde seni ve aileni şurada görmek istiyorum," diyerek evden
uzak bir nokta seçti, onlara gücünü kullanarak telkinde bulunmak için
yeri eliyle gösterdi, "Konuşacağımız önemli şeyler var."

Mehmet başıyla anladığını, onayladığını belli etti, "Bende geleyim
mi?"

"Yalnız gideceğim. Onunla yalnız konuşmalıyım."

Yusuf, mezarlığa doğru yürümeye başladı. İçini buruk bir hüzün
kapladı, zaten üzüntülü olan dünyası daha da karardı. Gözyaşlarıyla,
"Zeynom sana geliyorum," diyerek yürüdü.

Mezarlığa geldi. Annesi, babası, dedesi, halası, İsmet Baba, İmam
Abdullah ve karısı, hepsi oradaydı, hepsini teker teker selamladı.
Zeyno'nun mezarını gördü, toprağın üzerinde ayrık otlar mezarı
neredeyse görünmez hale getirmişti. Mezar taşının yazısı neredeyse
silinmek üzeydi, mezarın yanına geldi, eğildi, iki elini dua ediyor

gibi açtı, "Zeynom ben geldim... Geldim Zeynom, geldim," diyerek ağlamaya başladı.

Durmadan ağladı, hıçkırıklar içinde ağladı, dua için açtığı ellerini toprağa değdirdi, elleri toprağa değer değmez avuçlarının içinden eflatun rengindeki ışık şimdiye kadar çıkarmadığı kadar parlak ışık çıkardı. Işık mezarın üzerine yayıldı, ayrık otlar anında gelişerek çiçekler açtı, mezar minik bir çiçek bahçesine döndü. Yusuf, ellerini topraktan çekti, eflatun ışık kayboldu. Zeyno'nun mezarı tamamen değişti.

İmam Muhammed dün gördüğü Yusuf'u tekrar görür umuduyla mezarlığa geldi. Eğer o gördüğü adam Yusuf'sa mutlaka mezarlığa gelip Zeyno'yu ziyaret edecekti diye düşünmüştü. Mezarın başındaki gizemli adamın yanına geldi, "Yusuf! Sen misin?" diye çekinerek sordu.

Yusuf, arkasını dönmeden göz yaşlarını eliyle sildi, "Benim Muhammed," dedi.

"Allah'ım bu nasıl oluyor? Nasıl? Sen ölmedin mi? Seni Halil öldürmedi mi?" diye sordu.

"Öldürmedi Muhammed, öldürmek için geldi ama sır bir şekilde buralardan gittim."

"Ne sırrı bu? Nasıl hiç yaşlanmadın?"

Yusuf, İmam Muhammed'in sorularına daha fazla dayanamadı, telepatik telkin gücünü kullandı, *Muhammed! Benim Yusuf olduğumu unut! Bundan sonra beni tanımıyorsun! Ne beni ne ailemi asla rahatsız etmiyorsun!'* dedi

'Bundan sonra seni tanımıyorum! Ne seni ne de aileni rahatsız etmeyeceğim!'

'Şimdi git! beni yalnız bırak!'

İmam Muhammed, Yusuf'a baktı onu tanıyamadı, mezarlığa neden geldiğini hatırlayamadı. Mezarlıktan çıkıp Camiye doğru yürüdü. Yusuf, çiçeklere dokundu her birinden muhteşem kokular yayıldı, "Sende böyle güzel kokardın Zeynom, kokuna doyamazdım. Gecelerimi kısa tutar gündüzlerimi seni daha uzun yaşamak isterdim

Zeynom... Onlar geldiler, beni aldılar. Senden ayırdılar, kokundan ayırdılar, hayatımı aldılar, seni benden aldılar. Onlarla konuştum, bana sebep göstermediler, bana güçler verdiler, insanları iyileştiriyorum, onlara dokunuyorum iyileşiyorlar ama kendimi iyileştiremiyorum, seni geri getiremiyorum... Bağışla beni Zeynom, bağışla. Artık buradayım ve bana bıraktığın aileye iyi bakacağım, artık onlar benim çocuklarım. Her birine iyi bakacağım, bana bıraktığın emanete iyi bakacağım. Her gün seni ziyarete geleceğim... Bağışla beni Zeynom, bağışla," diyerek ağlamaya devam etti.

Yusuf, mezarlıktan döndüğünde Mehmet'e söylediği yerde ailesini topladığını gördü, yanlarına geldi. Ailesi ona merakla baktı, neler oluyordu? Kimdi bu Yusuf ve babaları için neden bu kadar önemli birisiydi? Bu soruları gözlerinde rahatlıkla görebiliyordu. Onlarla aynı anda telepatik telkin yöntemiyle konuştu ama bu sefer yüksek sesle Kürtçe konuştu.

"Benden duyacağınız şeyleri burada aile arasında kalması için sizinle bu yöntemle konuşuyorum. Normalde bu yöntemle size benimle ilgili her şeyi unutturabilir istediğim şeyleri yaptırabilirdim. Size doğru olanı yapmak istiyorum. Ben Mehmet'in babasıyım. Sizin dedeniz ve senin de babalığınım. Biliyorum babanız benim o doğmadan öldüğümü söyledi. Gerçek bu değil. Gerçek gök ile yer arasında bir kapı açıldı. Beni o kapıdan yukarı aldılar ve tekrar o kapıdan aşağıya gönderdiler. Gidip geldiğimde dünyada yıllar geçmişti ama o kapıdan geçtiğimde asla yaşlanmadım. Şimdi buraya evime geldim. Zeynom yok ama siz varsınız, siz benim ailemsiniz, Zeynom bana sizi bıraktı. Sizi yaşadığım tüm zaman boyunca koruyacağım, siz benim kutsalımsınız, göze batmayan bir hayat yaşayacağız," dedi insanı hipnoz eden bir sesle.

Konuşma biter bitmez, Pınar ve Gülizar ev işlerine yardım etmek için Berze ile eve girdiler. Mehmet, işlerine başlamak için evin yanındaki tarlaya yöneldi. Yusuf, onları merakla pencereden izleyen Hüseyin'in yanına çıktı, onu iyileştirecekti.

TANIŞMA

"İnsanlar iki kere ölür Ahmet Bey; bugün ve yarın."

Yusuf'un bu anlamlı lafıyla hikayesinin sonuna geldiğini anladım. Söylediği onca ilginç, inanılmaz olaylardan etkilenmemek elde değildi. Elbette bu hikâyeyi, basit kelimelerle anlatarak bilim-kurgu drama tadında bir romana çevirecektim.

"Evet Ahmet Bey, size hikayemi anlattım, artık hikayem size ait. Ona iyi bakın, insanlara aşkın, çaresizliğin, gücün, zamanın değerini anlatın. Sizin sade ve anlamlı kaleminize inanıyorum... Gel şimdi yemek yiyelim. Çocuklarım sofrayı hazırladı, bizi bekliyorlar," dedi davetkar bir şekilde.

"Hikayenden çok etkilendim. Açıkçası acıktığımı bile unutmuşum," dedim.

Yusuf'un evinden çıkıp bahçede badem ve ceviz ağaçlarının altında hazırlanmış uzunlamasına bir yemek masasının etrafında yemek yiyecektik. İlk geldiğimde etrafta görmediğim bu insanlar kendilerini bana göstermek istememiş olabilirdi. Şunu belirtmeliyim hazırlanmış yemekler tahmin edeceğiniz gibi çok lezzetliydi.

Masada Yusuf'un hikayesinde bahsettiği torunlarını yaşlanmış olarak gördüm, "Kendimi bir an Dr. Zeynep gibi hissettim," dedim masanın kalabalığından etkilenerek.

"Evet, Zeynep Abla ile yemek yediğimizde o dahil altı kişiydik, şimdi gördüğün gibi çok kalabalığız."

"Siz Pınar olmalısınız!" dedim bana meraktan zümrüte çalan gözlerini kırparak bakan Pınar'a.

"Evet benim, ben Pınar'ım," dedi sevimli bir gülümsemeyle.

"Doktor oldunuz mu?" diye sordum merakla.

Önce Yusuf'a baktı cevap vermekte bir sakınca görmedi bana baktı, "Evet, aynı Doktor Zeynep Ablanın olduğu gibi," dedi saklanacak hiçbir sırrın olmadığını belirten bir ses tonuyla.

Yusuf ve torunları Dr. Pınar ve Gülizar arasında pek yaş farkı yokmuş gibi duruyorlardı. Dr. Pınar, kendisi gibi bir doktorla evlenmiş, iki kız çocuğu olmuş, kız çocuklarından dört tane ona benzeyen sevimlilikte torunları olmuştu. Kocasıyla birbirlerine yakışıyorlardı. Gülizar, Yusuf'un hayatlarına girmesinden bir yıl sonra babası Mehmet gibi çiftçi olan sessiz, sakin bir adamla evlenmiş, bu evlilikten iki erkek ve bir kız çocuğu olmuş, bu çocuklardan da sekiz tane torunu olmuştu. Mehmet'in karısı Berze, Yusuf'un telepatik telkinleri sayesinde Türkçeyi öğrenmişti. Kocası gibi mutlu bir yaşlılık yaşıyordu. Yetmiş yedi yaşınaydı, sağlıklıydı, iki kızını namuslu adamlarla evlendirmiş ve onların torunlarıyla mutlu bir beraberlik yaşıyordu. Yusuf'un hayatlarına girmesinden itibaren mutlu bir hayat yaşadığı çok net görünüyordu.

Bu inanılmaz sofrada kendimi mükafatı hak eden birisi olarak hissettim. Bunu bana Yusuf'un hissettirdiğini biliyordum. Diğer insanlara yaptığı gibi bana da mı telepatik telkin yapıyordu? Yapmasını gerektiren hiçbir durum söz konusu değildi. Saçma düşünceleri bırakıp mükafatımın tadını çıkartmaya devam ettim. Muhteşem lezzetli yemekleri yedim. Masadaki bazı insanların gözleri bendeydi, özellikle Dr. Pınar'ın kız torunu. Merakla benim gibi yazar olmayı isteyen gözlerle bana bakıyordu, boynunda Dr. Zeynep'in Berze'ye hediye ettiği yunus kolyesi vardı. Eminim ki Yusuf onu bir şekilde bu isteğine ulaştıracaktı.

Muhteşem yemek sonunda Yusuf ile alıkonduğu eski tarlasının olduğu yere yürüdük. Yürürken bir şey konuşmadık. Tam olarak alıkonduğu yere vardığımızda bana, "İşte Ahmet Bey burası, tam şurası," diyerek eliyle işaret etti. "Zamanın bittiği ve başladığı yer burası," dedi.

Baktığımda sıradan bir toprak parçasından başka bir şey görmedim, "Sizi buradan mı aldılar?" diye sordum.

"Evet."

"Onlarla tam burada mı konuştun?"

"Evet."

"Evet ama bana sıradan bir toprak parçası gibi geliyor."

"Aynen öyle," diyerek başını gökyüzüne çevirdi görünürdeki birkaç yıldıza baktı, "İzliyorlar, senin de burada olduğunu biliyorlar. Hatta ne için burada olduğunu biliyorlar," dedi kendinden emin bir şekilde.

"Korkmam gerekiyor mu?" diye sordum çekinerek.

"Hayır, hiçbir şeyden, hiçbir şekilde korkmanıza gerek yok," dedi yine kendinden emin ve güvenilir bir ses tonuyla.

Ona güvendim, inandım. Tuhaf bir şekilde varlığı insana güven veriyordu. Eve döndük. Beni misafir edeceğini söyleyerek bir oda verdi. Yorgundum, nedenini bilmediğim bir şekilde üzerimde ağırlık vardı. Gözlerim yazacağım romanın giriş sayfasını düşünerek kapandı.

Bu muhteşem insanla daha fazla vakit geçirmek isterdim ama geri dönmeliydim, hemen yazmaya başlamalıydım. Belki de burada kalıp onu daha fazla tanımalıydım bu kadar kısa sürede sadece onu dinleyerek nasıl bir roman yazabilirim! Geceden aklıma takılan önemli detay Dr. Zeynep'i bulmam gerektiği, belki ölmüş olabileceği, ölmüş olsa bile kız kardeşi Aynur'u bulup onunla konuşmam gerektiğini düşündüm ama, neden onlarla konuşacaktım ki? Hikayeme nasıl bir katkısı olacaktı bu insanların? Neyse sonunda uyumadan önce gitmemeye karar verdim.

Sabah aynı duygularla uyanınca, demek ki gitmemeliydim diye düşündüm. Karışık duygularla boğuştuğum zamanlarda geceden aldığım karar sabah uyandığımda hala son kararımsa onu uygularım. Burada da aynısını yapacağım.

Yusuf'un evine geldim. Beni elinde sıcak bir bitki çayıyla karşıladı, "Umarım rahat uyumuşsundur," dedi.

"Evet rahat uyudum, teşekkür ederim," dedim bana uzattığı bitki çayını alırken, "Bu nedir?" diye sordum muhteşem kokan çayın buharını içime çekip.

"Bu çay seni sabahları uyandığında karışık düşüncelerden uzak tutacak, daha net odaklanmanı sağlayacak," dedi bilge bir edayla.

"Gerçekten mi? Bunu nasıl bildiniz? Bu harika bir şey," dedim sevinç içinde neredeyse ona sarılacaktım.

"Genelde insanlar, hele sizin gibi zihni devamlı doğru olanı araştıran insanlar, sabah uyandığında bu şekilde uyanır."

"Teşekkür ederim, belki bu çaydan sonra evime dönüp dönmemeye rahatlıkla karar verebilirim. Sizi daha fazla tanımalıyım diye düşünüp biraz daha kalmak isterdim..."

"Buna gerek yok Ahmet Bey. Bence siz bir an önce evinize dönüp yazmaya başlayın. İçinize doğan bu heyecanın sizi motive ettiğini görebiliyorum. Merak etmeyin beni fazla tanımanız gerekmiyor, hikayemi yazmak için her türlü bilgiye ve öğretiye sahipsiniz."

"Anlıyorum... Peki o zaman gitmeden önce aklıma takılan bir iki nokta var," dedim kesinlikle ona hak verdiğimi belirten bir şekilde.

"Buyurun içeri geçin, benim de size söylemek istediğim son bir konu kaldı, aslında hikayeme başlamadan önce bahsetmiştim, hikayemi bu şekilde bitirmem gerektiğini düşünüyorum."

"Nedir?" diye sordum içeri geçerken.

"Zaman hakkında... Senin aklına takılan nokta nedir?"

"Hani şu anlamını çözemediğiniz kelimeler vardı ya, Psikolog Tayfun'un sizi hipnoz etmeden önce söylediğiniz... Hani dil uzmanının çözemediği! Bunlar ne ifade ediyor? Ne anlama geliyor? Bir de zaman demişken hala gizemini koruyan kırk üç yıl, neden kırk üç yıl? Bunu çözemiyorum, anlayamıyorum. Bunun hakkında bir şeyler yazmak istersem okuyucuya eksik bilgi vermek istemiyorum, sizce bu ne olabilir?" diye merakla sordum bitki çayımı yudumlarken.

"Daha önce de belirttim, bilmiyorum. Sadece tahminde bulunabilirim, bilmem bu da sizi tatmin eder mi?"

"Tahmininiz olduğunu belirtirim, ayrıca romanın ismini de kırk üç koyabilirim, ne dersiniz?"

Romanın adını kırk üç yapma fikrim için bir şey söylemedi. Gözler insan ruhunun gücünü gösterir, gözlerindeki bu gücü, 'bana sen işini bilirsin' der gibi bakışında gördüm.

"Belki de bilinen en küçük zaman dilimi olduğu içindir..."

"Kırk üç mü?" diye sorarak lafını kestim. "Peki bu nasıl olabilir?"

"Matematikte on üzeri eksi kırk üç diye geçer, var olan en kısa zaman aralığı, göz açıp kapayıncaya kadar geçen zamandan çok daha kısa bir zaman... Beni alıkoymaları bu kadar zaman almış olabilir," dedi. "Dediğim gibi bu sadece benim tahminim, nedenini bilmiyorum ve önemsemiyorum. Olan oldu. Bu olanlar ve olacaklar sadece olması gerekenlerdi."

"Peki o söylediklerinizin anlamı!"

"Hatırlıyorum... Sevinçle dolu olmak, istediğim şeyle kuşatılmak, hakikate ulaşmak... Tam olarak bu şekilde tercüme edebilirim. Başlarda neden bu şekilde iletişime geçmeye çalıştıklarını bilmiyorum. Nedenini bilmiyorum!"

"Sevinçle dolu olmak, istediğim şeyle kuşatılmak, hakikate ulaşmak! Bu ne demek sizce?"

"Mutlu olmak istiyorsan, istediğimizi yapacaksın... Tam olarak onlara boyun eğmem gerektiğini vurguladılar. Onlara direnmemem gerekiyordu."

"Çok etkili, tam bir köle ve efendi ilişkisi gibi."

"Evet, sonra korkutarak beni kontrol altına almak istediler ama başaramayınca sadece gelişimimi takip ettiler."

"Son olarak neler demek istiyorsun?" diye sordum bitki çayımı yudumladıktan sonra.

Yusuf, yüzünde bir karşılık beklemeden yaşayan Budist rahiplerinin gülümsemesiyle bana baktı, yumuşak ses tonuyla konuşmaya başladı, "İstediğim her şeye sahip olacağımı biliyordum ama bunu istemedim. Çünkü hepimiz, dünya üzerinde bulunan herkes zamanın geçici bir parçasıyız. Bu bahsettiğim zaman milyarlarca yıldır devam ediyor, milyarlarca yıl daha devam edecek. Biz insanoğlu evrende ufak bir gezegende yaşıyoruz, bu yaşadığımız minik gezegen orta büyüklükte bir yıldızın etrafında dönüyor, yine ortalama bir boydaki bir galaksinin kolunda dönüyoruz, bulunduğumuz bu galaksi bir galaksi gurubunu oluşturuyor ve bu galaksi gurubu binlercesinden sadece bir tanesi ve bunlar birleşip galaksi süper kümesini oluşturuyor.

Bizim galaksi süper kümemiz gibi binlercesi görünebilir evreni oluşturuyor. Evrenin görünmeyen kısmı görünen kısmından milyonlarca kat büyük.

Milyarlarca galaksi, trilyonlarca yıldız, sayısını bilemediğimiz kadar gezegen. Biliyorum bütün bu sayılar çok anlamsız geliyor. Beynimiz böyle bir konsepti anlayamaz. Evren çok büyük, içinde çok fazla şey var. Aslında evrenin büyük olması sorun değildir, sorun olan zamandır. Daha doğrusu kalan zamandır. Biz insanlarda evren gibi bir gün gelecek yaşlanacağız ve öleceğiz. Kimisi dünyaya tekrar geleceğine inanıyor, kimisi bir daha gelmeyeceğimize. Sonuçta yaşadığımız bu hayat her şeyimiz olabilir ve sonsuza kadar ölü kalabiliriz. Kulağa korkunç gelebilir biliyorum ama korkunç değil. Biz doğmadan önce yaşanmış milyarlarca yıl olduğunu hatırla, aynı şekilde biz öldükten sonra yaşanacak trilyonlarca yıl olduğunu unutma. Evrende yaşadığımız şu an aslında sonsuzluk kadar uzundur. Zaten her şeyin sonunda evrenin kendisi ölecek ve hiçbir şey bir daha değişmeyecek.

Evrende var olan ve doğacak olan trilyonlarca yıldızın biz dünyalılar için yaratıldığını düşünmüyorum. İnsan hayatını yaşamak için tek bir şansı var. Bu bizi korkutuyor ama, korkmamamız gerekiyor çünkü bu bizi aynı zamanda özgür kılıyor. Eğer içinde bulunduğumuz evren ısı kaybederek ölecekse hayatımızdaki utançlarımız, korkularımız, yaptığımız hatalar önemsiz kalacak. Eğer hayatımız yaşayacağımız tek şey ise o zaman önemli olan tek şey hayatımızdır. Eğer evrenin prensipleri yoksa, önemli olan bizim kendi belirlediğimiz prensiplerdir. Tüm insanlık, yaşadığımız bu dünya belli bir süre sonra yok olacak ama yok olmadan önce, kendimizi keşfetme şansımız var. Hayalini kurduğumuz duyguları yaşama olanağımız var.

Sevdiklerimizle sağlıklı yemek yemeyi, sevdiklerimizle gün doğumunu, gün batımını seyretmeyi ve sevdiklerimizle beraber olmayı yaşama olanağımız var. Bu tarz güzel duyguları düşünüyor olmamız bile müthiş bir şey. Kendimizi her şeyden ayrı görmek çok basit, ama bu doğru değil. Bizde evrende bulunan her yıldız, her gezegen kadar değerliyiz. Bizde bir yıldız, bir kara delik, hatta bir nebula gibi evrenin parçasıyız. Evrende organları olan canlı birer evreniz. Evrenin içindeki oyun bahçesinde özgürce oynayan bireyleriz. Öyleyse mutlu olmalıyız, yıldızların yaptığı gibi bizde aynı şekilde etrafımızda güzellikleri döndürmeliyiz.

Evrende bilinebilecek her şeyi bulmuş değiliz. Evrenin neden bu kurallarla genişlediğini bilmiyoruz. Keşfedilecek milyarlarca yıldız, tedavisini bulacağımız birçok hastalık ve yardım edeceğimiz insanlar var. Yaşanacak mutlu duygularımız var. Aslında yapılacak o kadar çok şey var ki!

Söylediklerimi toparlayacak olursam, hayatta yaşayacağın sürenin bir kısmını harcamana neden oldum. Yazacağın kitabı okuyacak olan insanlarda, kitabınızı okurken hayatta yaşayacakları sürenin bir kısmını harcayacaklar. Bu hayatımız, yaşamdaki tek şansımız ise, eğlenmemenin, mutlu olmamanın bir nedeni yok. Eğer başkasının hayatını daha iyi bir duruma getirirsek bu bizi daha da mutlu edecektir. İnsanlar kendilerini iyi hissettirecek şeyler yapmalı, bunun ne olduğunu kendileri belirlemeli, başkalarının ne yapmaları gerektiğini söylemelerine müsaade etmemeliler," dedi ve ayağa kalktı.

Söylediği her şeyi hafızama kazıdım. Sanırım içtiğim bitkisel çayın bunda etkisi yüksekti. Bende ayağa kalktım, "Sanırım söyleyecekleriniz bitti," dedim.

"Bitiş diye bir şey yok. Sadece hikayemi burada bırakıyorum. Sana anlattıklarım şimdi senin hikayen. Seni nasıl bir başarının beklediğinden haberin yok. Gelecek olan başarıyı kontrol etmeye çalışma, bırak gelsin, bırak gitsin. İşte o zaman çok eğleneceksin. Çünkü bir zamanlar söylediğim gibi, hayatta zaman gibi güzel bir hediye yoktur... Tüm hayatını severek geçir."

BOŞLUKTAN ÇIKIŞ

Boşluktan çıkmıştım. Evet, Yusuf'un dediği gibi son diye bir şey yoktu. O sadece hikayesini terk etti. Bizi insan yapan nedir? Düşünebilmemiz mi? Acı ve hüznü hissedebilmemiz mi?

Gülebilmemiz mi? Umarım gülmemizdir. İncinebilir, gülebiliriz, şimdiyi ve geçmişi bazen de geleceği bilebiliriz. Belki de bizi insan yapan, sadece hangi yöne gideceğimizi belirleyecek kadar bilgi sahibi olmamızdır. Peki insanı insan yapan nedir? Yaptığı kötü şeyler mi? Yoksa olmak istediği iyi şeyler mi? Kendinizi hayatınızın ortasında, olmak istediğiniz yerden çok uzak bulduğunuzda ne yaparsınız? O anki karakterinizden, olmak istediğiniz karaktere gitmek için yolunuzu nasıl bulursunuz?

Bir düş gibi dağılıp kayboldu. Anlattıkları inanılmazdı, doğal olarak bende inanamadım. Zamana saygı duymak gerekir, zamanıma sahip çıkmam gerekir, öyle değerli ki. Bazı insanlar hayatlarını kökten değiştirecek bir şey olmasını bekleyerek geçirirler. Aşkın gücünü veya en büyük soruların cevabını ararlar. Bence, aslında aradıkları onları tüm hayatlarının silineceği başka bir hayata taşıyacak olan ikinci bir şanstır. Böylece yeniden başlayabilirler.

"Yusuf'un hikayesini yazmadan önce bilgim olmayan uzay, zaman, evren, kozmoloji, yerçekimi, bilinç ve zekâ gibi konularda aylar boyunca süren araştırmalar yapmalısın Ahmet" diye kendime telkinde bulundum. Yaptığım araştırmalar sonunda şunu diyebilirim ki; tuhaf şeyler oluyor! Belki de insanlık en önemli dönemini yaşıyor. İnsanların çoğuna dünya dışı varlıklara karşı kötü imaj aşılanmış. Onları istilacı, yok edici, acımasız şeytan olarak birçok Hollywood filminde görüyoruz. Acaba bu dünya dışı varlıklar gerçekten gösterildiği kadar tehlikeli mi? Ya da bu kadar güçsüzler mi?

Evrenin yaşı olan 13 milyar yılı düşündüğümüzde insanoğlunun ortalama ömrü olan 75 yıl çok küçük bir zaman olarak kalıyor. Evrenin büyüklüğünü anlamak gerçekten zor. Evrenin var olduğu zamanla bizim dünyamızda var olduğumuz zamanı -300 bin yıl- kıyasladığımızda aradaki farkı net olarak görürüz. Sadece ömrümüz değil bilgimizde son derece kısıtlı kalıyor.

Son yüzyılımıza baktığımızda; dünya savaşlarında milyonlarca insanın öldüğünü, silahın imha gücünü, uzaya çıktığımızı, doğal hayatı bozduğumuzu ve tahrip ettiğimizi görürüz. Şimdiki hedefimiz de yeni tehlike olarak dünyada ve uzayda dünya dışı varlıklara karşı mücadele etmek var. Bir zamanlar dünya dışı varlıkların var olduğunu inkâr eden aynı insanların şimdilerde böyle bir tehditten bahsediyor (Pentagon, NASA ve bunun gibi) olması ilginç. Bizi neye hazırlıyorlar? Belki bu mücadele çoktan başladı. Dünya güçleri bazı uzay araçlarını düşürdüğü ve çok sayıda ölü dünya dışı varlık ele geçirildiği söyleniyor.

İnternette gördüğümüz UFO görüntülerinin %95 sahte geri kalan %5 gerçek. Bu yüzden %5 gerçek olan görüntülere baktığımızda o aracın içinde dünya dışı varlıkların bir amaç için burada olduklarını unutmamalıyız. Demek ki bize karşı ilgileri var. Yoksa neden buraya gelsinler? Peki onlarla iletişimi nasıl kuracağız? Bu UFO'lardan birini gökyüzünde ışıldarken gördüğümüzde aklımıza onu kullanan yaratık gelmez mi? Kim o? Neden burada? Bizden ne istiyorlar? Bizimle nasıl bir ilişkileri var? Eğer istersek bizimle nasıl iletişime geçerler? Bunu nasıl yaparız? Onlara, "Benimle temasa geçebilirsiniz, silahsızım ve barışçılım," demek yeterli olur mu?

Peki kendimize soracak olursak neden buradayız? Nereden geliyoruz? Cevaplanması zor sorulardan olmasına rağmen cevapları bulmak insan doğasının bir parçasıdır. Evrenin başlamasıyla zamanda başlamıştır. Zamanın acımasız akışı, evrenin evrimini başlattı ve içinde olağan üstü güzellikler meydana getirdi. Bu doğa üstü harikalar bizi evrendeki yaşamın ilk anlarından kaçınılmaz sonuna kadar götürüyor. Zaman, evrenle ve yaşamlarımızla doğrudan bağlantı halindedir. Tıpkı güneşin doğuşunu ve batışının muhteşem olmasına rağmen zamanın akıp geçtiğini hatırlatması gibi. Evrendeki hayat çok daha büyük bir ölçekle işler. Evrendeki zaman ölçümü neredeyse hayal edilemeyecek kadar sonsuzdur. Bunu anlamak insan tarafından neredeyse imkansızdır.

Eğer korktuğumuz şekilde işgalci düşman kuvveti olsalardı, attığımız atom bombası ve nükleer füze denemeleri zamanında bizi isteseler kendi dünyamızı yok ettiğimiz için cezalandırabilirlerdi.

Burada tehdit olan onlar mı? Biz miyiz? Eğer uzaya daha fazla açılmak istiyorsak onlarla barış içinde olmalıyız. Eğer bu kadar tehlikeli olsalardı bizi çoktan tehlikenin içine almışlardı.

Onların bir yıldız sisteminden diğerine giden uzay araçları var. Sahip oldukları ileri teknolojiyle onlara karşı vereceğimiz savaş yetersiz olacaktır. Bu teknolojiye sahip araçlarında silah olsaydı dünyamızı yerle bir etmeleri çok zaman almazdı. Arkamıza yaslanıp evrendeki diğer varlıklarla beraber yerimizi almalıyız.

Belki insanlığın kaynağı dünya dışı varlıklardır. Evrimimizin bu aşamasında bizden teknolojik, sosyal ve bilinçte yüzbinlerce, milyonlarca yıl daha gelişmiş uygarlıklar arasındaki temel ilişki nedir? Gerçekten bu dünya dışı varlıkları anlamak istiyorsak, onların teknolojisini, yaşadıkları boyutu, niyetlerinin ne olduğunu, gerçekliğin doğası ve fiziksel evrenle ilişkimiz hakkındaki varsayımlarımızı yeniden ele almalıyız.

Onlar insan türü için bir tehdit değil. Gezegenimiz için hiç tehdit değiller. Tüm evrenin içinde bir tek yaşamın sadece biz insan dramının sahne aldığı bu dünyanın mı olduğuna inanıyoruz? Bu kesinlikle böyle değil. İnsanlığın yeni hikayesinin ne olduğunu bulmalıyız. Nedir bu yeni hikâye? Korkulacak bir şey yok, bu yeni hikâye drama değil, tamamen pozitif bir baş yapıt. İnsanlığın bu yeni hikayedeki rolü nedir? Belki de bu yeni hikâyenin baş rol oyuncusu değiliz ama yardımcı rol üstlenerek iyi performans göstereceğiz. Şimdi sıra bu hikâyenin ne olduğunu bulmaya geldi. Evrenin derinliklerine baktıkça hikayemize ait sayfaların açıldığını göreceğiz. Bizim hikayemiz evrenin hikayesidir. Sevdiğimiz ya da sevmediğimiz herkeste ve her şeyde evrenin bir parçasını taşıyoruz. Müthiş bir hikâye bizi bekliyor.

Dünya dışı varlıklar net olarak ortaya kendi hikayelerini koymuş değiller. Bunu şimdilik yapmıyorlar. Şimdi bizi anlamaya çalışıyorlar. Bilincimizi yükseltmek ve düşünce yapımızı değiştirmek istiyorlar. Bu neden burada olduklarının en önemli unsuru. Olan her şey bilincimizin ve zekamızın gelişimi için oluyor.

Dünya güvenliği için oluşturulmak istenen askeri güç insanlığın felaketi olacaktır. İnsanlığı ayağa kaldırmak, bilincini ve zekasını kozmik bilince ulaştırmak için bu tür eski kafa politikaların üzerine çıkmalıyız. Böyle politikaların, evrenin yapısında gerçekte ne olduğunu anlamanın bilincine ve geçirdiğimiz bilinç evrimine nasıl bir tehdit oluşturduğunu anlamalıyız. Çünkü bu aramızdaki farklılıkların ortadan kalkması ve bu evrendeki yerimizin sağlamlığı için gereklidir. İnsan ailesinin bilincinin yükselmesi dünya dışı varlıklarla bağlantı kurmayla yakından ilgilidir.

Yusuf gibi alıkonmuş birçok insan dünyamızı kendi ellerimizle yok ettiğimizin farkına vardı. Nükleer silahlara sahibi olmanın hastalıklı bir güç olduğuna inandı. Savaşmanın kötü bir fikir olduğuna uyandı. Buna Spiritüel deneyim deriz ve bu Spiritüel uyanış çoktan başladı.

Farkındalığın farkında olma yeteneğinin ve uyanık olmanın ne anlama geldiğinin bilincinde değiliz. Bu bize sunulan bir tekliftir. Eğer bu bilinç durumuna sahip olursak aramızda iyi bir iletişim olacak ve onlara Hollywood filmlerindeki gibi bakmayacağız. Onları biraz farklı bir medeniyet olarak göreceğiz ve onlarla en kolay iletişimin bu yolla olduğunu anlayacağız.

Dünya dışı varlıkları kendi geleneklerimize, ilkel gerçekliğimizin içine almak imkansızdır. Onlarla temas kurmak için gerçekliğin doğası hakkındaki varsayımlarımızı yeniden gözden geçirmeliyiz. Bu gizemli dünya dışı varlıkların bizi ve kozmik bilincimizi dönüştürme gücüne sahip çok derin ve samimi bir sırra işaret eden bir şarkı olduğunu anlamalıyız.

Onlarla iletişim bilinç ve zekâ seviyesinde olacaktır. Dünyadaki her kültürün geçmişinde yer alan herkesi ve her şeyi birbirine bağlayan bu bilinç düzeyi tekrar ortaya çıkıyor. Bilincimizin ve zekamızın gizemli bir düzenleyici etkisi var. Buna inansanız da inanmasanız da doğrudur. Hem fiziksel hem de bilinç düzeyinde hepimizin birbirine bağlı olduğunu, farkındalıkla var olan bu bağlantının değerini anlamalıyız.

Çünkü bu sadece insanlarla değil evrende yaşayan tüm canlılarla iletişim dilidir.

Zamanın akış yönüne göre geleceğe gitmeye mecburuz. Kalıcı değişiklik, insan olmanın temel parçalarından biridir. İnsanlar doğar, yaşar, ölür, tıpkı bu hayatımızın mutluluğu ve trajedisi gibidir. Evrende o devasa ve epik döngüler sonsuz ve değişmez gibi görülüyor ama öyle değildir. Evrendeki yaşamda tıpkı bizim yaşamımız gibi geri dönülemez bir şekilde değişiyor.

Bu yüzden evrendeki en şaşırtıcı şey ne bir yıldız ne bir gezegen ne de bir galaksidir. Zamandaki bir andır ve o an şimdidir. İnsanoğlu yeryüzünde neredeyse sonsuz olan bu zaman diliminde çok az bir süredir var. Daha 2500 yıl öncesine kadar güneşin bir tanrı olduğuna inanıyorduk. Şimdi evrenin bir tanrı olduğuna inanmaya başladık. İnanıyorum ki ancak evren ve onu yöneten doğa gerçekliğini anlayarak bu harika evrendeki yerimizi tam olarak anlayabiliriz. Biz değersiz değiliz çünkü evrenin bilinçli yarattığı canlılarız. Evren kendisini sadece hayat sayesinde anlar.

Geri kalmış bir medeniyet olarak insan olmanın yüzeysel yönlerinden daha derin bir şeye demirlemenin yolunu bulmalıyız. Burada hümanizmden bahsetmiyoruz, insan olmayan varlıklardan bahsediyoruz. Bunun kozmik bir olay olduğunu bilmeliyiz. Kozmik ve evrensel olan bu bilinç alanı derinlere demirlediğinde insanlık evrensel olmanın mutluluğunu yaşayacaktır.

Yusuf'un hikayesinden anlaşılacağı gibi onlarla iletişim çoktan bu şekilde başladı. Onun hikayesinden kozmik bilincin ne demek olduğunu anladım. Kozmik bilincin doğasını anladım. Dünyadaki her insanın içinde bulunan bu güce Yusuf sayesinde inandım.

Aslında neye inandığımın önemi yok, önemli olanın insanların hikayelere ve efsanelere ihtiyacı olduğunu bilmem, "Çıkışı biliyorsun!" dedim kendime ve sözlerimi yabana atmayacağıma söz vererek Yusuf'un gizemli hayatını yazmaya başladım.

SON